Jona Wood
Sidebitch

Sidebitch:

Wenn Julie einen Mann attraktiv findet, kann sie sich fast zu 100 % sicher sein, dass er vergeben ist. Sie wünscht sich nur, die große Liebe zu finden, doch das Muster, in dem sie gefangen ist, führt sie von einer Affäre zur nächsten. Sie ist zerrissen zwischen moralischen Bedenken und ihrem Verlangen nach Zuwendung und Sex. Denn die unerfüllten sexuellen Triebe der Männer lebt sie nur zu gern mit ihnen aus. Über die betrogenen Frauen macht sich Julie nach einer Weile kaum mehr Gedanken. Doch unglücklich verliebt zu sein ist nicht, wie sie leben möchte. Sie gibt sich Mühe, den Kreislauf zu unterbrechen und landet doch nur dort, wo sie begonnen hat.

Die Autorin:

Jona Wood ist das Pseudonym einer jungen Frau, die lieber im Verborgenen bleiben möchte. Sie kam im Mai 1989 zur Welt, ist auf einem Dorf aufgewachsen und nach dem dualen Studium in der Eventbranche in eine Finanzmetropole gezogen. Auf dem Weg zu ihrer Berufung, die sie im Schreiben fand, probierte sie sich in vielerlei Hinsicht aus. Sie hofft nun noch, eine wahre und beständige Liebe zu finden.

Jona Wood

SIDEBITCH
Eine Affäre kommt selten allein

Roman

Impressum:

Jona Wood
c/o Autorenservices.de
Birkenallee 24
36037 Fulda

mail@jonawood.de / www.jonawood.de

Copyright © September 2020 by Jona Wood

Lektorat/Korrektorat/Buchsatz Print:
Herzblut-Lektorat – Stephanie Bösel
www.herzblut-lektorat.de

Covergestaltung: Jona Wood, unter der Verwendung
eines Bildmotives von pixabay/pexels.

Herstellung und Verlag: BoD - Books on Demand, Norderstedt
ISBN: 978-3-7519-7682-4

Allem kann ich widerstehen, nur der Versuchung nicht.

Oskar Wilde (1892)

Prolog

Vor dreizehn Jahren
(20)

Möchte ich das wirklich machen?, fragt sich Julie, als sie die Türschwelle übertritt. Ihr Herz pocht aufgeregt, Adrenalin strömt durch ihren Körper, ihr Mund ist trocken.

Kaum sind sie in seinem Zimmer einer typisch-chaotischen Studenten-WG angekommen, zerrt Luke ihr die Kleidung vom Leib. Die leidenschaftlichen Küsse lenken sie erfolgreich von seiner rücksichtslosen Wildheit ab. Doch als beinahe die Knöpfe an den Ärmeln ihrer dünnen Bluse abreißen, greift sie ein. Es ist mitten am Tag, sie wird demnach im Hellen nach Hause laufen, dafür sollten ihre Kleider heil bleiben. Geduld scheint ihm nicht zu liegen, denn er widmet sich sofort dem verwaschenen Tanga, den sie am Morgen als letzte Rettung aus der hintersten Ecke ihrer Wäscheschublade gezogen hatte. *Peinlich.*

Einmal ausgezogen, wirft er sie aufs Bett, übersät ihren Körper mit feuchten Küssen. Sein T-Shirt fliegt quer durch den Raum, die Gürtelschnalle klackert auf dem Laminat, als er die Hose nicht sehr elegant von den Füßen strampelt. Er schiebt die Finger in den Bund der eng anliegenden weißen Boxershorts, um seinen Schwanz freizulegen, doch das plötzliche Klingeln seines Smartphones stoppt ihn. Er greift nach dem Handy und betrachtet eingehend das Display.

Für den Bruchteil einer Sekunde bewundert Julie sein knackiges Hinterteil, während er sich ein paar Schritte von ihr entfernt.

Hey Baby! sind die Worte, mit denen er das Gespräch annimmt.

Luke plaudert munter mit seiner Freundin und tischt ihr eine Lüge nach der anderen auf, wo er sei und was er vorhabe. Währenddessen steckt Julie in einer Schockstarre. Ihr Herzschlag setzt kurz aus und sie hält den Atem an. Fieberhaft überlegt sie, was sie tun soll, doch sie will sich nicht rühren, um keinen Lärm zu verursachen. Eine Minute später beendet er entspannt das Gespräch und kehrt zurück zum Bett.

»Ich gehe dann besser mal«, presst Julie verlegen hinaus.

»Wieso, der schöne Teil fängt doch gerade erst an?«

»Aber deine Freundin hat eben angerufen. Hast du denn gar kein schlechtes Gewissen? Ich nämlich schon.« Sie langt unwirsch nach ihrer Unterwäsche, die verstreut auf dem Boden liegt.

Luke kniet sich vor sie, umfasst ihre Schultern mit seinen kräftigen Händen und zwingt sie, ihm in die Augen zu sehen. »Nicht doch! Meine Freundin gab es vorhin bereits. Ich gebe zu, dass sie in diesem Moment angerufen hat, war ungünstig. Aber mach dir keine Sorgen, niemand wird es erfahren.« Julie will protestieren, doch er lässt sie nicht zu Wort kommen. »Außerdem ist es meine Entscheidung, wie ich mit der Beziehung umgehe. Und im Augenblick ist mir meine Freundin egal. Du allerdings ganz und gar nicht. Wie du sehen kannst.«

Das verschmitzte Grinsen von eben ist wieder auf sein Gesicht getreten, als er keck in den Schritt zeigt. Die Erektion in seiner Shorts ist nicht zu übersehen, an Imposanz kaum zu übertreffen. Die wohlgeformte Eichel drückt sich von innen gegen den Stoff und ein kleiner feuchter Fleck zeichnet sich an ihrer Spitze ab. Julie hält erneut den Atem an.

»Ich will dich, jetzt. Du willst mich auch. Das konnte ich bei unserer ersten Begegnung spüren. Also keine falsche Bescheidenheit, meine Liebe. Lass uns einfach Spaß haben!«

Während Luke spricht, streicht er zärtlich über Julies Brüste, zwickt sanft in ihre Brustwarzen, gleitet über ihren Bauch bis zu den Oberschenkeln, in Richtung ihrer Scham. Vorsichtig tastet er sich vor. Gleichzeitig spielt er mit der Zunge an ihren Nippeln, die sich ihm sofort wollüstig entgegenrecken. Das Liebkosen ihres Körpers zeigt Wirkung. Er ist auf dem besten Weg in sie einzudringen, geistig und körperlich. Luke, der Skywalker. So hatte sie ihn innerlich getauft, weil er eine herrliche Mischung aus Leichtigkeit, Vorfreude und Genuss vereint. Ein Spaziergänger über den Dächern einer reizlosen Welt. Wie ein Sprung in kaltes Wasser, nachdem man Stunden in der Sonne gebrutzelt hat und die Abkühlung ein kleines Stück Himmel bringt.

Er zieht ihren Oberkörper ein Stück zu sich heran, während er eine Brust fest packt, sie leicht knetet und erneut seinen Mund in Richtung des erregten Nippels bewegt. Ihr Herzschlag beschleunigt sich rasant, Wärme durchströmt ihren Körper. Als sie die raue Oberfläche seiner forschen Zunge an dieser empfindsamen Stelle wahrnimmt und sein Spielen mit Blicken verfolgt, hat er gewonnen.

Julies Lust flammt so schnell wieder auf, wie sie zuvor verschwunden war. Hitze zwischen ihren Schenkeln.

Ihr Kopf ist anderer Meinung. Sie sollte sich zur Wehr setzen, ihn wegstoßen und abhauen. Nur, dass ihr Körper ihr nicht gehorcht. Keinen Millimeter bewegt sich ihr Arm. Erst als Luke ihre Hände nimmt und sie mit Küssen bedeckt, sie sich dann auf die Schultern legt und ihren Körper in der Taille packt, um sie weiter in die Mitte der Matratze zu werfen, hält sie sich an ihm fest und krault seinen Nacken. Die Unentschlossenheit, mit der sie eben gerungen hat, verfliegt in wenigen Sekunden.

Er führt ihre Hand an sein Gemächt, fordert sie auf, ihn mit Druck zu massieren. Mit seinen Lippen streift er über ihren Hals und haucht ihr schließlich seinen warmen Atem ins Ohr. Mit Bedacht streckt er seine Zunge aus, betastet den äußeren Rand ihrer Ohrmuschel und fährt langsam und genüsslich an ihr entlang.

»Zeig mir die wilde Julie«, flüstert er. »Die, die ihren heißen Hintern extra schwingt, wenn sie an mir vorbeiläuft. Die, die gleich meinen Steifen in ihren Mund nimmt und ihn lutscht wie das beste Eis am Stiel der Welt. Die, die mich so anturnt, dass ich alles andere vergesse. Zeig sie mir, die wilde Julie!«

1. Kapitel

Vor acht Jahren
(25)

Julie steht an der mit LEDs beleuchteten Theke, lässt den Kopf zur Musik mitwippen. Ihre Lieblingsbar in der Nähe des Frankfurter Uni-Campus Bockenheim besteht nur aus einem schmalen Raum, der mit Spiegeln verkleidet ist, um ihn größer erscheinen zu lassen. Die vielen Menschen vor ihr und um sie herum lehnen sich alle möglichst weit nach vorn, um den Blick des Barkeepers zu erhaschen. Sie nutzt eine kleine Lücke, die vor ihr entsteht, als sich eine Frau mittleren Alters mit auftoupierten Haaren und kirschrotem Lippenstift mit zwei Cocktails in den Händen von der Bar abwendet und nach ihrer Begleitung Ausschau hält. Sie wirkt fehl am Platz. Aus Höflichkeit wirft Julie ihr ein zaghaftes Lächeln zu, das von der anderen mit einem kritischen Blick beantwortet wird. Julie zieht die Augenbrauen hoch, presst die Lippen fest aufeinander, schüttelt kurz den Kopf und quetscht sich, ohne weiter Rücksicht zu nehmen, an ihr vorbei.

Der Barkeeper entdeckt sie sofort in der Menge, begrüßt sie mit einem Küsschen auf die Wange. Ungefragt stellt er ihr eine Flasche Bier auf die Theke und nimmt ihr das Geld aus der Hand. Sie bedankt sich mit einem Nicken und hebt die Flasche in die Luft, um ihm zuzuprosten.

Ihr Handy klingelt. Während sie sich zur Wand auf der anderen Seite zwängt, öffnet Julie ihre glitzernde Umhängetasche und fischt das vibrierende Smartphone heraus. Auf dem Display steht der Name ihrer Freundin Lisa.

»Oh, oh.« Lisa ist zwar regelmäßig zu spät dran, aber normalerweise schreibt sie eine Nachricht mit ihrer voraussichtlichen Ankunftszeit. Julie versucht, vorurteilsfrei abzuwarten und hält das Telefon an ihr Ohr. »Hey, na, wo steckst du?« Die gewisse Kühle, die in ihrer Stimme mitschwingt, ließ sich nicht unterdrücken.

»Hey, sorry.« Lisa klingt bedrückt. »Ich schaffe es leider nicht. Es tut mir wirklich total leid! Ich habe gerade mit Jonas telefoniert. Er hat mich eingeladen, mit seiner Familie morgen über das Wochenende in die Berge zu fahren. Ein bisschen wandern, ein bisschen relaxen und die Sonne auf einer Alm ins Gesicht scheinen lassen. Da konnte ich nicht Nein sagen.«

In einer kurzen Sprechpause hört Julie tiefes Schnaufen auf der anderen Seite der Leitung.

»Ich packe gerade meinen Koffer. Jonas holt mich gleich ab, dann fahren wir schon mal nach Freiburg zu seinen Eltern runter. Und morgen geht es dann ganz früh los. Ich bin total gestresst! Aber ich hoffe, du bist mir nicht böse? Bitte sei mir nicht böse!«

Hat sie den Vortrag geübt? »Nein, ich bin nicht böse. Aber es wäre schön gewesen, es ein bisschen früher zu wissen. Ich stehe schon mit einem Bier in der Bar.« Julie atmet ihrerseits hörbar aus, die Enttäuschung gräbt ein tiefes Loch in ihre Magengegend.

»O nein, das tut mir wirklich leid. Aber ich habe es auch gerade erst erfahren, ehrlich. Großer Schritt, mit seinen Eltern in den Urlaub zu fahren. Ich bin nervös, aber wie könnte ich das Angebot ablehnen? Das verstehst du doch, oder? Und wir holen den Abend auf jeden Fall nach, okay?«

Julie lässt den Kopf hängen, kickt mit der Spitze ihrer Stiefelette einen Kronkorken zur Seite und schluckt ihren Ärger hinunter. »Ja, ist gut. Dann viel Spaß in den Bergen und genieße die Sonne für mich mit. Ach so, und sag Jonas schöne Grüße – das nächste Mal soll er mich auch einladen. Mitgehangen, mitgefangen, damit das klar ist!«

Lisa lacht auf. »Na klar, das mache ich! Ich hoffe, du kommst zurecht? Sollen wir dich noch schnell abholen und nach Hause bringen?«

»Ach Quatsch, das braucht ihr nicht! Ich trinke einfach mein Bier aus und mache mich dann auf den Heimweg. Also, wie gesagt, viel Spaß und schöne Grüße. Bis die Tage.«

»Ja, mach es gut, Julie. Ciao!«

Da piepst es schon in der Leitung und sie steckt das Handy weg. Die Musik in der Bar wird lauter. Julie streckt ihren Hals, sucht nach einem bekannten Gesicht, entdeckt aber niemanden und beschließt, sich an das Ende der Theke zu stellen. So hat sie zumindest die Chance auf ein kurzes Gespräch mit dem Barkeeper Max.

Kaum lehnt sie sich dort an die Wand, wird sie von einem gut aussehenden Kerl angerempelt.

»Darf ich mal?« Grob drückt er sich um sie herum.

Julie dreht sich zur Seite, presst sich an die verspiegelte Wand, um ihn vorbeizulassen. Als der schlecht gelaunte Schönling sie vollständig betrachten kann, ändert sich sein Gesichtsausdruck in einer Millisekunde zu einem freundlichen Lächeln. Seine Augen blitzen auf vor Freude. Er streckt ihr die Hand entgegen.

»Ich bin Tom, freut mich, dich kennenzulernen.«

Was soll das denn? Sie legt die Stirn in Falten, um ihre Irritation zum Ausdruck zu bringen. »Lernen wir uns überhaupt kennen? Bis eben gerade bin ich dir noch gehörig auf die Nerven gegangen, weil ich dir im Weg stand.«

»Hm, da hast du nicht Unrecht.« Er lächelt blasiert. »Aber wenn man wie ich hier jeden Tag ein und aus geht, weil man arbeiten muss, dann wird man mit der Zeit etwas ruppiger.« Für einen Moment halten sie Blickkontakt, bis sich Julie leicht von ihm abwendet, da sie das Gespräch für beendet betrachtet. »Du bist eine sehr attraktive Frau. Deine blauen Augen sind der Wahnsinn. Und jetzt möchte ich dich kennenlernen«, legt er nach und schafft es, ihre Aufmerksamkeit zurückzugewinnen.

Sie dreht den Kopf und registriert seinen herausfordernden Blick. Zur Bestätigung der Worte streckt er ihr seine Hand erneut entgegen. Dennoch, irgendetwas ist komisch an ihm. Weil sie es nicht definieren kann und nicht unhöflich sein möchte, übergeht sie ihr Zögern, greift zu und stellt sich ebenfalls vor.

»Möchtest du etwas trinken? Ich geb dir einen aus.«

»Danke, aber im Augenblick bin ich bestens versorgt.« Wie zur Rechtfertigung hält sie die Bierflasche hoch und nimmt einen Schluck.

»Jetzt entspann dich mal. Ich tu dir nichts, glaub mir. Zieh dir einfach den Stock aus dem Arsch und hab einen schönen Abend.« Mit diesen Worten verschwindet Tom hinter der Bar und begrüßt seine Kollegen.

Julie guckt ihm verdutzt und leicht verärgert hinterher. Was fällt ihm ein, so mit ihr zu reden? Sie überlegt, auf der Stelle nach Hause zu gehen. Ein Blick auf ihr Getränk verrät ihr jedoch, dass es noch zu dreiviertel gefüllt ist. Schnaubend lässt sie die Flasche sinken. Sie muss schneller trinken. Mit diesem aufsässigen Typen in der Nähe erscheint es ihr eine miese Entscheidung, allein in der Bar zu bleiben. Max läuft an ihr vorbei.

»Na, schon unseren neuen DJ kennengelernt? Cooler Typ, oder?«

»Irgendwie vorlaut, wenn du mich fragst.«

»Du verziehst das Gesicht, als hättest du in eine Zitrone gebissen. So schlimm können die dreißig Sekunden mit ihm nicht gewesen sein, oder?« Er zwinkert ihr zu und quittiert ihr Schulterzucken mit einem Lachen. »Komm rüber, die große Männergruppe ist gerade gegangen, jetzt ist in der Mitte ein Platz frei, dann unterhalten wir uns an der Bar ein bisschen.« Er hebt eine Kiste Bier vom Boden hoch und nickt in die Richtung, in der der freie Platz ist.

»Ist gut, aber nur noch bis ich mein Bier leer habe. Meine Freundin kommt doch nicht.«

Als hätte Lisa gespürt, dass Julie sie vermisst, schickt sie eine Nachricht:

»Es tut mir wirklich total leid! Wir könnten dich in 30 Minuten abholen – das wäre kein Problem! Gib mir Bescheid.«

»So lange halte ich es hier nicht mehr aus, der neue DJ ist ein Womanizer. Aber danke für das Angebot! Habt viel Spaß!«

»Uhh, du meinst wie dieses Sexspielzeug aus der Werbung und du nimmst ihn gleich mit nach Hause?«

»Haha! Nein, eher das Gegenteil. Vielleicht würde er mich sogar an entsprechenden Stellen stimulieren … Aber eben auch alle anderen Frauen, die nicht bei 3 auf den Bäumen sind. Billig und schmierig! Nein, danke.«

Während sie Max dabei zusieht, wie er aufwendige Cocktails mixt und von den anwesenden Frauen unverhohlen angestarrt wird, lauscht sie einem Gespräch neben sich. Die Frau mit der unsäglichen Frisur und den roten Lippen ist an die Bar zurückgekehrt und steht dicht bei dem Mann, der auf dem Barhocker zu Julies rechter Seite sitzt. Ihr Sitznachbar ist deutlich jünger als *Sabine*. So sieht die Frau aus, wie eine Sabine. Sie trägt ihren Ehering, das kann Julie erkennen, als die flirty Frau wieder und wieder die Schulter des jungen Mannes berührt, seinen Arm streichelt und ihn in die Seite knufft. Innerhalb kürzester Zeit legt er seine

Zurückhaltung ab, ignoriert das Lachen der Freunde im Hintergrund und entscheidet sich, auf ihre Annäherungsversuche einzugehen.

Die Frau lehnt sich vor, gewährt ihm einen tiefen Einblick in ihr Dekolleté und flüstert ihm ins Ohr, dass ihr Ehemann niemals erfahren würde, was heute passiert.

Sabines Flüstern ist in Wahrheit kein Flüstern, sondern ein lautes Übertönen der Musik, weshalb Julie jedes Wort hört. Ihr Kopf fliegt herum, belustigt sieht sie der Frau in die Augen. Die zwinkert ihr zu, knabbert ihrem jungen Lover am Ohrläppchen, gibt ihm einen flüchtigen Kuss auf die Wange, greift nach seiner Hand und zieht ihn hinter sich her aus der Bar.

Ganz schön dreist ...

Julie starrt den beiden hinterher. Die Freunde des jungen Mannes schütteln sich vor Lachen. Auch wenn Julie den Reiz nachempfinden kann, sie kann sich nicht vorstellen, einmal in Sabines Situation zu stecken, so unzufrieden zu sein, ihren Mann zu betrügen. Vor allem auf diese offensive und plumpe Art und Weise.

Sie hat genug für heute. Ungläubig und etwas angeekelt rutscht sie von ihrem Barhocker hinunter, winkt Max zu und zwängt sich durch die vielen Gäste in Richtung Ausgang.

Was reitet einen Menschen, seinen Partner so unverhohlen zu hintergehen?

In Gedanken versunken erreicht Julie den Vorraum. Plötzlich steht Tom vor ihr. Sie hat bis jetzt jeglichen weiteren Augenkontakt erfolgreich vermieden und ist überrascht, dass er nicht aufgibt. Sie rollt mit den Augen, schnaubt ungehalten durch die Nase, drückt sich an ihm vorbei, doch er hält sie auf.

»Wo willst du denn hin? Nach Hause? Ich lege jetzt gleich auf und dachte, wir könnten ein bisschen hinter dem DJ Pult zusammen tanzen?«

Ist das sein Ernst? »Tut mir leid, aber ich bin nicht interessiert. Ich möchte einfach nach Hause gehen. Einen schönen Abend noch.« Julie setzt erneut an, um ihn herumzustapfen.

»Jetzt warte doch mal. Ich habe das Gefühl, du magst mich nicht. Und das, obwohl ich dir vorhin schon Komplimente gemacht habe. Gib mir eine Chance, dir zu zeigen, was für ein netter Mann ich bin.« Er baut sich vor ihr auf.

Sicher hat er das Gefühl, ihr so deutlich mehr zu imponieren. »Du hast echt ein viel zu großes Ego.«

»Nur weil ich *vorlauter* bin als der Durchschnittsmann?«

Eindeutig – Max hat ihm verraten, wie sie auf die Frage reagiert hat. *Männer … tratschen genauso wie Frauen.* Sie verschränkt die Arme vor der Brust.

»Du kennst mich doch gar nicht. Hier mal ein paar Fakten: Ich studiere Medizin, koche liebend gern, meine Eltern haben einen Mischlingshund mit Namen ‚Don Milo', mit dem ich immer auf dem Sofa kuschle und wenn ich Zeit habe, arbeite ich mit Holz. Ich baue zum Beispiel gerade eine Kommode für meinen Flur. Was sagst du jetzt? Klingt ziemlich normal und vor allem nett, oder?«

»Ja, ganz nett.« Julie zuckt mit den Schultern, ihren Blick lässt sie über die Köpfe der anderen Gäste schweifen. Sie sucht Max, damit sie ihn herbeiwinken kann, falls dieser Depp sie nicht bald in Ruhe lässt.

»Du bist eine harte Nuss, Julie. Wie kann ich dir ein Lächeln auf die Lippen zaubern?«

»Auf jeden Fall nicht, indem du ein überheblicher Idiot bist und mir dämliche Sprüche drückst.« Sie presst ihre Kiefer aufeinander, um sich nicht auf sein Niveau herabzulassen und weitere Beleidigungen, die ihr auf der Zunge liegen, für sich zu behalten.

»Du meinst das mit dem Stock im Arsch? Dafür entschuldige ich mich in aller Form.« Tom verbeugt sich wie ein Butler vor ihr.

»Ich habe selbst jetzt das Gefühl, dass du mich veräppelst. Jemanden, der so mit mir redet, kann ich einfach nicht ernst nehmen. Und will ich auch nicht in meiner Nähe haben. Also, schönen Abend noch.« Dieses Mal marschiert sie los und rempelt ihn ohne Rücksicht hart an.

Tom stolpert einen Schritt zurück, doch er greift nach ihrem Oberarm und hält sie fest. Julie dreht sich herum, wirft ihm einen vernichtenden Blick zu und ballt ihre freie Hand zu einer Faust.

Unversehens wird die Tür zur Straße geöffnet, Julie spürt die frische Luft auf ihrer Haut. Ein Segen. Eine Strähne fliegt ihr ins Gesicht, die sie unwirsch hinter ihr Ohr schiebt. Neue Gäste drängeln sich an ihnen vorbei in die Bar, die sie in Toms Richtung drücken. Der kühle Luftzug lässt sie spüren, wie ihre Wangen glühen. Sie hat genug und will nur raus, aber er lässt nicht los.

»In Ordnung, ich habe es vermasselt.« Jetzt klingt er ernst. Er senkt den Blick. »Aber du bist eine wahrhaft umwerfende Frau. Da muss man als Mann alle Register ziehen. Das war dann wohl eine Schippe zu viel. Es tut mir leid.«

Er versinkt in Stille, nur das Wummern der Musik dröhnt in Julies Ohren. Sie schüttelt ihren Arm, um sich aus seinem Griff zu befreien. Tatsächlich lässt er sie los, sieht ihr flehend in die Augen und öffnet abermals den Mund.

»Gib mir eine Chance. Bitte. Lass uns morgen ins Weiße Museum gehen. Um fünfzehn Uhr vor dem Eingang. Wenn du nicht magst, kommst du einfach nicht. Ich werde da sein und auf dich warten.« Er legt ein schüchternes Lächeln auf und streckt ihr zum Abschied seine Hand entgegen.

Julie atmet tief ein, dreht sich um und verlässt ohne ein weiteres Wort die Bar.

*

Einen Monat später

»Wie geht es deinem Bruder?«, will Alex wissen, während er auf seiner Tastatur herumtippt.

»Bruderherzi ist mal wieder mit einer neuen Freundin bei unseren Eltern aufgetaucht. Sie scheint allerdings, nicht wie die beiden vorher, normal zu essen. Also mehr als Brot mit Analog-Käse und Nudeln mit Ketchup.«

»Entschuldige, aber wo findet er diese Mädels immer?« Er lehnt sich in seinem Bürostuhl zurück, drückt sich ab und dreht eine Runde.

»Ich habe keine Ahnung. Es ist wie eine Soap-Opera bei uns. Drama pur. Hatte ich dir erzählt, dass eine sogar unsere gläserne Haustür eingetreten hat? Sie war sauer, weil Carlo Schluss gemacht hat.«

»Nicht wirklich?«

»O doch! Das hättest du sehen sollen. Glücklicherweise ist es Sicherheitsglas, deswegen gab es kaum Splitter und sie hat sich auch nicht verletzt. Den Knall hat man zwei Straßen weiter gehört, Nachbarn haben sich wohl ganz besorgt gemeldet und am nächsten Tag stand es in der Klatschspalte des Odenwälder Anzeigers. Meine Eltern haben es mit Humor genommen.« Julie kichert vor sich hin.

»Bei euch ist was los. Hast du denn auch etwas zu berichten?« Er hat einen Einfall, zieht sich ein leeres Papier heran und notiert zwei Worte.

»Ich habe jemanden kennengelernt.« Sie verfällt in einen fröhlichen Plauderton.

Überrascht über diese Nachricht starrt Alex das Display seines Handys an, das auf dem Schreibtisch neben seinem Laptop liegt. Schnell wischt er die unzähligen, vollgeschriebenen Zettel vor sich zur Seite, stellt seinen Kaffeebecher ab und schaltet den Lautsprecher aus. Er klemmt sich das Smartphone unverzüglich zwischen Schulter und Ohr.

Sein Mitbewohner ist zu Hause, ein notorischer Lauscher. Die Notizen für seine Masterarbeit schiebt er ordentlich auf einen Haufen und weit weg von seinem Kaffee, damit er sie nicht wieder unter Wasser setzt. »Ach was, das klingt toll! Wer ist es, wie alt ist er und was macht er?«

»Er heißt Tom, ist sechsundzwanzig Jahre alt, studiert Medizin und legt nebenbei auf, um ein bisschen Geld zu verdienen. Er ist wirklich witzig, macht unerwartete Dinge und hat Zugang zu den besten Partys der Stadt, weil er jeden kennt. Er nimmt mich ständig mit, wir haben einen tollen Abend und dann bringt er mich ganz gentlemanlike nach Hause.«

Er hört ihr Lächeln durch die Leitung. Sie wirkt sogar ein wenig aufgekratzt. Alex verkneift sich einen Kommentar zum Thema DJs. Er kennt Julie, sie wäre nur wieder genervt von ihm und würde ihm Oberflächlichkeit vorwerfen. So wie vor zwölf Jahren, als sie sich auf einer Sommerfreizeit kennenlernten. Er hatte den größten Spaß daran, sie regelmäßig auf die Palme zu bringen, indem er lauthals überall verkündete, dass er sich nur mit den coolen Mädchen abgeben würde. »Aber gelaufen ist da noch nichts?« Sein Tonfall verrät seine Konfusion, was er eigentlich hatte verhindern wollen.

Julie lacht, sie hat wohl mit dieser Frage gerechnet. »Nein, bisher noch nicht. Beim nächsten Mal vielleicht. Aber wenn du hörst, was wir bei unserem ersten Date gemacht haben, fällst du wahrscheinlich vom Stuhl.«

Alex horcht auf. Er lehnt sich wieder in seinem Bürostuhl zurück. »Erzähl!«

»Unsere erste Begegnung lief nicht so gut. Er war ein Idiot, das habe ich ihm gesagt und wollte ihn einfach stehen lassen. Lisa hatte mich an dem Abend versetzt, ich war also sowieso nicht besonders gut drauf. Aber er war sehr hartnäckig. Das Ende vom Lied war, dass er sich aufrichtig entschuldigt und eine Einladung in ein Museum am nächsten Tag als Wiedergutmachung ausgesprochen hat. Nummern hatten wir nicht getauscht, er wollte vor dem Eingang auf mich warten. Ich habe sehr lange überlegt, ob ich hingehen soll ...« Sie stockt kurz. »Aber was hätte schon passieren können? Wenn er wieder die Ego-Tour gefahren hätte, wäre ich einfach nach Hause gegangen. Also waren wir im *Weißen Museum* und haben uns Kunstwerke angeschaut.«

Alex braucht ein paar Sekunden, dann prustet er los. »Ich glaube die Idee klaue ich für meinen nächsten Flirt. Haha!« Er schüttelt sich vor Lachen. »Ein Museum anzubieten, war ein gewagter Schritt. Das hätte dich auch noch mehr abschrecken können. Hut ab vor seiner Courage.«

»Und seiner Hartnäckigkeit. Nach seinen ersten zwei Versuchen hätte ich ihn am liebsten gegen die Wand geklatscht. Aber er hat die Kurve bekommen.«

»Wie oft habt ihr euch denn jetzt schon getroffen?«

»Sieben Mal.«

Seine Fassungslosigkeit erreicht einen neuen Höhepunkt. »Was? Ihr hattet schon sieben Dates und es ist noch nichts passiert? So kenne ich dich gar nicht.«

»Wie gesagt, er ist ein Gentleman. Nicht so wie du.«

»Stimmt, ich würde dich niemals in ein Museum einladen, du müsstest dir selbst Blumen mitbringen und nach dem dritten Date ohne Körperkontakt hätte ich Tinder wieder ausgepackt – in deinem Beisein.« Während Alex herzhaft über sich selbst lacht, hört er Julies gespieltes Murren. Er stichelt für sein Leben gern.

»Irgendwann wird dir eine Frau den Kopf zurechtrücken, Alex. Ich freue mich schon auf den Tag.« Sie flötet eine Verabschiedung ins Handy und legt auf.

*

Am nächsten Abend steht Julie pünktlich vor den Klingelschildern eines schicken Neubaus im Ostend. Bis zur U-Bahn-Station sind es nur wenige Gehminuten. Die grauen Häuserblöcke, an denen sie vorbeigelaufen ist, als sie nach der richtigen Hausnummer suchte, sahen alle gleich aus. Bodentiefe Fenster, Milchglas-Balkongeländer, die sich schlängelnden, beleuchteten Kieswege zwischen den Vorgärten. Der sommerliche Geruch des penibel frischgemähten Rasens steigt Besuchern sofort in die Nase. So auch Julie, die einen tiefen Atemzug nimmt und sich daran erfreut.

Ihr Blick gleitet über die Namen, bis sie seinen entdeckt. Ohne das geringste Zögern drückt sie den Knopf leicht ein, hört ein Klingeln und das Knacken der Gegensprechanlage.

»Zweiter Stock«, meldet sich die Stimme ihres Dates.

Als Julie die letzte Stufe der frei schwebenden Steintreppe im Hausflur erklimmt, öffnet sich eine Wohnungstür.

Tom strahlt sie an. Er legt die rechte Hand über sein Herz, mustert sie und zeigt seine Begeisterung. »Du siehst wieder umwerfend aus. Dieses rote Kleid betont alle deine Vorzüge.« Sein verschmitztes Lächeln spricht Bände. Er zieht sie etwas näher zu sich, schaut ihr mit einem verträumten Blick in den tiefen Ausschnitt, lässt einen glücklichen Seufzer hören und gibt ihr einen vorsichtigen Kuss zur Begrüßung.

»Rot ist meine Lieblingsfarbe. Begehren, Liebe und Leidenschaft, alle aufregenden Emotionen werden damit assoziiert«, flüstert sie ihm ins Ohr.

»Mal abgesehen davon, dass es zu deinen wunderschönen braunen Haaren und deinen strahlenden Augen passt, hast du recht – die Farbe hat es in sich«, erwidert er lächelnd, bittet sie herein und führt sie in den Wohnbereich, wo er schon den Winzersekt entkorkt und zwei Gläser vorbereitet hat. Er reicht ihr ein Glas. Sie stoßen an, blicken sich dabei verliebt in die Augen.

Julie kann sich ein kleines Lächeln nicht verkneifen. Tom hat für sie gekocht. »Es duftet hervorragend.«

»Warte ab, bis du probiert hast. Ich hoffe, du hast keine Allergien und isst Fleisch? Hm, das hätte ich lieber vorher fragen sollen …« Er greift sich etwas verunsichert an die Stirn.

Julie lacht und schüttelt den Kopf. »Nein, nichts dergleichen. Ich bin zumindest in dieser Hinsicht sehr unkompliziert.« Sie zwinkert ihm zu.

»Sonst könnte ich schnell eine Pizza bestellen. Bei meinem Freund Antonio gibt es ausgefallene Kreationen, wie die *Perla* belegt mit knuspriger Ente, Rotkraut und Klößen. Die kann ich wärmstens empfehlen!«

Sein Enthusiasmus bringt sie zum Grinsen. »Pizza ist zwar meine Leibspeise, aber es ist wirklich nicht nötig, etwas zu bestellen. Ich bin gespannt, was du gezaubert hast!«

»Perfekt, dann setz dich doch, ich hole das Essen.« Tom rückt ihr einen Stuhl zurecht, bevor er in die Küche verschwindet und mit zwei Tellern zurückkehrt.

»Wow«, bewundert Julie das Gericht. »Ich hätte nicht gedacht, dass ein Student so kochen kann, oder überhaupt Interesse daran hat. Innerlich habe ich mich auf Spaghetti Bolognese eingestellt.« Sie lacht erneut.

»Ist das eine Beleidigung oder ein Kompliment? Ich habe dir doch erzählt, dass ich kochen kann.« Er legt den Kopf schief. »Mein Vater hat mir beigebracht ‚Coq au Vin' zuzubereiten. Ich hoffe, es schmeckt dir.«

»Köstlich! Wirklich sehr, sehr lecker. Vielen Dank für die Einladung.« Sie haben ihre Teller leer geputzt. Julie lehnt sich in ihrem Stuhl zurück, dreht den Stiel des zarten Weinglases zwischen ihren Fingern und lässt ihren Blick in

Toms Richtung gleiten. Hinter ihm an der Sichtbetonwand hängt ein einzelner, kleiner schwarzer Bilderrahmen. Die Entfernung ist zu groß, um das Foto zu erkennen. »Darf ich?« Sie zeigt darauf.

»Natürlich«, entgegnet Tom und lächelt.

Julie steht auf, stöckelt um ihn herum und betrachtet die vier miteinander vertraut wirkenden Personen.

»Das sind meine Eltern und meine kleine Schwester Luisa.« Tom sitzt entspannt auf seinem Stuhl, hat ihn aber ein wenig herumgeschoben, um Julie anzusehen.

»Und du. Eine schöne Familie.« Als sich Julie zurückdreht, fällt ihr ein leerer Nagel in der Wand auf. Direkt neben dem Familienbild. »Oh, ist dir der andere Bilderrahmen hinuntergefallen?«

»Was meinst du?« Toms Blick folgt Julies ausgestreckter Hand zu dem zweiten Nagel. »Ach, ja das habe ich ganz vergessen. Ich hatte ein Bild von unserem Familienhund Don Milo dort. Aber wie du sagst, es ist mal hinuntergefallen und ich habe nie einen neuen Rahmen besorgt.« Er greift nach ihrer Hand und zieht sie seitlich auf seinen Schoß. »Komm mal her zu mir, du Schöne.« Lächelnd umfasst er ihre Taille und schiebt mit der freien Hand ihre Haare zärtlich hinter ihr Ohr. Er belässt die Hand an ihrem Hals, streicht mit dem Daumen über ihre Wange. Sie schauen sich an, sind beide still. Tom reckt den Hals ein wenig mehr zu Julie.

Sie senkt ihren Kopf und schließt die Augenlider. Er küsst sie. So wie sie es mag. Es ist perfekt.

Er ist perfekt.

Sie streichelt seinen Nacken, spürt unter der anderen Hand auf seinem Brustkorb, das Pochen seines Herzens. Seine Muskeln vibrieren. Mit jedem sanften Vorstoß seiner Zunge in ihren Mund, dem liebkosenden Kreisen und einem Saugen an ihren Lippen, wird sie heißer. Aus dem leichten Kribbeln in ihrer Magengegend entwickelt sich ein ausgewachsener Tsunami zwischen ihren Beinen.

Julie verlangt es nach mehr. Sie zieht das schwarze Hemd aus seiner Hose und öffnet die pfriemeligen Knöpfe.

Tom löst sich ein Stück von ihr. »Vielleicht sollten wir an einen bequemeren Ort wechseln?«, haucht er die entscheidende Frage.

Julie nickt. Sie stehen auf, Tom hält ihre Hand und führt sie ins Schlafzimmer. Er schließt die Tür hinter ihnen.

Julie setzt sich auf die Kante des hohen Boxspringbettes und wirft ihm erwartungsvolle Blicke zu. Er neigt den Kopf ein Stück nach rechts, streckt beide Hände nach vorn aus und fordert sie damit auf, zu ihm zu kommen.

Sie folgt seinem Wunsch, steht auf und legt ihre Hände in seine. Er wirbelt sie mit einem Schwung herum, sodass sie in seinen Armen landet, den Rücken an seine Brust gelehnt.

Tom streicht ihre Haare zur Seite und lässt seine Zunge über ihren Nacken gleiten. Küsse folgen. Seine Hände wandern weich über ihren Bauch, streicheln ihre Taille, gleiten hoch bis zu den Brüsten, wo er verharrt. Ein kurzes Zögern, dann greift er zu. Julie stöhnt auf.

Eine Hand ist inzwischen auf dem Weg nach unten, seine Berührungen fester, fordernder. Er streicht über die Vorderseite ihrer Oberschenkel, bewegt den Arm langsam nach außen, gelangt zu ihrem Po, den er mit der ganzen Hand packt und knetet.

Raues, tiefes Brummen dringt aus seiner Kehle, während sich Julie den Berührungen völlig hingibt. Ihr Kopf liegt an seiner Schulter.

Tom lässt ihren Hintern los und zieht ihr geschickt das Kleid nach oben, sodass seine Hand auf ihrer blanken Haut liegt.

Sie nimmt, trotz der robusten Jeans zwischen ihnen, seine Erektion an ihrem Rücken wahr, als er sich fest an sie drückt und seine Finger in ihren Schritt schiebt.

Julie ist voller Lust, sie spürt es in ihrem Höschen und er wohl ebenso. Ihre Feuchte scheint ihn anzuspornen, macht ihn wilder. Seine Hüfte reibt er kreisend an ihrem Po, beißt lustvoll in ihr Ohr.

Ruckartig lässt er sie los, schiebt sie etwas von sich weg, öffnet den Reißverschluss ihres Kleides am Rücken und streift ihr das Kleidungsstück über die Schultern ab. Sie dreht sich herum und sieht ihn ungeniert an. Sie hat sich in weiser Voraussicht für die rote Spitzenunterwäsche entschieden.

Tom macht für einen Moment den Eindruck, als habe er vergessen, was er vorhatte. »Sexy«, raunt er.

Julie greift nach hinten an den Verschluss und öffnet die Haken ihres BHs. Ihre Brüste hüpfen aus den Cups und präsentieren sich ihm.

Er kann die Augen sichtlich nicht von ihr lassen. Etwas Unverständliches vor sich hin murmelnd, greift er sich in den Schritt, um seinen harten Schwanz in der Hose zu richten.

Erst als sich Julie auf ihn zu bewegt, kommt er wieder zu sich und gerät in Aktion. Im Eiltempo entledigt er sich seiner Kleidung.

Als seine Erektion aus der Short springt, ist Julie gefesselt von diesem Anblick. Ihr Körper verlangt nach Berührungen, ihr Geist sehnt sich nach der Penetration durch dieses Prachtexemplar – jetzt.

Sie küssen sich wild, pressen sich fest aneinander, fahren energisch am Körper des anderen entlang.

Tom lässt seine Muskeln spielen und drückt Julie auf das Bett. Er zieht ihr Höschen aus der feuchten Spalte, streift es über die Schenkel ab und wirft es auf den Boden. Sein Kopf versinkt zwischen ihren Beinen.

Julie will gerade in der übermächtigen Erregung versinken, die sie wohlig umschließt, da lässt sie ein lautes Aufstöhnen hochsehen.

Tom befriedigt sich geübt selbst, während er seinen Mund weiter stimulierend in ihrer Lustzone bewegt. Seine Erregung ist wohl so groß, dass er sich eine schnelle Erleichterung verschafft, um nicht gleich beim ersten Stoß in ihr zu kommen. Die rosa glänzende Eichel reckt sich ihr entgegen.

Julie schmunzelt und lässt ihren Kopf zurücksinken, während er mit der Zungenspitze kleine Kreise um ihre Klit zieht, die Bewegung mit jedem Mal vergrößert, sodass er schnell mit flacher Zunge über ihre gesamte Breite und Länge leckt. Er schiebt sich hinein, massiert den Eingang, knabbert leicht an ihrer Perle, saugt sich daran fest und spielt mit ihr in seinem Mund. Die freie Hand hält eine ihrer Brüste, liebkost und knetet den festen Nippel.

Sie wirft ihren Kopf hin und her, stöhnt, schnappt nach Luft und schaut Tom direkt in die Augen. »Ich will dich in mir spüren!«

Nach seinem schnellen Abschuss in die Bettlaken macht ihn ihre forsche Aufforderung ganz offensichtlich so heiß, dass er weiterhin eine stabile Latte vor sich herträgt. Aus seiner Nachttischschublade zieht er ein Kondom und stülpt es mit massierenden Bewegungen über den Schwanz.

Er rutscht auf den Knien näher an sie heran, setzt seine Spitze an und dringt langsam tief in ihre feuchte Öffnung ein. Sie stöhnen beide laut vor Lust. Er beugt sich über sie und bewegt sich zuerst bedächtig vor und zurück. Doch die Stöße geraten immer schneller und härter. Es bereitet ihm unübersehbar großen Spaß sie zu vögeln, Julie zerfließt unter ihm.

Sie betrachtet das Muskelspiel auf seiner Brust, krallt sich in seine Oberarme.

Nach ein paar Minuten zieht Tom den glänzenden Schwanz aus ihr hinaus. »Genug von der Missionarsstellung.« Er steigt aus dem Bett, zieht Julie zur Bettkante und dreht sie auf den Bauch. Ihre Beine stellt sie auf den Boden, ihren Hintern reckt sie ihm aufreizend entgegen. Ohne sich zu verbiegen, nimmt er sie auf dem hohen Bett von hinten.

Als er in sie eindringt, presst er ihre Beine zwischen seinen zusammen. Eine provozierende Enge baut sich in ihr auf. Sie schiebt den Po mehr in seine Richtung und krallt sich in die Laken.

Er legt seine Hände auf ihre Schultern und zieht sie immer wieder fest zu sich heran, während er zustößt. Julie beißt in die Decke, um nicht zu laut zu werden. Es erregt sie, wie er sie führt. Seine Eier klatschen gegen ihre geschwollene Klitoris und reizen sie auf das Äußerste.

Als sie das Gefühl hat, ihrem Höhepunkt näher zu kommen, und sich ein paar weitere Stöße wünscht, beendet Tom das intime Zusammenspiel, indem er sich aus ihr zurückzieht, mit einem lauten Stöhnen seinen Orgasmus kundtut, offenbar das Kondom von seinem Penis abrollt und ihr sein gesamtes Sperma auf den Rücken spritzt. Sie spürt die warme Flüssigkeit an ihrer Seite hinunterlaufen. *Was um alles in der Welt ...?*

»Warte kurz, ich wische es gleich weg.«

Außer Atem holt Tom ein paar Tücher aus dem Badezimmer und säubert Julie. Sie liegt regungslos auf dem Bauch und Enttäuschung macht sich in ihr breit.

Er bietet ihr an, seine Dusche zu benutzen. Keine Erklärung, keine weiteren Zärtlichkeiten, außer einem Kuss auf ihre Stirn.

»Wir wollen schließlich noch ausgehen«, ruft er ihr beim Verlassen des Zimmers zu. Sie seufzt gefrustet über sein merkwürdiges Verhalten.

Während sie sich abduscht, räumt er in der Küche auf. Das Klappern des Geschirrs wird begleitet von dem fröhlichen Pfeifen ihres Gastgebers. Kurze Zeit später steht Julie wieder angezogen vor ihm.

»Klasse, ich dusche auch noch schnell und dann können wir los. Hier ist noch ein Glas Sekt. Ich bin gleich zurück.«

Verunsichert setzt sie sich auf sein Sofa und nippt an dem Getränk. Sie nimmt ihr Smartphone und ist erleichtert, eine Nachricht von Lisa erhalten zu haben.

»Und, wie läuft es? Ich habe inzwischen mal nachgesehen, wegen Oktober. Das Wochenende in Hamburg steht! Ich wünsche dir noch viel Spaß heute!«

»Super, ich freue mich, dass du mitkommst! Bis eben lief es hier auch ziemlich gut, jetzt gerade bin ich etwas verwirrt … Berichte dir später.«

Um in den *Palm Club* zu kommen, muss man den Inhaber kennen, oder zumindest einen der eingetragenen Stammgäste, und sich auf die Gästeliste schreiben lassen. Es hat etwas von einer Speakeasy-Bar, nur eben als Club.

An der Tür steht ein Berg von einem Mann, der ungebetene Gäste vertreibt. Allein der durchdringende Blick, mit dem er Neuankömmlinge taxiert, lässt jeden Besucher zusammenzucken. Nicht so Tom. Er begrüßt den Hünen mit einem Handschlag.

»Sie gehört zu mir.«

Mitch, der Hüne, nickt, macht einen Schritt zur Seite und gibt den Eingang frei, ohne sich die Liste in seiner Hand überhaupt nur einmal kurz anzusehen. Er lässt ein kleines Lächeln aufblitzen, das seine Augen nicht erreicht und daher mehr einem knurrigen Zähnezeigen ähnelt. Tom zieht

Julie hinter sich her. Sie dreht sich nach ein paar Metern erneut um, um den Riesen nochmals zu betrachten. Er starrt ihr hinterher. Sie schüttelt irritiert den Kopf.

Als Julie und Tom diesen Insiderclub betreten, ist sie überwältigt von dem exklusiven Publikum im Raum. Nicht nur gut aussehend, sondern offensichtlich auch gut betucht. Durchgestylte Männer und Frauen mit Kleidern und Taschen der gängigen Luxusmarken laufen an ihr vorüber. Dazu Stücke von Designern wie Susanna Yi. Die Menschen hier sehen aus, als wären sie einem Hochglanzmagazin entsprungen. »Ich fühle mich underdressed.«

»Keine falsche Bescheidenheit. Du siehst super aus.«

Julie mustert Tom. Er scheint mit seinen Gedanken nicht bei der Sache zu sein. Er schaut sich um, als wäre er auf der Suche nach jemandem.

»Lass uns mal zur Bar gehen. Ich will die Jungs begrüßen und etwas zu trinken holen.«

Diesmal ist es Julie, die seinen Arm greift und ihn zurückhält. »Sag mal, ist alles in Ordnung? Du bist irgendwie komisch drauf.«

»Alles in Ordnung, Süße. Ich hatte gehofft, hier einen Freund zu treffen. Aber nicht so schlimm, dann rufe ich ihn morgen mal an. Komm, gehen wir rüber.«

Es ist nicht übermäßig voll, sodass sie problemlos auf die andere Seite des Raumes gelangen. Tom schüttelt den Jungs hinter der Bar die Hände, unterhält sich kurz mit ihnen, macht aber keine Anstalten, Julie vorzustellen.

Sie steht ein paar Schritte entfernt und schaut sich die Getränkekarte an. Perplex reißt sie die Augen auf. Elitäre Locations verlangen anscheinend nach exorbitanten Preisen. »Ein Bier«, denkt sie laut, »das kann ich wenigstens bezahlen.« Sie schaut auf und sucht nach Tom. Er ist weiter hinter die Bar gegangen, winkt ihr in dem Moment zu. Er hält eine Flasche Bier hoch und zeigt zwei Finger mit der anderen Hand. Julie nickt und freut sich über seine Initiative. Sie legt die Karte auf den Tresen und wartet auf ihn.

Als Tom sie erreicht, reicht er ihr eine der beiden Flaschen. Sie stoßen an und nehmen einen Schluck.

»Kannst du auf mein Bier aufpassen? Ich müsste mal austreten. Wo sind denn die Toiletten?«

Er nimmt die Flasche und deutet ihr den Weg. Bevor sie in der Menge verschwindet, sieht sie, wie er sich wieder den Barkeepern zuwendet.

Julie verlässt die Toilettenkabine, tritt an das spärlich beleuchtete Marmorwaschbecken heran und dreht den Wasserhahn auf. In dieser Sekunde taucht aus dem Schatten des Raumes plötzlich eine Frau neben ihr auf, sie steht unangenehm nah bei ihr. Ihr langes goldblondes Haar liegt offen und perfekt gestylt auf ihren Schultern, über einem teuren nachtblauen Cocktailkleid.

Sie mustert die Frau im Spiegel. Diese starrt mit einem wütenden Blick auf Julies Profil, sodass sie ein wenig eingeschüchtert wird. »Kann ich Ihnen irgendwie helfen?« Julie fragt, um sich zu beruhigen. Die Frau, die kaum älter als sie ist, legt ein schiefes Lächeln auf.

»Allerdings, du Hure. Du kannst die Finger von meinem Freund lassen.«

Julie erstarrt, die Hände unter dem Wasserstrahl. Sie überlegt angespannt, was dieser Überfall bedeuten soll. »Was meinst du damit?« Mehr fällt ihr nicht ein.

»Ich rede von Tom. Wir sind seit fünf Jahren zusammen. Wenn du kleines Miststück glaubst, dass er mich für dich verlässt, dann hast du dich ganz schön geschnitten.« Die Frau knallt plötzlich ihre flache Hand auf den Waschtisch, sodass Julie zusammenzuckt. »Wenn ich dich noch einmal mit ihm sehe, wirst du was erleben!«

Verblüfft dreht Julie den Kopf zu ihr herum. Die Frau hebt drohend einen Zeigefinger, setzt ihn sich an den Hals und deutet an, sich damit die Kehle durchzuschneiden. Wäre sie nicht immer noch so überrumpelt, würde Julie über diese Lächerlichkeit lachen. Sie schaut der Blonden hinterher, als sie sich umdreht und den Waschraum verlässt.

»Was geht hier vor?«, fragt Julie laut in den jetzt leeren Raum. Ihr Blick gleitet von der leicht schwingenden Tür zur Tanzfläche auf ihr Gesicht im Spiegel und sie bemerkt, wie blass sie aussieht. »Das kann doch gar nicht sein.« Sie schüttelt den Kopf, um ihre Steifheit loszuwerden, greift nach den Papierhandtüchern und zerknüllt diese ein wenig zu energisch in den Händen.

Sie tigert vor den Waschbecken auf und ab, knetet ihre Unterlippe zwischen Daumen und Zeigefinger. Die Gedanken rasen in ihrem Kopf. Als der Schock nachlässt, wird sie wütend. Wütend auf diese merkwürdige Frau, deren Namen sie nicht einmal kennt. Und wütend auf Tom. Hat er sie etwa angelogen?

Ihr Blick fällt auf den Ausgang des Waschraumes. Keine Sekunde wird sie länger hierbleiben. Sie rammt ihre Schulter gegen die Schwingtür, die so schnell auffliegt, dass sich die Personen im näheren Umfeld verdutzt zu Julie umdrehen, als sie aus dem Waschraum hinaustritt.

Sie marschiert auf direktem Weg zur Bar, wo sie Tom mit ihrem Bier zurückgelassen hat. Er sieht sie und lächelt ihr entspannt entgegen. Während sie auf ihn zu geht, hält er ihre Flasche bereit, bemerkt aber, dass ihre unbekümmerte Laune verflogen ist. Sie baut sich vor ihm auf, steckt ihre Fäuste in die Seiten, schaut ihm in die Augen, holt tief Luft, um anzusetzen, doch er schneidet ihr das Wort ab.

»Was ist denn mit dir passiert?«

»Was mit mir passiert ist?« Ihre Stimme überschlägt sich fast. »Eben hat mich eine umwerfend schöne Frau angesprochen, die behauptet, deine Freundin zu sein. Hast du dazu etwas zu sagen?«

»Nein. Ich weiß nicht, wovon du sprichst.«

Seine Kaltschnäuzigkeit irritiert Julie. Zum dritten Mal an diesem Abend weiß sie nicht, was vor sich geht. War die Verrückte doch nicht seine Freundin? »Sie sah mir aber ganz so aus, als würde sie es ernst meinen. Sie hat mir nämlich gedroht, dass sie mir etwas antun würde, wenn ich nicht die Finger von dir lasse. Fünf Jahre Beziehung habt ihr hinter euch. Klingelt da etwas bei dir?«

Ein süffisantes Lächeln tritt auf seine Lippen. Wieder legt er den Kopf schief und – sagt nichts.

»Ist das dein beschissener Ernst?« Von hysterisch geht Julie nun zu ruhig und leise über. »Sie hat also recht mit ihren Vorwürfen? Ihr seid ein Paar? Warum bist du so oft mit mir ausgegangen? Nur, um mich flachzulegen?«

Tom lacht. »Was dachtest du denn? Dass ein DJ wirklich Single ist? Die Frauen liegen mir zu Füßen, Süße. Und es war eine besondere Herausforderung, dich zu meinem Fan zu machen. Außerdem war Laura ziemlich lange in Monaco bei Verwandten, da brauchte ich Unterhaltung. Sie sollte erst morgen zurück sein, ich hätte nicht gedacht, dass sie mich anlügt.«

Er grinst wieder wie bei ihrer ersten Begegnung in der Bar. So, als gehöre ihm die Welt und er habe ihr bewiesen, dass sie dazu zählt. Dass seine Freundin durchdreht und ihn angelogen hat, scheint ihn nicht im Geringsten zu stören.

»Du widerliches Arschloch!« Julie hat den unheimlichen Drang, ihm ins Gesicht zu spucken, aber dafür fehlt ihr der Mut. Hinzu kommt, dass viele Menschen aus noblen Kreisen um sie herumstehen. Dafür wurde sie zu gut erzogen. Sie dreht sich auf der Ferse um, bahnt sich einen Weg durch die Menge zum Ausgang, lässt ihn stehen, doch sein dreckiges Lachen hämmert auf ihre Trommelfälle und begleitet sie hinaus.

Endlich steht sie draußen auf dem Gehsteig und atmet tief die kühle Nachtluft ein. Der Sommer ist bald vorüber. Sie schlingt die Arme um ihren Körper, um die Gänsehaut abzumildern. Die Tränen, die hinausdrängen, schluckt sie hinunter und beißt sich auf die Zunge. Nicht hier und nicht jetzt. Der Türsteher beobachtet sie mit einem irren Grinsen im Gesicht. Er hat das vermutlich kommen sehen. Fieberhaft überlegt Julie, wie sie jetzt am besten nach Hause kommt. Zufällig fährt ein Taxi an ihr vorüber, dem sie auffällig winkt und ein paar Schritte hinterhersprintet. Das Fahrzeug hält an, wofür sie unendlich dankbar ist. Sie steigt ein, gibt dem Fahrer ihre Adresse und starrt aus dem Fenster. Eine einzelne Träne läuft über ihre Wange.

»Lisa – Grande Katastrophe. Der Typ ist ein Wichser! Er hat eine Freundin … Ich könnte heulen.«

Zwei Wochen später

»Hey Alex. Wie geht's dir?« Sie versucht, es zu überspielen, klingt dennoch bedrückt.

»Richtig gut, danke der Nachfrage! Ich habe ein geniales Jobangebot bekommen und freue mich seit drei Tagen wie ein Keks.« Seine Stimme vibriert vor Zufriedenheit.

»Das klingt super! Herzlichen Glückwunsch! Wo und wann geht es los?«

»Erst in zwei Monaten, aber dafür direkt in Zürich. Ich suche jetzt schon fleißig nach einer neuen Wohnung, aber wow, die Preise sind ein Schlag ins Gesicht. Obwohl ich nicht schlecht verdienen werde. Damit muss ich mich wohl abfinden …«

»Du hast doch in deinem alten Job schon wirklich gut verdient, du bist einfach nur zu knauserig.«

»Ja, ja, ist klar. Ich bin ein Geizkragen. Aber man muss eben abwägen, wofür man sein Geld ausgibt. Ich will lieber in Freizeitspaß investieren als in Wohnungsvergnügen. Wenn ich wieder in eine WG ziehe, habe ich auch gleich Kontakte zu neuen Leuten, dafür lohnt sich das Sparen umso mehr.«

»Ist ja gut, du musst dich nicht rechtfertigen. Mach mal so, wie es für dich richtig ist.«

»Das sowieso.« Julie kann sein Grinsen deutlich hören. »Und was ist mit dir? Gab es eigentlich einen Grund für deinen Anruf?«

Sie schnauft. »Allerdings. Ich wollte dir von meinen vergangenen zwei Wochen erzählen. Und dich fragen, warum Männer solche Schweine sind.«

»Darauf gibt es keine gute Antwort. Aber erzähl erst mal!«

Julie gibt eine Kurzfassung von der letzten Verabredung, die sie mit Tom erlebt hat, zum Besten. Selbst den Teil, in dem er ihr auf den Rücken gespritzt hat und sie völlig derangiert auf dem Bett liegen ließ, offenbart sie. Abschließend schildert sie das Zusammentreffen mit Toms Freundin auf der Toilette und den deutlichen Worten, die sie ihm ins Gesicht geschleudert hat.

Alex zieht die Luft hörbar ein. »Ja, da kann man eindeutig von einem Wichser sprechen.«

»Oder? Ich dachte, ich bin im falschen Film. Es war eine Herausforderung für ihn – ein Spiel –, mich ins Bett zu bekommen. Er hat so viel Geduld bewiesen, hat sich richtig angestrengt, damit sein wahres Gesicht nicht zum Vorschein kommt. Ich könnte wetten, an dem leeren Nagel in seiner Wohnung hing kein Bild von seinem Hund, sondern eines von ihm und seiner Freundin. Um keine Ausrede verlegen der Kerl.« Sie legt eine kurze Atempause ein. »Ich will gar nicht wissen, bei wie vielen Frauen er diese Nummer schon abgezogen hat.«

»Hört sich so an, als wärst du eine größere Herausforderung gewesen. Das bedeutet natürlich nicht, dass es keine anderen Frauen gab. Mit Sicherheit hat er mehr als genug zur Auswahl. Hast du denn noch mal von ihm gehört? Nicht, dass ich ihm das zutraue, er hat immerhin bekommen, was er wollte. Aber so hättest du zumindest die Möglichkeit, ihm deine Meinung zu geigen.«

»Nicht von ihm.« Sie wird still.

»Was heißt das? Wer hat sich bei dir gemeldet?«

»Seine Freundin terrorisiert mich auf allen möglichen Kanälen.«

»Ernsthaft? Sie ruft dich an und schreibt dir? Ist sie noch ganz bei Trost?«

»Ich weiß nicht mal, wie sie mich gefunden hat. Tom und ich sind in den sozialen Medien nicht vernetzt. Aber sie scheint der Typ ‚Stalkerin‘ zu sein. Erst schrieb sie mir bei Facebook, dass ich seine Nummer löschen soll. Dann bei Instagram, dass sie herausfindet, wo ich wohne. Und schließlich muss sie meine Handynummer aus seinen Kontakten gezogen haben, denn seit einiger Zeit bekomme ich unschöne Nachrichten über WhatsApp. Sie würde mich finden, mir die Augen auskratzen, mich grün und blau prügeln, meine Wohnung abfackeln und so weiter. Das sind natürlich harmlose Umschreibungen für das, was sie wirklich schreibt.«

»Unverschämtheit! Du hast sie hoffentlich blockiert, oder? Warst du auch schon bei der Polizei?«

»Blockiert, natürlich sofort. Aber Anzeige erstatten? Ehrlich? Ich glaube nicht, dass sie irgendwann vor meiner Tür steht.«

Stille in der Leitung.

»Deine Entscheidung, aber dieser Verrückten muss man deutliche Grenzen aufzeigen.«

»Ja, da hast du vermutlich recht. Aber was das nach sich zieht, ist vermutlich nicht so einfach abgehakt.«

Sie wechselt das Thema, um sich nicht mit dem Gedanken beschäftigen zu müssen.

»Ich habe Tom übrigens zwischendurch geschrieben und ihn gebeten, mir seine Freundin vom Hals zu halten. Er meinte nur, ich solle mir keine Sorgen machen, sie würde sich irgendwann schon wieder beruhigen. Das kenne er schon … Allein, dass er das sagt, macht mich so wütend! Ich kann es nicht glauben.«

»Ich weiß ehrlich nicht, was ich dazu sagen soll. Er ist ein riesengroßes Arschloch und wirft so viel schlechtes Licht auf uns Männer. Den würde ich gern mal treffen und ihm meine Meinung zu diesem Thema mitteilen.«

Julie lacht laut auf. »Du würdest dich mit ihm prügeln wollen? Das glaube ich nicht. Er haut dich bestimmt mit dem ersten Kinnhaken um.«

»Pff, na, vielen Dank für dein Vertrauen in meine Muskelkraft. Ich suche mir gleich morgen ein Boxstudio und bereite mich auf das Zusammentreffen vor!«

»Ich kann dich schnaufen hören, was machst du?«

»Ich zeige meinem Spiegelbild, was für ein hervorragender Boxer ich bin. Er kriegt mich nicht. Ha! Wieder daneben! Einmal von unten, dann in die Seite und wegducken. So läuft das.«

»Setz dich lieber wieder hin.« Julie kichert.

»Mist, du hast recht, ich bin nicht in Form.« Er setzt sich vernehmlich. »Aber jetzt mal ernsthaft. Es tut mir wahnsinnig leid, dass es schon wieder so ein Ende genommen hat. Oder überhaupt ein Ende gefunden hat. Wenn ich etwas für dich tun kann …« Noch außer Atem lässt er den Satz unvollendet.

»Das ist ganz lieb, aber ich komm schon drüber weg. Und mit der Frau werde ich auch fertig. Zur Not gehe ich wirklich zur Polizei. Aber das wäre der letzte Schritt. Ich hoffe einfach, sie vergisst mich, weil er eine andere an der Angel hat.«

»Wow, du bist vielleicht gemein.« Sie lachen gemeinsam über die Idee.

»Ich finde es einfach nur unfair, schließlich wusste ich nichts von ihr.« Julie wird wieder still.

Alex räuspert sich. »Ich weiß, dass ich dir mit meiner Frage sehr nahetrete, aber hast du ihn denn explizit gefragt, ob er Single ist?«

Nach einer langen Pause lässt sie ein trauriges Seufzen hören.

Vier Monate später

»Hast du eigentlich noch was von der Horrorbraut gehört? Ist jetzt schon länger still um sie geworden, oder hast du es einfach nicht mehr erzählt? Schöne Grüße vom Sofa von deiner liebsten Lisa und ihrem liebsten Jonas! :)«

»Das sieht richtig kuschlig aus! Liebe Grüße zurück! Nein, scheint, als hätten ihr 3 Monate terrorisieren gereicht. Was ein Glück, dass wir in unterschiedlichen Kreisen verkehren. Wenn wir uns regelmäßig über den Weg laufen würden, wäre es bestimmt noch nicht ausgestanden. Aber hey, jetzt erst mal Hamburg! Das wird bestimmt richtig gut. Hast du die Musical-Tickets schon bereitgelegt?«

»Bereit? Eingepackt mit dem schönsten Outfit, das ich besitze! Ich könnte morgen los. Dann wäre ich einmal in meinem Leben überpünktlich ...«

»Vielleicht wartest du noch eine Woche, damit du nicht auf der Straße schlafen musst? Aber pünktlich sein könntest du natürlich trotzdem mal.«

»Hey, sei nicht so fies. Du willst doch, dass ich mitkomme und mit dir deinen Abschluss feiere, oder?«

»Yes, sorry!«

2. Kapitel

Vor sieben Jahren
(26)

Julie eilt von einem Vorstellungsgespräch zum nächsten. In dieser Sekunde verlässt sie den schicken Altbau eines Architekturbüros, das auf ihrer Wunschliste an erster Stelle steht.

Winter & Wegner entwerfen grüne Bürogebäude. Gesamte Fassaden speichern Sonnenenergie, intelligente, vertikale Gemüsegärten versorgen Kantinen und Küchen, Atrien und begrünte Dachterrassen schaffen Atmosphäre. An diesen Projekten hätte sie große Freude. Der Chef erscheint ihr jedoch etwas mürrisch. Er ließ die ganze Zeit seinen Senior-Projektleiter reden und hat sich einzig der Tatsache erfreut, dass Julies Sternzeichen ebenfalls der Löwe ist.

Sie sieht auf ihre roségoldene Armbanduhr. Nur eine halbe Stunde bis zum nächsten Gespräch. Sie sprintet zur U-Bahn-Station. *Verdammt, nicht schwitzen!*

Die Stufen hinunter in die Station springt sie gleich mehrere auf einmal nehmend. Glücklicherweise hat sie sich heute für ihre bequemen Lederloafer entschieden.

Am Gleis angekommen prüft sie online vorsichtshalber ihre Verbindung. Zwei Mal umsteigen, zehn Minuten laufen. Knappes Timing. Am liebsten hätte sie das Gespräch an einem anderen Tag geführt, aber die Chefin ließ ihr keine Wahl, entweder heute oder gar nicht.

Die letzten Stufen der muffigen Station rennt sie hoch und tritt auf die Straße. Die Sonne blendet sie augenblicklich. Sie versucht, sich zu orientieren, in die korrekte Richtung zu laufen. Die massiven Kastanien, die die Allee vor ihr säumen, versperren ihr aber den Blick auf die Schilder an den Kreuzungen.

Drei Minuten. Hektisch dreht sie sich um die eigene Achse. Sie entdeckt die richtige Straße und sprintet los. Ihre Tasche unter den linken Arm geklemmt, das Smartphone in der rechten Hand, um immer wieder auf die Karte zu schauen.

Völlig außer Atem erreicht sie den gläsernen Neubau in einem Vorort Frankfurts. Sie ist vier Minuten zu spät, als sie den Klingelknopf betätigt.

Zwei Wochen später

»Na, was gibt es Neues an der Jobfront?« Alex ist unverfroren wie eh und je.

Julie lächelt, ihr Herz schlägt schneller. »Ich habe fünf Zusagen.«

»Herzlichen Glückwunsch!« Er klingt aufrichtig erfreut über ihren Erfolg.

»Danke dir! Ich finde es auch toll. Eine Stelle wäre in Hamburg, eine in Stuttgart, zwei direkt in Frankfurt und eine in einem Vorort.«

»Du bist echt eine Angeberin. Aber wer sein Studium mit Auszeichnung abschließt, ist einfach ein Streber. Findest du nicht auch, Julie?« Er lacht schelmisch ins Telefon.

»Das sagt der Richtige. Wie viele Headhunter haben dich allein in den letzten drei Monaten angerufen?«

»Das ist doch nicht der Rede wert. Mich wollen alle erst jetzt, nachdem ich mich im Beruf weiterentwickelt habe und Erfahrung sammeln konnte. Du bist als Trainee schon so gefragt, davon konnte ich nur träumen.« Sie ignoriert sein Lob. »Für welchen Job entscheidest du dich denn? Vermutlich nicht den im Vorort, oder?«

»Nein, da hat es mir nicht gefallen. Obwohl es ein Wunder ist, dass sie mich nicht sofort abgelehnt haben. Ich kam ein paar Minuten zu spät, war total nass geschwitzt und recht aufgekratzt im Gespräch. Mit der Inhaberin kam ich überhaupt nicht zurecht. Sie und zwei ihrer Projektleiterinnen saßen mir gegenüber, haben meinen Lebenslauf auseinandergepflückt und haufenweise bissige Kommentare abgegeben. Am schlimmsten war, wie gesagt, die Chefin. Ich glaube, sie ist hinterlistig wie eine Schlange. Lauert im Gras, bis sie zubeißen und ihre Zähne in deinem Fleisch vergraben kann …«

»Das ist doch wieder ein typisches Frauen-Ding. Ich schätze, ich wäre super mit ihr zurechtgekommen. Ihr Frauen übertreibt immer gleich mit euren Ersteindrücken: Schublade auf, Person rein und wieder zuschieben.«

»Pff, du hältst mich also für eine voreingenommene, hormongesteuerte Giftspritze? Blödmann! Ich denke, ich habe genug Menschenkenntnis erlangt, um zu wissen, wann eine Frau nicht das ist, was sie vorgibt zu sein.« Sie knurrt ihn an. »Bei Männern ist das ein anderes Thema, aber bei Frauen trügt mich mein Gefühl nicht.«

»Okay, okay. Beruhig dich. Dass du dich immer noch so leicht aus der Ruhe bringen lässt, nach all den Jahren.«

»Bewirb dich bei ihr, damit du selbst ein Gespräch mit ihr und ihren hämischen Angestellten führen kannst.«

»Na klar, damit ich dir recht geben kann, vereinbare ich ein nutzloses Bewerbungsgespräch.« Alex lacht.

Julie verdreht die Augen, möchte das Thema aber abschließen. »Na wie auch immer. Sie haben mir am Ende noch einige Fragen zu meinen Wunsch-Projekten gestellt. Auf meine Antwort hin, haben sich die drei angeschaut und lauthals angefangen zu lachen. Das war ein bisschen wie bei diesen alten Mafia-Filmen, wenn die Untergebenen abwarten, ob der Chef anfängt zu lachen und erst daraufhin einstimmen. Ob ich wüsste, wo ich wäre. Sie entwerfen schicke Gebäude, aber doch nichts Umweltfreundliches. Natürlich war mir klar, dass es derzeit nicht zu ihrem Repertoire gehört, was ich auch noch mal betont habe, aber mir dieses Thema eben am Herzen liege. Anschließend boten sie mir trotzdem den Job an, obwohl das Gespräch furchtbar war und ich zu Beginn auf dem Absatz kehrt machen wollte. Im Grunde habe ich nur nicht direkt abgesagt, damit ich einen Notnagel habe. Falls keine der anderen Firmen zugesagt hätte.«

Alex lacht schon wieder. »Du hattest Angst, dass dich keines der anderen Unternehmen einstellen würde? Wie viele Bewerbungen hast du verschickt? Um die dreißig Stück waren es doch, richtig? Und du bist die Beste deines Jahrgangs. Wieso bist du so unsicher? Hab mal ein wenig mehr Selbstvertrauen. Ich kann das gar nicht verstehen. Bei Männern kannst du das doch ohne Probleme.«

Sie verdreht wieder die Augen. »Jaha. Ich arbeite daran.«

»Gut, bei diesem Thema sind wir uns endlich mal einig.«

Julie kichert zustimmend ein Endlich.

»Aber die wichtigste Frage hast du mir noch nicht beantwortet. Welchen Arbeitsvertrag unterzeichnest du nun?«

»Natürlich bei Winter & Wegner in Frankfurt. Von denen hatte ich dir schon erzählt. Die machen diese coolen grünen Projekte.«

»Ach, richtig! Toll, dann gratuliere ich dir herzlich zu deinem neuen Job! Wann feiern wir das?«

Julie hört förmlich, wie Alex seine Augenbrauen auf diese vorwitzige Weise zweimal hochzieht.

»Die Frage ist wohl eher, wann bist du hier in der Gegend? Oder wir treffen uns auf halbem Weg. Irgendwo auf dem

Land bei Stuttgart gibt es bestimmt eine schöne, rustikale Raucherkneipe, die wir entern können.« Verschmitzt kneift sie die Augen zusammen und wartet auf seine Reaktion. Er würde niemals zustimmen, sich in einem *Etablissement des Grauens*, wie er es nennt, mit ihr zu treffen. Er würde sagen, dass er sich zwischen den alteingesessenen Bier- und Jägermeister trinkenden Rauchern wie ein bunter Hund fühle. Das es genauso sei, wie ohne Kostüm zu einer Karnevalsparty zu gehen – total unsinnig. Außerdem ließe sich das nur mit jeder Menge Alkohol ertragen, den er lieber kultiviert zu sich nehme. Trotzdem in Unmengen, aber in dem richtigen Umfeld. Doch Alex bleibt stumm, was sie dazu bringt, aus dem Kichern in ein ausgewachsenes Lachen zu fallen.

»Das ist nicht dein Ernst, oder?«, fragt er sie entsetzt.

Vier Monate später

Julies Nervenkostüm ist auf das Äußerste gespannt. Sie steht etwas abseits von ihrer Kollegin Katrin und dem Kunden, mit dem sie eben einen Termin hatten, und hält das Smartphone an ihr Ohr.

»Was denken Sie sich nur?«, dröhnt es aus dem Lautsprecher. Die Köpfe der anderen beiden schnellen herum.

Julie hebt entschuldigend die Hand und entfernt sich einige Schritte weiter von ihnen.

»Schalten Sie jemals Ihren Kopf ein? Der Michel-Auftrag ist viel wichtiger als dieser Kunde mit dem kleinen Budget und den undurchsichtigen Wünschen. Was hat Sie nur geritten, dort hinzugehen? Bewegen Sie Ihren Hintern auf der Stelle zu Michel! Heute Abend sprechen wir uns noch!«

Ihr Chef hat zwischen den Sätzen nicht ein einziges Mal Luft geholt. Still seiner Schimpftirade lauschend, wundert sie sich nicht, dass er auflegt, ohne sich zu verabschieden. Das Tuten in der Leitung verrät ihr genau das.

Seine cholerischen Ausbrüche häufen sich in letzter Zeit. Glücklicherweise versteht sie sich mit den Kollegen, wird von ihnen unterstützt und gefördert.

Sie packt das Smartphone in ihre Jacke und begibt sich zurück zu Katrin. Das Meeting war schon vorüber, als sie den Anruf erhielt. Das Wichtigste hatten sie besprochen, den Auftrag in der Tasche.

Julie lächelt die beiden an und überspielt ihre Laune. Katrin reicht dem Kunden die Hand, um sich zu verabschieden. Julie tut es ihr gleich.

»War das der Chef?«, fragt Katrin vorsichtig, als sie zu ihren Autos laufen.

»Allerdings! Und er ist wieder bester Laune.«

Katrin nickt ihr verständnisvoll zu. Ihr sind wohl weder der sarkastische Unterton noch Julies verärgertes Schnauben entgangen. »Wenn ich gleich im Büro bin, erkläre ich ihm, dass wir dich teilen wollten.« Sie lächelt erneut und tätschelt Julie Trost spendend die Schulter. Als sie in ihr Auto steigt und zurück in die Stadt fährt, lässt sich auch Julie auf ihren Fahrersitz fallen und gibt die Adresse für den nächsten Termin in ihr Navi ein. Eine halbe Stunde Fahrtzeit. Die Ankunftszeit tippt sie schnell in eine Nachricht an die zweite Kollegin und legt das Smartphone beiseite.

Warum schießt er sich auf mich ein, obwohl andere über mich und meine Arbeitskraft entscheiden?

Sie reißt sich zusammen, atmet tief durch, während sie den Zündschlüssel dreht und versucht, sich auf den nächsten Termin zu konzentrieren.

Samira nimmt sie vor Ort in Empfang.

»Hat er dich auch schon angerufen?«, fragt Julie sie.

»Ja, aber mach dir keinen Kopf. Katrin und ich kümmern uns darum. Du bist rechtzeitig hier und jetzt bringen wir ihm einen großen Auftrag nach Hause. Das wird ihn sicherlich beschwichtigen.« Samira klopft ihr, wie zuvor Katrin, aufmunternd auf die Schulter und nickt in Richtung Eingang. Sie laufen schweigend auf das Gebäude zu.

Am Abend, als Julie wieder ins Büro kommt, sind die meisten Kollegen schon nach Hause gegangen. Die Arbeitsplätze liegen dunkel im Großraumbüro. Bis auf ein paar entfernte Tippgeräusche ist niemand mehr zu hören.

Sie erreicht ihren Schreibtisch, legt die Arbeitsmappe möglichst leise auf der Tischplatte ab, hängt ihre Jacke über die Stuhllehne und setzt sich.

»Frau Bender, sind Sie das?«, klingt die tiefe Stimme ihres Chefs durch die Räume.

Sie holt tief Luft, um ihren Herzschlag zu beruhigen. Die Augen geschlossen, trommelt sie kurz auf die Armlehnen ihres Bürostuhls. Es bringt nichts, sie muss sich ihm stellen. Widerwillig erhebt sie sich und erreicht mit wenigen Schritten den Flur. Angespannt lugt sie in das angrenzende Büro. Die Tür steht offen.

Herr Winter sitzt hinter seinem schweren dunklen Mahagoni-Schreibtisch. Das Licht der antiken Tischlampe strahlt auf sein ergrautes Haar. Er trägt seine Lesebrille und scheint in ein Dokument vertieft zu sein. Er ist ein kleiner Mann. Gleicht seine Körpergröße durch schwere Schreibtische, große Autos und laute Wutanfälle aus. Julie hat in den vergangenen Monaten gelernt, dass er sich gern inszeniert. Zuerst wiegt er sein Gegenüber in Sicherheit. Er scheint gelassen und friedlich zu sein. In dem Moment, in dem sich der andere entspannt, folgt aus dem Nichts die Attacke.

Vorbereitet klopft sie zwei Mal an den Türrahmen. »Sie wollten mich sprechen?«

Herr Winter hebt den Kopf. »Ah, Frau Bender, hatte ich doch richtig gehört. Nehmen Sie Platz.« Ein halbes Lächeln liegt auf seinen Lippen. Er lehnt sich zurück und deutet auf den Stuhl vor seinem Tisch. Mit der Linken kratzt er sich am Kinn. »Wissen Sie, Sie sind noch jung und unerfahren. Zumindest wurde mir das vorhin von zwei Kolleginnen nahegelegt. Ich halte Sie durchaus für intelligent ...« Er nickt vor sich hin, legt eine unnatürlich lange Denkpause ein. Sein Blick schweift kurz durch den Raum, bis er wieder bei ihr angekommen ist. Er fixiert sie. Julie sieht das Blitzen und macht sich gefasst. »Aber verfluchte Scheiße, Sie lernen viel zu langsam! Lernen Sie überhaupt etwas, oder kosten Sie nur Geld?«

Bei dem ersten Gebrüll zuckt sie kurz zusammen. In Gedanken ermahnt sie sich, keine Schwäche zu zeigen.

Er stützt sich auf die Tischplatte, lehnt sich nach vorn und funkelt sie bösartig an. »Wenn Sie sich nicht endlich beweisen, schmeiße ich Sie hochkant raus!« Schlagartig ist seine Stimme nur noch ein bedrohliches Flüstern. »Ich habe hier ein Unternehmen zu leiten und Sie sind hochgradig geschäftsschädigend! Sie wissen immer noch nicht, bei welchen Kunden und Terminen es Ihrer Anwesenheit bedarf, damit die Firma im besten Licht glänzt. Sie gehen lieber zu dem kleinsten, unwichtigsten Einfaltspinsel und schmieren ihm Honig um den Mund. Was ist nur los mit Ihnen?« Er springt auf, marschiert durch den Raum, greift sich an den Kopf.

Julie beobachtet ihn aufmerksam. Plötzlich knallt er mit voller Wucht seine Handfläche an die Schrankwand, sie zuckt erneut zusammen. »Ich sollte Sie sofort an die Luft setzen.« Das neuerliche Schreien ist unerträglich in ihren Ohren. Trotzdem ist es ihr lieber als das leise Zischeln, in das er sonst verfällt. »Gehen Sie mir aus den Augen, oder haben Sie noch nicht genug?«

Sie zittert, erhebt sich trotzdem fix und macht sich auf den Weg, sein Büro zu verlassen. Fast an der Tür angekommen dreht sie sich herum und schaut ihren vor Wut schnaubenden Chef an. Sie überlegt nicht lange. »Ihnen ist aber bewusst, dass sich die Projektleiter um mich gestritten haben. Die einzige Lösung, die den beiden eingefallen ist, war, mich erst zu dem einen Kunden mitzunehmen und dann zu dem anderen zu fahren. Falls es Sie interessiert: Wir haben beide Aufträge gewonnen. Warum sind Sie also so wütend auf mich? Ich verstehe das einfach nicht.« Julie erstarrt beim Anblick ihres Gegenübers.

Herr Winter hat sich zu seiner vollen Größe aufgeblasen. Die rechte Hand ballt sich zur Faust und öffnet sich immer wieder in einem schnellen Takt. Die Muskulatur seines Unterkiefers arbeitet ununterbrochen. Er sieht aus, als würde er Julie gleich bei lebendigem Leibe verspeisen. Mit loderndem Blick stiert er sie an, bereit zum Sprung. Kein Geräusch ist zu hören, als würde die Zeit stillstehen und warten, was passieren mag.

Die Luft scheint dick wie Watte, das Atmen fällt Julie schwer. Sie muss schlucken, was ihr unnatürlich laut vorkommt. Es ist wie ein Startschuss. Sein Arm schnellt nach vorn, sie beschließt, zu flüchten, als sie erkennt, dass er nach etwas greift, das sie in den letzten Monaten oft bewundert hatte. Sie wirbelt auf der Stelle herum und spurtet los. Herr Winter lässt einen Zornesruf ertönen und feuert die kleine indische Buddha-Skulptur, die wohl jahrelang auf seinem Schreibtisch stand, um ihm vielleicht ein wenig Gelassenheit zu lehren, mit aller Wucht hinter Julie her. Er verfehlt sie nur um Haaresbreite.

Der Buddha knallt gegen den Türrahmen und zerspringt in tausend Teile. Als sie den Knall hört, duckt sie sich reflexartig und sprintet um die nächste Ecke. Sie stoppt nicht an ihrem Schreibtisch, sondern läuft auf das Treppenhaus zu, nimmt immer drei Stufen auf einmal, stürmt durch die Eingangstür und huscht in die Raucherecke hinter dem Gebäude.

Sie ringt nach Luft, stützt sich auf ihren Knien ab, lehnt sich nach vorn und lässt den Kopf hängen. *Hat er wirklich gerade etwas nach mir geworfen?* Ihre Gedanken rasen im gleichen Tempo durch ihren Kopf wie ihr Herz in der Brust.

Schritte nähern sich. Erneut steigt Panik in ihr auf, denn hier sitzt sie in der Falle. Es gibt nur einen Ausweg – Flucht nach vorn. Sie muss ihn umrennen, um ihm zu entkommen.

Julie zögert nicht. Sie setzt an und hastet um die Ecke, hat schon die Arme ausgestreckt, um Herrn Winter einen Schubs zu geben, merkt in letzter Sekunde, dass es Raffael Faroga ist, der sie an beiden Armen packt und aufhält.

Kaum steht Julie vor ihm, bemerkt er offensichtlich ihr erschrecktes Gesicht und die feuchten Augen. »Julie, ist alles in Ordnung mit Ihnen? Ich habe eben einen Knall gehört und Sie dann die Treppe hinunterspringen sehen. Was ist denn passiert?«

Die Tränen laufen ihr inzwischen über die Wangen. Sie stürzt sich in die Arme des Juniorpartners. Der Schock entweicht ihre Knochen. »Er hat etwas nach mir geworfen. Ich dachte, er verfolgt mich, weil er nicht getroffen hat.« Sie stottert vor Aufregung und vor Verzweiflung.

»Beruhigen Sie sich erst mal. Wollen Sie hier kurz warten, während ich Ihnen ein Taschentuch und ein Wasser hole?« Er drückt Julie an den Schultern ein wenig von sich weg, um ihr in die Augen zu sehen.

Sie hält den Kopf halb gesenkt. Es ist ihr peinlich, dass er sie so vorgefunden hat und vor allem, dass sie ihn um ein Haar umgerannt hätte. Sie zwingt sich zu einem kleinen Nicken, verschwindet um die Hausecke und setzt sich auf die Gartenbank.

Ein paar Minuten später ist Raffael zurück. Er stellt die Packung mit Kosmetiktüchern auf der Sitzfläche ab und überreicht ihr das gefüllte Wasserglas. Als er neben ihr Platz nimmt, schaut sie kurz auf und bedankt sich.

»Jetzt erzählen Sie mal, was zwischen Ihnen und dem Chef vorgefallen ist.«

Ihr Schluchzen ebbt langsam ab, sodass sie recht gesammelt und mit klaren Worten die Situation wiedergibt. Raffael hört ihr aufmerksam zu.

»Ich habe auch meine Probleme mit ihm, aber das übertrifft natürlich alles. Ich kann sogar ein Stück des Porzellans in Ihren Haaren sehen. Darf ich?«

Er wartet nicht auf ihre Zustimmung, streckt den Arm aus und zieht den Splitter in der Strähne nach unten. Julie greift sich an den Kopf und tastet, ob sie weitere Scherben findet.

»Nicht bewegen.« Der Juniorpartner fasst ihr diesmal an die Schulter. »Eben haben Sie ein Stückchen hinausgeschüttelt, hier ist es. Wollen Sie es als Andenken behalten?« Er hält es ihr hin und grinst sie an.

»Nein, danke. Den Tag möchte ich gern so schnell wie möglich vergessen.« Sie fängt an zu lachen. »O Gott, ich war so panisch, das ist absolut albern. Es tut mir sehr leid, dass Sie diese Episode miterleben mussten.«

»Nicht doch! Wir alle lassen uns mal aus der Ruhe bringen. Aber das geht definitiv zu weit. Ich werde morgen mit ihm darüber sprechen.«

»Lieber nicht, nachher wirft er noch die schöne Lampe nach Ihnen.« Jetzt lachen sie beide.

»Sie haben ein wirklich schönes Lachen, aber Sie sehen immer so konzentriert aus. Lächeln Sie doch ein bisschen öfter.« Er betrachtet sie ausgiebig von der Seite.

»Danke, aber böse zu gucken hält mir Probleme vom Hals. Zumindest meistens.« Sie zuckt mit den Schultern. »Heute hat das nicht funktioniert.«

»Vielleicht würde ihn«, er zeigt auf das Gebäude, »ein Lächeln von Ihnen besänftigen? Mich würde es auf jeden Fall mit einer Menge Glückshormone durchströmen.«

»Ich dachte eigentlich, ich sei freundlich genug.« Julie beschleicht ein ungutes Gefühl. Flirtet er mit ihr? Der Juniorpartner. Ihr Vorgesetzter. Derjenige, der sie vor wenigen Sekunden in einer furchtbaren Situation getröstet hat. Oder täuscht sie sich? Sie hält den Kopf gesenkt, zerrupft ein Taschentuch zwischen ihren Händen.

Raffael übergeht ihren Kommentar. »Wissen Sie, ich würde Sie gern zu einem meiner Projekte mitnehmen. Sobald die Vorarbeit getan ist, fahre ich für ein paar Tage nach Augsburg. Überlegen Sie es sich. Dabei erhalten Sie sicher unzählige Insights über Bauvorhaben mit zwei Großinvestoren.«

Julie schaut ihn überrascht an. »Sind Sie sicher? Ich meine, Sie haben doch einen Trainee, den Sie mitnehmen. Wird das nicht zu teuer für die Firma?« Zu gern würde sie mitfahren, aber nach dem heutigen Tag ist es schwer vorstellbar, dass der Chef einen zweiten Trainee auf einem Projekt genehmigt – und schon gar nicht sie.

Wichtiger erscheint ihr derzeit dennoch eine andere Frage: Hat Herr Faroga Hintergedanken?

Er ist ein faszinierender Mann. Vor ein paar Tagen kam er nur mit T-Shirt bekleidet in das Büro. Julie staunte nicht schlecht, als sie seine über und über tätowierten Arme sah. Er scheint eine Art Ganzkörper-Kunstwerk zu sein. Als Italiener hat er dazu einen Charme, der Frauen aus ihren Schuhen kippen lässt. Julie sieht ihm unverfroren in die Augen. »Ich habe gerade das Gefühl, dass Sie mir mehr anbieten, als nur eine Stelle in Ihrem Projektteam.«

»Da hast du recht, Julie.« Raffael wechselt ohne Umschweife auf das ‚Du‘ und lächelt sie verschmitzt an.

»Ich sitze hier total verheult und beklage mich über den Chef. Wie kommen Sie auf die Idee, das für sich auszunutzen?«

»Man muss Chancen nutzen, wenn sie einem auf die Füße treten.« Er antwortet so schnell, dass er wohl nicht lange nachdenken muss. »Und bevor du dich gleich dafür entschuldigst – keine Sorge, ich bin hart im Nehmen. Es tat nicht weh.« Wieder das verschmitzte Lächeln. Inzwischen hat er seinen Arm auf die Rückenlehne der Bank gelegt. Er streicht vorsichtig durch ihre Haare, lässt die Hand auf ihrem Rücken liegen.

Prompt steht Julie auf. »Ich weiß von Ihrer Freundin.« Sie schüttelt den Kopf. »Sie hat auch hier gearbeitet. Warum tun Sie das? Ist das Ihre Masche, Trainees verführen? Warten, bis das Mädchen verzweifelt in der Ecke sitzt, um sich dann daraufzustürzen? Sie nutzen die Situation schamlos aus!« Sie zieht die Schultern hoch und lässt sie wieder fallen.

»Ich stehe auf dich. Das ist doch kein Verbrechen.« Er lehnt sich entspannt zurück. »Was meine Freundin betrifft – ja, wir haben uns hier kennengelernt. Seitdem hatte ich aber keine Veranlassung, aktiv bei einer anderen Frau vorzufühlen. Es hat mir keine gefallen und natürlich war ich in einer Beziehung. Übrigens gibt es Studien darüber, wie häufig Menschen ihre Partner auf der Arbeit kennenlernen.«

Perplex steht sie vor ihm, seine Flirt-Offensive bringt sie durcheinander. Fieberhaft überlegt sie, wie sie dieser Situation entfliehen kann und was das alles zu bedeuten hat.

»Meine Beziehung steht kurz vor dem Aus. Ich will sie verlassen. Allerdings ist ihre Mutter vor Kurzem an Krebs erkrankt, daher habe ich das Gefühl, sie noch eine Weile unterstützen zu müssen. Kannst du das nachvollziehen, Julie?«

Sie verschränkt die Arme, schüttelt genervt den Kopf.

»Ich bin kein schlechter Mensch. Du erinnerst mich nur daran, wie aufregend das Leben ist. Hab keine Angst, eine Beziehung zu zerstören. Es würde nur um uns beide gehen und ein paar Stunden Zweisamkeit. Würde dir das nicht auch gefallen?«

»Nein, da mache ich nicht mit. Wenn Sie sich getrennt haben, können wir weitersprechen. Ich verantworte nicht, was Sie ihr antun.« Julie lässt Raffael auf der Bank sitzen. In der Spiegelung der sauberen Glasscheiben erkennt sie gerade noch, wie sich wieder dieses bestimmte Lächeln auf seinem Gesicht ausbreitet.

»Lass uns heute einen (oder viele) trinken gehen! Du wirst nicht glauben, was jetzt schon wieder passiert ist ... Manchmal glaube ich, ich bin ein Magnet für Arschlöcher. Wieso passiert dir nie so was Verrücktes, Lisa?«

»Oje, was ist passiert? Na ja, ich führe ein langweiliges Leben im Vergleich zu dir. 20 Uhr?«

»Chef schmeißt neuerdings Gegenstände nach mir und weil das für einen Tag noch nicht reicht, hat sich der vergebene Juniorpartner an mich rangemacht. Ich will lieber dein Leben! Ja, 20 Uhr – Weinladen!«

Zwei Monate später

Julie fährt auf den Parkplatz eines Hotels, wählt eine Lücke auf der Rückseite des Gebäudes und greift die schwarze Lederreisetasche auf der Rückbank. Beim Aussteigen verschließt sie ihren in die Jahre gekommenen Polo per

Fernbedienung und macht sich auf den Weg in die Lobby. Die Glastüren gleiten auf. Von einer Lobby kann man nicht sprechen. Julie registriert den nicht nur winzigen, sondern ebenso spartanisch eingerichteten Vorraum mit einem Blick. Die traurigen Pflanzen, verblichene Werbeschilder und den einfachen Counter aus Birkenholz, den sie mit zwei Schritten erreicht. Die Rezeptionistin lächelt ihr halbherzig entgegen.

»Ihren Namen bitte.«

»Julie Bender.«

Während die Frau auf der Tastatur ihres uralten und extrem lauten Computers herumtippt, fällt Julie auf, wie müde sie aussieht. Ihr ungewaschenes blondes Haar wird von einem Samtzopfgummi nur schwerlich zusammengehalten. Viele Strähnen haben sich gelöst und hängen auf ihren Schultern. Ihre Bluse sieht zerknittert aus, die Serviceweste, als hätte sie ihre besten Zeiten hinter sich gebracht. Aber am hervorstechendsten sind ihre Augenringe. Die dunklen Kreise ziehen sich schon fast bis auf ihre Wangen. Die spitzen Knochen betonen ihr schmales Gesicht. Als hätte sie in letzter Zeit nicht nur zu wenig Schlaf, sondern genauso wenig Nahrung bekommen.

Die Frau schaut auf. »Eine Nacht, zwei Personen. Checkout ist morgen früh spätestens um neun Uhr.«

»Keine Sorge, bis dahin sind wir weg.« Julie lächelt ihr aufmunternd zu.

Die Frau nickt, dabei treten ihre Sehnen am Hals deutlich hervor, und Julie fragt sich unvermittelt, ob ihr der Kopf hinunterfallen würde, wenn Haut und Sehnen nicht dort wären.

Sie nimmt der Rezeptionistin den Zimmerschlüssel aus der Hand, hebt ihre Tasche vom Boden auf und trottet in Richtung der Aufzüge. Im vierten Stock steigt sie aus, schaut auf die Tafel mit den Zimmernummern. Der Pfeil für die 406 zeigt nach rechts.

Sie ist doch weitaus aufgeregter, als sie es sich eingestehen möchte. Julie öffnet die schwergängige Tür und tritt in das kleine Zimmer ein. Der Raum ist genauso enttäuschend wie die Lobby. Obwohl das Gebäude von außen eine gewisse Anmut zeigt, sind die Einrichtung und der Zustand mehr als dürftig.

Das hat man davon, wenn man derart auf den Preis achtet.

Sie öffnet ein Fenster, um die abgestandene Luft hinauszubefördern, schaut sich das Badezimmer an und überlegt, ob sie etwas vorbereiten kann. Während sie die Zahlen 406 und ein lächelndes Emoji in ihr Smartphone tippt, greift sie in ihre Reisetasche, zieht ein Buch heraus und wirft sich auf das Bett. Jetzt ist Warten angesagt.

Dreißig Minuten später klingelt das Zimmertelefon. »Hier steht ein Mann, der meint, er gehöre zu Ihnen.« Die übermüdete Rezeptionistin ist am anderen Ende der Leitung.

»Das ist richtig, schicken Sie ihn bitte hoch. Vielen Dank für Ihr wachsames Auge!«

Doch während Julie den letzten Satz ausspricht, hört sie schon den Besetztton. Sie schaut den Hörer eine Sekunde lang an, schüttelt den Kopf und platziert das schnurlose Gerät in seiner Station.

Sie steht auf, wirft einen Blick in den Spiegel. Ein leises Klopfen an ihrer Tür ist zu hören. Mit einem großen Schritt ist sie dort und öffnet ihrem Besucher. Sie strahlen sich an.

Raffael übertritt die Schwelle, nimmt ihr den Türgriff aus der Hand. Ohne sich vollständig umzudrehen, schließt er die Tür hinter sich. Er betrachtet sie eingehend. Sein Blick ist der eines Raubtieres.

Das Kribbeln in Julies Körper verstärkt sich, als er ihr näher kommt. Ihr ist heiß. Angespannt wartet sie auf die

Sekunde, in der sie sich küssen. Das Herz pocht wild in ihrer Brust. Er macht einen weiteren Schritt auf sie zu, zieht sie an sich heran und presst seine Lippen auf die ihren. Er küsst sie mit einer Energie, die Julie bisher nie bei einem Mann gespürt hat.

Leidenschaftlich, aber liebevoll. Seine Zunge setzt er mit Bedacht ein. Es fühlt sich an, als verschmelzen sie miteinander. Er ist wie ein Fels, umfasst sie kraftvoll mit einem Arm. Mit dem anderen hält er ihren Nacken und greift in ihre Haare.

Er zieht ihren Kopf ein wenig nach hinten, um ihr in die Augen zu schauen, lässt ein lüsternes Brummen hören. Ein weiterer Kuss, der ein Nervenflattern in ihr auslöst. Er hebt sie hoch und trägt sie zum Bett, mit Schwung wirft er sie auf die Laken.

Schnell streift er sein T-Shirt über den Kopf, lässt es auf den Boden fallen und kniet sich neben sie auf die Matratze. Julie ist fasziniert von diesem Mann.

Zum ersten Mal kann sie alle Tattoos bewundern. Sie bestaunt die verschiedenen Motive, während Raffael den Gürtel und den Hosenknopf seiner Jeans öffnet.

»Genug geschaut, jetzt bist du dran.« Er beugt sich zu ihr herunter, küsst ihr Dekolleté, kniet sich über ihre Oberschenkel und schiebt ihr Seidentop nach oben. Als er auf den BH stößt, wandern seine Finger zu ihrem Rücken und suchen nach dem Verschluss. Er findet ihn nicht.

Raffael setzt sich auf, zieht Julie mit hoch, streift ihr das Top über den Kopf und begutachtet ihre Dessous. Er legt die Hände an ihre Brüste und stöhnt. »Das sieht richtig heiß aus. Wir lassen ihn erst mal an. Das macht mich scharf, das glaubst du nicht.«

Julie freut sich innerlich riesig über ihre geglückte Wahl und zeigt nach außen ein kleines Lächeln. Während er sein Gesicht in ihren Brüsten vergräbt, streicht sie an seinen

Oberschenkeln nach oben. Die Daumen führt sie an der Innenseite der Schenkel. Erst im letzten Moment, kurz bevor sie seinen Schritt erreicht, bewegt sie die Daumen nach außen und kostet die Anspannung genüsslich aus.

Er leckt ihre Brust mit seiner festen Zunge, zieht den BH ein wenig hinunter, um an die Brustwarze heranzukommen, leckt auch darüber, saugt und beißt vorsichtig in die Spitze. Er bewegt den Mund zur anderen Seite, nutzt aber die Finger, um den steifen Nippel weiterzuzwirbeln.

Julie atmet tief und Laute der Lust entspringen ihrer Kehle. Als sie Anstalten macht, näher an ihn heranzurücken, um die Arme um ihn zu legen, packt er ihre Oberarme und wirft sie wieder auf das Bett zurück. Sie ist Wachs in seinen Händen. Ihr ist alles recht, solange er weitermacht.

»Ich gebe den Ton an, Fräulein! Und ich spanne dich gern ein wenig länger auf die Folter, wenn du dich einmischst. Entspann dich und genieße den Augenblick.«

Er klingt nicht streng, aber bestimmend. Julie nickt zögerlich. Er steht auf, entledigt sich seiner Jeans, der Socken und der Boxershorts. Mehr Tattoos zeigen sich. Auf dem dunklen Teint erkennt sie nicht jedes Detail sofort. Das macht ihn umso erregender.

Er bückt sich, um etwas aus seiner Hosentasche zu ziehen – ein Kondom. Julie hegt unvermittelt den Wunsch, es ihm überzuziehen, behält das vorerst für sich. Sie dreht sich auf den Bauch, um ihren Kopf auf die Hände zu stützen und ihm zuzusehen. Dabei fällt ihr auf, dass sie noch immer ihre Jeans trägt. Sie schiebt eine Hand unter ihren Körper und öffnet den Knopf sowie den Reißverschluss. Für Raffa muss es so aussehen, als würde sie ihre Hand zwischen ihre Beine schieben.

Er legt das Kondom auf dem Nachttisch ab. »Du kleines, versautes Stück. Jetzt besorgst du es dir schon selbst, obwohl ich direkt neben dir stehe?«

Julie lässt vor lauter Lachen den Kopf auf die Matratze fallen. »Ich wollte es dir nur einfacher machen. Sie ist jetzt auf.«

Er läuft um das Bett herum, steht hinter ihr. »Na dann.« Mit einem Ruck zieht er ihr die Jeans über ihren Hintern. Ihre passende Spitzenpanty kommt zum Vorschein. »Yummy!« Er beißt in eine Pobacke.

Vor Überraschung schreit Julie auf, fällt danach in sein Lachen ein.

Raffael zieht ihr den festen Stoff über die Fersen und lässt die Hose auf das Laminat gleiten. Er legt seine Hand von hinten in ihren Schritt auf das Höschen. »Ahh, wie schön feucht du bist. Es wird Zeit, dass ich dich schmecke.« Langsam zieht er seine Finger über ihre Schamlippen hinweg. »Dreh dich um!«

Julie tut wie ihr geheißen. Sie dreht sich auf den Rücken, zieht ihre langen Haare zur Seite.

Er greift nach ihrem Höschen, sie hebt reflexartig die Hüfte an. Mit einem weiteren, etwas sanfteren Ruck zieht er den Stoff aus ihrer feuchten Spalte hinaus. »So bezaubernd rosa und glänzend. In ein paar Minuten läuft dir die Lust die Beine hinunter. Ich freue mich übermäßig darauf, das zu sehen.« Er packt Julies Hüfte und schiebt sie so weit herum, dass er vor dem Bett auf dem Boden knien und seinen Kopf zwischen ihre Beine stecken kann.

Zuerst atmet er nur auf ihre offen stehende Vagina. Julie spürt, wie sein Mund immer näherkommt und dann, wie die Zungenspitze leicht über ihre Genitalien streicht. Sie verlangt nach mehr, als nur einen Hauch, streckt ihm die Hüfte entgegen.

Er versteht die Geste, schiebt seine Zunge in ihr Loch, leckt sie aus, von oben bis unten. Julie stöhnt lustvoll auf. Sie wirft den Kopf hin und her. Er weiß, was er tut.

Raffael drückt ihre Beine ein wenig auseinander. Seine Hände liegen so nah an ihrer Lustzone, dass er spielend leicht seine Zeigefinger immer wieder am Rand ihrer Spalte auf und ab gleiten lassen kann. Er kreist seinen Daumen ein paar Mal über ihren Eingang. Als er nass von ihrem Saft ist, steckt er ihn ihr rein. Fest, mit einem Mal.

Sie stöhnt erneut auf. Lieber hätte sie seine Erektion in sich gespürt, aber das Eindringen in ihren Körper macht sie dennoch wild. Sie bäumt sich auf, sodass Raffa seine andere Hand auf ihre Hüfte legt, um sie zu fixieren.

Er dreht den Daumen in ihr herum, streichelt ihren G-Punkt, bewegt ihn hinaus und schiebt ihn gleich wieder rein. Nach ein paar weiteren Stößen zieht er den Daumen endgültig hinaus, streift mit seiner Zunge über die Klitoris, wartet einen Moment und saugt den hervortretenden Saft aus ihrem Loch.

Er leckt sich über die Lippen, wischt den Rest an der Decke ab und klettert zu Julie auf das Bett. »Jetzt bist du dran, Süße. Du schmeckst übrigens hervorragend. Sehr, sehr lecker dein Honig.«

Julie grinst ihn an, setzt sich auf und beugt sich über seinen steifen Penis. Er zieht ihren Po ein wenig herum, spielt weiter an ihren Schamlippen und der geschwollenen Klitoris, während sie ihren Mund über sein Glied gleiten lässt. Sie nimmt eine Hand zur Hilfe, hält den Schaft unten fest, lässt ab und zu die Zähne leicht mit über seine Haut fahren.

»O ja, Baby, das machst du toll. Weiter so. O ja. Wunderbar.«

Julie wird etwas schneller. Mit der zweiten Hand greift sie an seine Hoden, massiert die beiden und den Punkt genau dahinter. Raffa zieht scharf die Luft ein.

Seine Hand steckt zwar zwischen ihren Beinen, er ist aber nicht mehr imstande, konzentriert mit den Fingern durch ihren feuchten Spalt zu gleiten. Die Erregung lenkt ihn ab und das macht Julie Freude.

Sie lässt seine Bälle los, wird schneller mit dem Mund und spielt mit der Zunge oben an der Eichel.

An diesem Punkt, plötzlich und ohne Vorwarnung, spritzt Raffa ab. Er hatte sich selbst nicht mehr unter Kontrolle, sein Stöhnen ist laut und fasst ein Schrei der Erleichterung.

Sie schluckt das Sperma hinunter, leckt die restlichen Tropfen von seinem Schwanz und richtet sich auf. Er atmet schwer, aber als er ihr in das Gesicht sieht, ist er wie von Sinnen. Er stürzt sich auf sie, küsst sie heiß und entfesselt. Sie rollen auf dem Bett von der einen zur anderen Seite.

Julie greift ihm zwischen die Beine, um seine Latte wieder zu erwecken, doch sein pulsierender Prügel ist voller Energie für eine zweite Runde. Sie reibt zwei oder drei Mal an dem Schwanz und bemerkt, wie ihr der Anblick gefällt.

Er überprüft Julies Spalte, ist sichtlich berauscht von ihrer Feuchte und greift nach dem Kondom. Es ist Zeit für ihr Inneres, diesen Schwanz zu erleben. Das Gummi streift er eilig über und rutscht näher. »Ich liebe es, wenn Frauen so schön feucht sind.«

Mit den Fingern hält er ihre Schamlippen auseinander, während er seinen Steifen an das enge Loch führt. Er bewegt die Spitze wild umher, um ihren Saft auf ihr zu verteilen. Unvermittelt schiebt er seinen Schwanz tief in sie hinein. Beide stöhnen vor Lust. Er kniet zwischen ihren Beinen, füllt sie in einem langsamen Tempo aus. Rein und raus, rein und raus.

Er fasst ihre Hüfte, hebt ihren Unterleib ein wenig an, dringt tiefer in sie ein. Überrascht schnappt sie nach Luft. Sie spürt seinen Schwanz in ihr entlangreiben. Vorsichtig und langsam zuerst, doch er beschleunigt die Bewegungen, wird härter beim Zustoßen. Seine Hände wandern zu ihren Brüsten, öffnen endlich den Verschluss des BHs. Die

Brustwarzen springen hinaus und laden ihn offenkundig ein, sie zu berühren, sie anzufassen und zu kneten.

Raffa beugt sich vor, lässt seine Zunge über die Knospen gleiten, saugt an ihnen und dreht sie zwischen den Fingerspitzen. Sie stöhnt auf, als er ein bisschen zu fest knabbert. Er richtet sich auf und betrachtet sein Kunstwerk.

Ruckartig zieht er seinen Schwanz aus Julie hinaus, sie hält enttäuscht den Atem an. Er scheint andere Pläne zu haben, denn er dreht sie mit einer kräftigen Bewegung auf den Bauch. Mit den Knien schiebt er ihre Beine auseinander, hebt ihr Hinterteil ein wenig und führt seine nasse Erektion von hinten in ihre Spalte ein. »Der Anblick deines Hinterns macht mich wahnsinnig!« Er gibt ihr einen Klaps auf den Po, sie ist begeistert, krallt sich im Kissen fest und stöhnt vor Lust.

Die Penetration ist hart und schnell, es fühlt sich phänomenal an. Sie ist konstant feucht, was für sie eine Wonne ist. Ein glitschiger, berauschender Akt, aber sie braucht mehr. Um den Druck zu erhöhen, bewegt sie sich seinen Stößen entgegen, um ihn massiver zu spüren. »O ja, fester! Tiefer! Gib es mir!« Julie ist überrascht, die Worte aus ihrem Mund zu hören, leise zwar, aber sie hat sie ausgesprochen.

Raffael wird davon wohl umso mehr angeturnt. Er prügelt seinen Schwanz mit voller Wucht in sie hinein. Sie stöhnt vor Geilheit und Begierde. Ihr Atem ist unregelmäßig, schnell und dann stockend.

»Ich bin gleich so weit«, stöhnt er von hinten.

Nach zwei Stößen spürt Julie seinen zuckenden Schwanz in sich. Eine kurze Phase der Entspannung gönnt er sich in ihr, in der er ihr fest die Pobacken knetet und ihr einen Kuss auf den Rücken gibt. Anschließend zieht er seinen halb erschlafften Penis aus ihr hinaus.

Sie hatte keinen Orgasmus, trotzdem bereitete es ihr enorme Lust und Befriedigung, das Zucken und den Erguss zu spüren.

Während er im Badezimmer das Kondom entsorgt, steht Julie auf, um ihr Unterhöschen anzuziehen. Ohne Wäsche fühlt sie sich unwohl und nackt zu schlafen käme schon gar nicht infrage.

»Wo willst du denn hin? Wir sind noch nicht fertig. Du musst noch mindestens einmal kommen. Das könnte ich mir doch sonst nie verzeihen.« Er grinst sie schelmisch an. »Und sieh dir das an. Da läuft Saft an deinem Bein hinunter, wie ich gesagt habe.« Er kommt auf sie zu, bückt sich, um die Tropfen von unten nach oben an ihrem blanken Schenkel zu verwischen. Als er ihre geschwollenen Schamlippen erreicht und einen Finger in sie einführen will, hält sie seinen Arm fest.

»Das musst du nicht machen. Es war wirklich … wow! Zum Höhepunkt schaffe ich es selten.«

»Ein Grund mehr, dich zu verwöhnen. Komm mal mit.« Er führt sie in die Dusche, dreht das Wasser auf und temperiert es an seinem Handgelenk. Als er es für angenehm hält, duscht er Julies Körper ab.

Zärtlich streicht er über ihre Brüste, küsst sie, wandert mit dem Strahl nach unten zwischen ihre Beine, schiebt sie ein wenig auseinander, hockt sich vor sie und dreht den Duschkopf so herum, dass das Wasser auf ihre Perle prallt.

Mit den Fingern hält er ihren Spalt offen, sodass das Wasser in sie hineinspritzt. Er führt die Brause immer näher an sie heran, bis er sie auf ihre Schamlippen presst und das Wasser eine stimulierende Wirkung auf Julie hat. Sie hält sich an seinen Schultern fest, um nicht umzufallen. Nach hinten an die Wand gelehnt, versucht sie, lockerzulassen.

Raffa bewegt den Wasserstrahl vor und zurück, der Duschkopf reibt über ihre Spalte. Sie stöhnt. Er behält die Bewegung für einige Minuten bei, was Julie absolut unfähig macht, zu denken. Er nimmt das Wasser zur Seite, um zwei seiner Finger tief in ihr Loch zu schieben, bewegt sie hin und her, streicht über die Innenseiten, fingert sie ausgiebig.

Julie entgleitet ein verträumter Stöhner. Ihre Beine fühlen sich an wie aus Wackelpudding.

Raffael stellt das Wasser ab, zieht seine Finger aus ihr hinaus, greift sich ein Handtuch von der Stange und rubbelt sie damit trocken.

Zurück am zerwühlten Bett wirft er sie, wie zu Beginn des Abends, mit Schwung auf die Laken.

Er macht zwei Schritte zu seiner Tasche am Boden, tastet darin nach etwas, das Julie nicht erkennen kann und versteckt es hinter seinem Rücken, als er sich zu ihr zurückdreht. Er gibt ihr einen Kuss auf den Mund, rückt wieder nach unten zwischen ihre Beine, schiebt sie auseinander, legt sich dazwischen und beginnt erneut das erregende Spiel mit seiner Zunge.

Julie stöhnt. Ihr Loch steht mittlerweile von allein auf, sodass seine Zunge perfekt alle Ecken ihrer Lustzone liebkost. Etwas Hartes ist plötzlich an ihrer Spalte. Doch bevor sie die Chance hat, den Kopf zu heben und nachzuschauen, hat Raffa ihr das Teil schon eingeführt.

»Liebeskugeln Baby, entspann dich.« Er drückt mit den Fingern ein wenig nach, damit selbst das kleine Zugbändchen in ihr verschwindet.

Sie fühlt sich ausgefüllt. Er bewegt die Kugeln in ihr, was sich sensationell anfühlt. Außerdem leckt er wieder mit der Zunge über ihre Spalte. Nach einer Weile erhebt er sich und fordert sie auf, sich ebenfalls hinzustellen.

Verunsichert greift sie nach seiner Hand und lässt sich hochziehen.

»Geh ein paar Schritte auf und ab. Du wirst die Kugeln merken und sie werden dich extrem heiß machen.«

Julie taumelt in Richtung Zimmertür, dreht sich herum und läuft zurück zu Raffa in die andere Ecke des Zimmers.

Sie spürt bei jedem Schritt, wie sich die Kugeln bewegen. Hört sogar das leise Klackern. Die Dinger in ihr sind stimulierend und irritierend zugleich. Als sie wieder vor Raffa steht, hockt er sich vor sie, steckt einen Finger in ihr Loch, um das Zugbändchen hinauszuziehen. Mit dem Bändchen fließt der Lustsaft ungebremst an ihr hinunter.

»Mhm, das wollte ich sehen. Es gefällt dir!« Er richtet sich auf, stellt sich hinter Julie. Er drückt sich an sie, greift an ihre Brüste und knetet sie leidenschaftlich. Eine Hand lässt er nach unten gleiten zwischen ihre Beine. Er spielt mit dem Bändchen, zieht ein wenig, dann drückt er die Kugeln wieder tiefer in Julie hinein.

Sie vergeht vor Lust, stöhnt, drückt ihren Po in seinen Schritt. Für sie spürbar kehrt Raffas Lust zurück. Sein Schwanz wird langsam aber sicher immer härter.

Er knabbert an ihrem Ohrläppchen, haucht hinein, küsst ihren Nacken, zwirbelt die Brustwarzen und streichelt ihren Kitzler. Ihr Körper reagiert auf seine Berührungen mit Wohlgefallen. Eine Gänsehaut löst die nächste ab und das Kribbeln in ihr macht sie schwach. Immer mehr von ihrem Saft läuft an dem Bändchen aus ihr hinaus. Raffa verstreicht ihn auf ihrer Spalte.

»Ich will noch mal, aber zuerst musst du kommen.« Er raunt ihr seinen Wunsch in das Ohr, dreht ihren Kopf zu sich und küsst sie verlangend. Wieder wirft er sie auf das Bett, zieht ihr langsam und genüsslich die Liebeskugeln aus dem Körper, was Julie zu einem Seufzen führt. Er setzt an, um ihr mit seiner Zunge und dem ein oder anderen Finger einen Orgasmus zu bescheren.

Sie wird immer lauter, er heftiger. Er schleckt zwischen ihren Schamlippen herum und knabbert an der wulstigen Klit. Je mehr er saugt und seine breite Zunge über ihr Loch zieht, desto erregter wird sie. Eine riesige Welle der Euphorie überrollt sie, als sich der Orgasmus zwischen ihren Beinen aufbaut. Sie erzittert. Alles in ihr zieht sich zusammen und sie erreicht keuchend ihren Höhepunkt. Die Anspannung entweicht aus ihrem Körper, ihre Scham pulsiert.

In der Sekunde, in der ihre Muskeln zucken, steckt er seinen harten Schwanz in ihr tropfendes Loch und pumpt ohne Pause. Raffa braucht nur ein paar Stöße, bis er erneut abspritzt. Er bewegt sich schneller und härter. Julie stöhnt weiter, ist in Ekstase.

Er packt eine Brust, knetet sie hart, stützt sich neben ihrem Körper ab, beugt sich für einen kurzen Zungenkuss zu ihr hinunter. Er rammt seine Lanze immer fester in sie hinein. »Ich bin so weit Baby, du auch?«

»Jaaa!« Julie stöhnt die Antwort laut. Raffa gibt ihr zwei weitere harte Stöße und sie erreichen gleichzeitig einen durchdringenden Höhepunkt.

»Baby, du nimmst doch die Pille oder?«

»Ja, aber das sollte trotzdem nicht noch mal passieren. Ich will mir nichts einfangen!«

»Keine Sorge, ich bin sauber. Ich gehe jetzt duschen und danach mache ich mich auf den Heimweg. Wenn ich dir Geld für das Hotelzimmer geben soll, lass es mich wissen.«

Julie bleibt auf dem Bett liegen und schaut Raffael enttäuscht dabei zu, wie er seine Sachen zusammensucht. Sie hatte gedacht, die Nacht gemeinsam mit ihm zu verbringen und nicht nur ein paar Stunden Sex zu haben.

Um sich abzulenken, greift sie nach ihrem Smartphone. Es sind Nachrichten von Alex, ihrem Bruder Carlo und Lisa eingegangen. Nichts, was sie jetzt beantworten möchte. Sie legt das Handy neben sich auf das Bett und dreht sich zur Seite. Der Blick aus dem Fenster ist nicht atemberaubend, aber besser, als die Decke anzustarren.

Nach Monaten des Umwerbens hatte Raffael es endlich geschafft, sie ins Bett zu bekommen. Sie hatte ihn wieder und wieder abblitzen lassen, bis er sie irgendwann in der Teeküche herangezogen und geküsst hatte. Erst wehrte sich Julie, versuchte, ihn von sich wegzuschieben. Doch nach ein paar Sekunden des Fühlens und Schnupperns an diesem erregenden Mann, ließ sie es geschehen.

Beinahe hätte eine Kollegin sie gesehen, aber sie trennten sich gerade rechtzeitig voneinander. Sprachen kein weiteres Wort und verließen am Abend normal das Büro.

Der feine Unterschied bestand lediglich darin, dass nach Feierabend neben Julies Polo ein Mann stand, der auf sie wartete.

Raffa hatte Blut geleckt. Kaum erreichte sie das Auto, griff er ihre Hand, führte sie weiter nach hinten zur Raucherecke und schaute sich vorsichtshalber um. Er entdeckte scheinbar niemanden, drückte Julie gegen die Hauswand, küsste sie wieder und hob sie hoch, sodass sie ihre Beine um seine Hüfte legen konnte.

Die Geheimniskrämerei war ungeheuer aufregend, aber er allein hätte gereicht, um sie um den Verstand zu bringen. Julie lehnte ihren Kopf an die Wand, während Raffa ihren Hals küsste. Er hauchte ihr ins Ohr, dass er sich lange auf diesen Augenblick gefreut habe.

Sie hatte Glücksgefühle. Ein Mann seines Kalibers begehrte sie. So intensiv, dass er sie hier auf diesem Parkplatz verführen würde.

Moment.

»Moment!«

Julie nahm ihre Beine von Raffa und ließ sich an der Wand nach unten gleiten. »Du willst doch jetzt nicht ernsthaft hier in dieser Schmuddelecke Sex haben, oder?« Sie kam gedanklich zurück in die Wirklichkeit. So eine Frau war sie nicht.

»Entspann dich, Baby. Ich wollte dich einfach nur mal richtig anfassen. Meine Tagträume müssen unbedingt ein Ende haben. Jetzt habe ich etwas, woran ich mich orientieren kann. Jeden Morgen und jeden Abend.« Er leckte sich über die Lippen und lächelte. »Hast du dir überlegt, ob du mit nach Augsburg fahren möchtest?«

Der Projektstart hatte sich mehrmals verschoben, da die Anwohner um das Baugebiet herum alle Register gezogen hatten, um den Bau des Einkaufszentrums zu verhindern. Nach der endgültigen Entscheidung des Gerichtes sollte das Bauprojekt nächsten Monat ins Rollen kommen.

»Nein, im Grunde hat sich nichts verändert. Du bist immer noch mit deiner Freundin zusammen. Warum sollte ich also mitfahren? Bis jetzt haben wir uns nur geküsst. Dabei bleibt es auch.«

»Mhm, ich bin anderer Meinung. Lass uns einen Test machen. Bist du einverstanden?«

»Was für einen Test hast du im Sinn?« Julie wurde zapplig. Es machte ihr großen Spaß, mit ihm zu flirten. Ganz zu schweigen von dem Küssen. Im Innern wünschte sie sich nichts mehr, als wieder diese Leidenschaft zu spüren. Seine Gier. Seine Lust. Aber wie könnte sie das verantworten?

»Wir treffen uns in einem Hotelzimmer. Wenn du mir widerstehen kannst, frage ich dich nie wieder.«

»Das ist doch kein Test – das ist Verführung.«

Raffa drückte sie wieder gegen die Hauswand. »Baby, lass dich gehen. Es wird nichts Schlimmes passieren. Wir haben eine schöne Nacht und du wirst mit nach Augsburg fahren.«

Er drückte ihr einen Kuss auf, führte ihre Arme über ihren Kopf, hielt sie mit einer Hand an die Wand gedrückt und ließ seine andere an Julies Körper hinuntergleiten. Sie schauten sich in die Augen, er lehnte seine Stirn gegen ihre.

Er bewegte seine Finger zwischen ihre Beine. Doch als Julie zischend die Luft einzog, nahm er sie sofort weg und legte sie zärtlich an ihren Hals. »Es wird unglaublich berauschend. Das solltest du dir nicht entgehen lassen.«

»Aber ich habe ein schlechtes Gewissen, ich kann das nicht.«

Raffa hob seinen Kopf an, betrachtete sie. Für einen kurzen Moment überlegte er. »Julie, wieso hast du ein schlechtes Gewissen? Du bist Single, oder? Das Ganze liegt in meiner Verantwortung. Ich entscheide mich bewusst dafür, meine – fast Ex- – Freundin zu betrügen. Wenn du nicht hier wärst, würde ich demnächst vielleicht eine andere Frau kennenlernen. Zerbrich dir nicht den Kopf über etwas, das dich nichts angeht, in Ordnung?«

Das klang ernst gemeint. Julie fiel kein weiterer Widerspruch ein. Sie küssten sich erneut.

Nach einer Weile fragte er sie, ob sie sich in der kommenden Woche mit ihm in einem Hotel treffen würde. Sein Zuhause sei keine Option und es wäre besser, wenn ihn niemand bei ihr ein- oder ausgehen sehe. Sie willigte ein.

Er schlug das Hotel vor, in dem sie sich bis vor einigen Minuten vergnügt hatten. Ein typisches Messebauer-Hotel an einer Autobahnauffahrt. Wenig Komfort und Eleganz, dafür pragmatisch.

Draußen ist es inzwischen dunkel. Das karge Hotelzimmer deprimiert Julie. Die beige-braun gemusterten Vorhänge aus den 80ern lösen einen kleinen Ekel aus. Wenigstens wird ordentlich geputzt.

Raffa kommt frisch geduscht aus dem Badezimmer, nur mit einem Handtuch um die Hüften. Sie betrachtet ihn. Die laszive Burlesque-Tänzerin auf seinem Rücken fällt ihr zum ersten Mal auf.

Er legt das Handtuch ab. Sein Penis ist zur Normalgröße zurückgekehrt. Keine weitere Erektion. Julie lächelt, als sie an seine Kunstfertigkeit denkt.

Raffa sieht ihren verträumten Gesichtsausdruck und wie sie seinen Penis beobachtet. Er schmeißt das Handtuch nach ihr. »Für heute reicht es, Baby, ich kann nicht mehr.«

»Hey, lass mich doch gucken.« Sie lacht.

Das verschmitzte Grinsen in seinem Gesicht ist wieder da. Er bückt sich nach der Kleidung auf dem Fußboden. Sie nutzt die Sekunde und klatscht ihre Hand auf seinen Po.

Blitzschnell hüpft er auf das Bett, knurrt sie an und verhindert, dass sie sich kreischend und lachend unter der Bettdecke vergräbt. Mit seinem gesamten Gewicht legt er sich auf ihren Körper, um sie ruhig zu stellen. Er fixiert sie mit einem festen Griff. »Freches Mädchen. Dafür wirst du bestraft. Beim nächsten Mal …« Er drückt ihr einen Kuss auf, sieht ihr für einige Sekunden in die Augen und beißt ihr in die Nasenspitze. Im nächsten Augenblick steht er schon wieder bei seiner Kleidung. »Wir sehen uns morgen im Büro. Ich frage bei Herrn Winter direkt an, ob ich dich mit nach Augsburg nehmen kann. Du entkommst mir nicht mehr, Baby.« Ein letztes Mal beugt er sich über das Bett, gibt ihr einen Kuss und verschwindet durch die Tür.

Julie überlegt, nach Hause zu fahren, aber das Hotel ist schon bezahlt und näher am Büro als ihre Wohnung. Sie zieht das Smartphone aus den Bettlaken hervor und beantwortet die Nachrichten ihrer Freunde.

»Hey Schwesterherz! Kannst du für den Sektempfang zusätzlich noch 100 Luftballons organisieren? Becky dreht bald durch und ich dachte, wenn du sowieso den Deko-Kram kaufst, macht das keinen großen Unterschied? Schreib es einfach auf die Rechnung. Wie geht es dir denn?«

»Ja klar, besorge ich! Mir geht's gut. Dir auch? Drehst du mit ihr am Rad, oder bist du noch entspannt? 4 Monate bis zum D-Day ...«

———

»Wenn du mit deinem Sexdate fertig bist, erzähl mir bitte nichts davon. Ich hatte zu lange keine Gelegenheit mehr, Druck abzubauen. Oder warte, vielleicht solltest du es mir doch erzählen ...«

»Fertig, aber Einzelheiten bekommst du doch sowieso nicht zu hören, Alex. Guck dir 'nen Porno an, oder hol Tinder raus ...«

———

»Jonas will in das Haus seiner Großeltern umziehen, aufs Dorf! Ich glaube, ich spinne ... Was sollen wir da machen? HILF MIR! Du bist meine Exit-Strategie, also lass dir was einfallen, wie ich aus der Nummer rauskomme.«

»What? Ich bin deine Exit-Strategie? Na dann: Schluss machen! Komm rüber, Liebste, wir führen ein entspanntes WG-Stadtleben, allerdings müsste ich dich mit Männern betrügen, ich hoffe, das ist okay? ;)
Nein, sag ihm doch einfach, dass du damit nicht so glücklich bist. Dass du aus verschiedenen Gründen (die du dir vorher sorgfältig überlegen und notieren solltest!) nicht bereit bist, so weit rauszuziehen. Es wäre aber trotzdem sehr lieb von dir, wenn du mich auf die Liste der Gründe schreibst.«

Die nächsten Tage kämpft Julie gegen den Drang, zu oft Raffas Nähe zu suchen, ihn zu auffällig zu beobachten oder sogar zu lächeln, wenn sie einander im Büro begegnen. Sie versucht, sich normal zu geben. Das fällt ihr schwerer, als gedacht.

Sie träumt davon, seinen Körper zu berühren, die Tattoos genau zu betrachten, mit der Hand durch sein dunkles dichtes Haar zu fahren.

Bisher scheint den Kollegen nichts aufgefallen zu sein. Sie wunderten sich nicht einmal, als er heute Vormittag neben ihrem Schreibtisch stand und sie wegen des Projektes ansprach.

»Frau Bender, darf ich Sie heute Abend gegen siebzehn Uhr dreißig kurz in mein Büro bitten? Es gibt Neuigkeiten betreffend Augsburg.«

Julie gaukelte vor, ihren Terminplan durchzusehen. »Ja, das ist möglich. Ich komme nachher bei Ihnen vorbei.« Sie schenkte ihm ein Lächeln, er zwinkerte ihr zu.

»Perfekt, dann bis später!« Er hob kurz die Hand, verabschiedete sich mit einem Winken bei den anderen Kollegen des Großraumbüros und verschwand im Flur.

Im Moment überlegt Julie, wie viele Alibi-Unterlagen sie mit zu diesem Termin nimmt, damit niemand einen Verdacht schöpft. Sie greift sich ihren Terminplaner, einen Schreibblock, eine Mappe und ihr Smartphone und erhebt sich.

»Gehst du zu Herrn Faroga?«, fragt Katrin unvermittelt.

Julie nickt.

»Ich wusste gar nicht, dass du bei diesem Bau mitwirkst. Es wäre begrüßenswert, wenn du uns in Zukunft darüber informierst, dass die Geschäftsleitung dich in Beschlag nimmt.«

»Absolut, das werde ich tun. Aber tatsächlich bin ich noch gar nicht involviert. Er hatte nur einmal angemerkt, dass ich dort viel lernen würde und er einen zweiten Trainee gebrauchen könne.« Sie zuckt mit den Schultern. »Da der Chef aber nicht mein größter Fan ist, hatte ich nicht damit gerechnet, dass er mich bei einem Projekt dieser Größe mitarbeiten lassen würde.« Julie verzieht die Mundwinkel.

»Ach so, na dann erzähle uns am Montag einfach wie es aussieht. Ich hoffe, du bleibst uns hier erhalten.« Jetzt zwinkert ihr Katrin zu.

Julie ist sofort verunsichert, ob sie die Geste von Raffa am Morgen wahrgenommen und nun kopiert hat, aber Katrin wendet sich wieder ihrem Bildschirm zu, zeigt keine weitere Reaktion.

Julie atmet durch und läuft in Richtung der Partner-Büros. Diese sitzen jeweils in einem einzelnen verglasten Büroraum. Der letzte Raum in der Reihe gehört ihm.

Sie sieht durch das Glas, dass er telefoniert. Auf ihr leises Klopfen reagiert er nicht, weshalb sie erst einmal vor der Tür wartet. Sie checkt ihre E-Mails über ihr Smartphone und lehnt sich währenddessen mit der Schulter an die Tür. In der gleichen Sekunde öffnet Raffael diese von innen, Julie verliert das Gleichgewicht und stürzt ihm in die Arme.

»Hoppla! Sie haben wohl nicht gesehen, dass ich Ihnen öffnen wollte.«

»Entschuldigung, nein, ich war zu sehr auf die E-Mails konzentriert.«

Julie zeigt ihm das Smartphone, legt es auf den Stapel der Alibi-Unterlagen in ihrem anderen Arm, wobei es hinunterrutscht und auf den langflorigen Teppich fällt. Raffael bückt sich, hebt es auf und reicht es ihr. Julie verdeckt ihre Augen mit der freien Hand. »Wie peinlich. Ich bin ein Tollpatsch. Es tut mir leid!«

»Nichts passiert, kommen Sie zum Schreibtisch, dann fangen wir an.« Raffa legt ein charmantes Lächeln an den Tag. Er rückt ihr einen Stuhl zurecht, wartet bis sie sitzt und schließt die Bürotür. Er nimmt hinter dem Tisch auf seinem Bürostuhl Platz. »Also, Frau Bender, ich komme gleich zur Sache. Leider ist Herr Winter nicht gewillt, die Kosten für

Ihre Mitfahrt zu tragen. Ich habe mir aber selbst schon ein paar Gedanken gemacht, die ich gern etwas später mit Ihnen besprechen würde.« Er lächelt wieder. Diesmal etwas verschmitzter, wenn nicht sogar anzüglich. Um seine Absicht zu verdeutlichen, leckt er sich wie ein hungriges Tier über die Lippen.

Julie versteht. Ihr wird warm, es kribbelt zwischen ihren Schenkeln. »Was machen wir so lange?«

»Ich dachte, wir besprechen trotzdem im Detail das Bauprojekt in Augsburg, auf welche Hindernisse wir im Verlauf gestoßen sind und was dieses Projekt besonders macht. Auf diese Weise lernen Sie etwas, niemand schöpft Verdacht, wenn er am Büro vorbeigeht und wir überbrücken die Zeit sinnvoll.«

»Vor allem habe ich etwas, wovon ich meinen Kolleginnen am Montag berichten kann, ohne rot anzulaufen.« Sie kichert.

Die nächsten fünfundvierzig Minuten verbringen sie damit, sich die Baupläne, die Klageschriften der Anwohner und den weiteren Projektverlauf anzusehen. Julie zeigt sich interessiert, er beantwortet ihr bereitwillig alle Fragen.

Mittlerweile stehen die Zeiger der Uhr an der Wand auf achtzehn Uhr fünfzehn. Julie fallen im Augenblick keine Fragen mehr ein, ihr Wissensdurst ist gestillt. Dafür kreisen ihre Gedanken um ein anderes Gefühl, ein Verlangen, das Raffael offensichtlich mit ihr teilt.

»Hast du Lust auf einen Kaffee? Ich mache mich mal auf den Weg in die Teeküche und scanne, wie viele Kollegen noch hier sind.«

Sie nickt ihm zu, obwohl Kaffee nicht das ist, wonach sie dürstet.

*

Raffael verlässt sein Büro, läuft den breiten Flur mit den stilvollen Schwarzweißdrucken entlang, in die Glasbüros der Partner hineinschauend. Die Schreibtische sind alle verlassen, Jacken verschwunden und Lichter ausgeschaltet. Das Großraumbüro hingegen ist hell erleuchtet.

Beim Betreten nimmt er zwei ältere Kolleginnen in der Raummitte wahr. Eine der beiden packt ihre Sachen zusammen und tippt nebenbei hektisch auf ihrem Smartphone herum.

Er biegt nach rechts in die Teeküche ab, holt zwei Kaffeetassen aus dem Schrank und stellt diese auf das Rost der Kaffeemaschine. Während die Maschine rattert und der Kaffee in die Tassen läuft, macht Raffa zwei Schritte zurück in den großen Raum und sieht sich erneut um. Nur Frau Basler sitzt an ihrem Tisch, Frau Weber ist gegangen.

Um sicherzugehen, dass kein Kollege nur eine Raucherpause eingelegt hat, öffnet er das Fenster direkt neben der Teeküche und schaut nach unten in den Hof. Keine Menschenseele zu sehen.

»Suchen Sie jemanden, Herr Faroga?«, fragt Frau Basler von ihrem Platz aus.

»Ja, aber Herr Spiegler scheint schon gegangen zu sein.« Innerlich ärgerte er sich sofort, dass er ausgerechnet diesen Namen nennt.

»Oh, hat man Sie nicht informiert? Herr Spiegler ist schon die ganze Woche krankgeschrieben. Vielleicht bleibt er auch noch länger zu Hause. Scheint ihm gar nicht gut zu gehen.«

Raffael entspannt sich, sie scheint vergessen zu haben, dass er als Juniorpartner über Krankheitsfälle Bescheid zu wissen hat. Um nicht ertappt zu werden, verkneift er sich sein süffisantes Grinsen und spielt ihr den Unwissenden vor. »Aha, deswegen hat er meine E-Mail nicht beantwortet. Das ist ein wenig ärgerlich, aber in Ordnung, vielen

Dank für die Information, Frau Basler. Auf Sie kann man sich eben verlassen.« Um das Gespräch zu beenden, bewegt er sich auf die Arbeitsplatte zu, nimmt die zwei vollen Tassen in die Hand.

Plötzlich tritt ihm Frau Basler in den Weg und sieht ihm selbstbewusst in die Augen. »Ich würde Ihnen nur zu gern Arbeit abnehmen, wenn Herr Spiegler das nicht zu Ihrer Zufriedenheit erledigt. Sollten Sie Hilfe benötigen, bin ich jederzeit für Sie da.«

»Das ist äußerst freundlich von Ihnen, Frau Basler. Lassen Sie mich heute Abend darüber nachdenken. Wenn es etwas zu tun gibt, melde ich mich am Montag bei Ihnen.« Sicherlich vermutet sie ihre Chance, endlich in den Kreis seiner Assistenten aufgenommen zu werden.

»Wunderbar! Dann ein schönes Wochenende für Sie.« Als sie endlich von ihm ablässt, trägt sie ein strahlendes Lächeln im Gesicht, die Aussicht mit ihm zusammenzuarbeiten, scheint sie mehr als glücklich zu machen. Hat er recht vermutet.

Raffa sieht ihr kurz hinterher, verkneift sich weiterhin jegliche Reaktion auf ihr Verhalten und bricht auf, den Kaffee in sein Büro zu bringen. Als er sich umdreht, schaltet Frau Basler ihren Computer aus und verlässt das Büro.

Sicher, dass ihn und das verbotene Früchtchen niemand mehr stören wird, betritt er sein Büro, entscheidet sich gegen das Verschließen der Tür und gesellt sich zu Julie, die mittlerweile am offenen Fenster steht. »Frau Bender, Sie sind noch hier? Haben Sie nichts Besseres zu tun an einem Freitagabend?« Er stellt sich neben sie, reicht ihr eine Tasse und legt seine frei gewordene Hand an ihre Wange. Er schaut ihr tief in die mandelförmigen Augen. Er hatte sie von der ersten Sekunde an begehrt. Dass sie sich zierte und ihn zurückwies, weckte seinen Ehrgeiz. Er malte sich aus, wie es wäre, sich in ihren weichen Haaren festzukrallen, ihre zarte Porzellanhaut zu ertasten und sie überall zu schmecken. An ihren Lippen zu kosten, den leicht salzigen Schweißfilm am Hals und vor allem ihre Vagina auszulecken. Wenn er sich zu guter Letzt noch vorstellte, wie sie vor ihm kniete und seinen Schwanz in ihren wunderschönen Mund nahm, musste er für Abkühlung sorgen. Denn diese Träume hegte er nicht nur am Tag, sondern hauptsächlich in der Nacht, wenn seine Freundin neben ihm schlief. Meistens verzog er sich ins Badezimmer, um den Druck abzubauen. Glücklicherweise ist das nun nicht mehr nötig. Er hatte das Lebendobjekt zu seiner Verfügung. Die Tagträume waren zwar nicht weniger geworden, aber dafür fühlte er sich in der Nacht nicht mehr gezwungen, selbst Hand anzulegen. Stattdessen freute er sich auf den nächsten Tag und jede Möglichkeit, Julie zu haben. »Ich muss gestehen, dass ich eben von einer anderen Kollegin mehr oder weniger eindeutige Avancen erhalten habe. Was soll ich nur tun?« Er sorgt dafür, dass sein Tonfall ernst klingt, sogar leicht bedrückt, als er sie herausfordert.

»Herr Faroga, für dieses Problem gibt es nur eine Lösung. Sie müssen sich der Sache völlig hingeben.« Ihr Lächeln wird breiter, als er die Augen zusammenkneift.

»Du gibst mich einfach so auf?«

»Das würde mir im Traum nicht einfallen, aber ich persönlich nutze auch jede Gelegenheit, die sich mir bietet.«

Jetzt fordert sie ihn heraus, mehr als er von ihr gewohnt ist. Kurz stockt er, sein Blick ist finster. »Das kann ich so nicht hinnehmen. Ich bin der Einzige, der das hier darf.«

Ihre Köpfe nähern sich, er führt Julies Kinn ein wenig nach oben und küsst sie. Zaghaft zuerst. Doch als sie an ihn heranrückt, fühlt er sich angespornt. Er presst sie an sich, lässt seiner Leidenschaft freien Lauf. Die Tassen stellt er auf der Fensterbank ab. Aus dem Kuss wird eine wilde

Fummelei. Er hält Julie immer an sich gedrückt, packt ihren Hintern, vergräbt sich in ihr.

Julie drängt sich an die Beule in seiner Hose, ihr Blick ist verhangen vor Lust. Als sie ihr Kleid nach oben zieht und ein Bein um ihn schlingt, zuckt sie kurz zusammen. »Ich habe etwas gehört«, flüstert sie. Schlagartig hält sie inne, lässt das Bein sinken und zupft das Kleid zurecht.

Er spitzt ebenfalls die Ohren und schaut sich um. »Hallo, ist da jemand?«, versucht er, mit lauter Stimme den Unbekannten aus seinem Versteck zu locken. Er löst sich von Julie, um nachzusehen. Kurz darauf kehrt er zurück, zuckt mit den Schultern und widmet sich wieder ihren Lippen. Das knielange, blaue Etuikleid betont ihre Kurven vortrefflich und hatte ihm schon den ganzen Tag eine Dauererregung beschert. Sie endlich ausgiebig anfassen zu können, sorgt für diese gewisse Ungeduld in ihm. »Sie sehen so professionell aus, Frau Bender.« Er seufzt. »Lassen Sie uns für ein wenig Entspannung sorgen.« Er dreht sie herum und zieht den Reißverschluss in ihrem Nacken genüsslich hinunter. Mit beiden Händen auf ihrem nackten Rücken streift er das Kleid nach vorn ab.

Julie macht einen Schritt zur Seite, damit er das Kleid aufheben und auf den Stuhl hängen kann. Er greift ihre Hand, gibt ihr einen Handkuss und dreht sie an ihrem Arm einmal um die eigene Achse. Er lässt seinen Blick über ihren gesamten Körper schweifen. Die schwarze Spitzenunterwäsche stimuliert ihn.

Innerlich brennt er für eine harte, schnelle Nummer, aber dafür ist sie zu schade. Mit ihr sein Büro zu entweihen, verlangt nach einer gewissenhaften Vögelei.

Julie greift nach seinem Hemd, knöpft es auf. Er lässt sie gewähren, weil er in der Zwischenzeit darüber nachdenkt, was er jetzt gleich mit ihr anstellt. Sie streift sein Hemd, wie er zuvor ihr Kleid, mit beiden Händen von Schultern und

Armen. Mit ihren Lippen liebkost sie seinen Hals, wandert weiter hinunter. Sie streicht über seine Taille nach hinten, wo sie sich in seinen Rücken krallt. Raffa knurrt, Julie sieht ihn lüstern an. Sie küsst seine Brustwarze, ohne den Blick zu senken.

»Ich warne dich …«

Doch Raffas Warnung kommt zu spät, Julie knabbert schon an ihr herum. Jetzt ist es genug. Er packt sie in ihrer Mitte, hebt sie hoch und setzt sie auf den Schreibtisch. Hemmungslos schiebt er ihr seine Zunge zwischen die leicht geöffneten Lippen. Gleichzeitig öffnet er ihren BH und feuert ihn in eine Ecke. Einen Arm legt er von unten kommend auf ihrem Rücken ab. Zieht mit der gleichen Hand an ihren Haaren, sodass sie sich nach hinten biegt und ihm ihre Brüste entgegenstreckt. Seiner Kehle entspringt ein raues Lachen. So hat er sich das vorgestellt. Er leckt über ihre festen Brüste, die Nippel stehen reizvoll hervor. Ihr Schritt berührt seinen Oberschenkel, weshalb er ihre Bereitschaft deutlich spürt.

Mit der freien Hand streichelt er erst zart über ihren Oberkörper, dann greift er fest zu und knetet ihre Brüste, beißt in die Warzen. Julie stöhnt auf. Ihre Atmung beschleunigt sich, ihr Unterleib reibt sich an seinem Bein.

»Stütz dich hinten mit deinen Armen ab, Baby.«

Sie befolgt seine Anweisung. Er löst sich von ihr und zieht ihr das Spitzenhöschen aus, wobei er erfreut bemerkt, dass sie ihre High Heels immer noch trägt.

Er packt ihre Oberschenkel, drückt sie leicht nach oben, während er sich vor den Schreibtisch kniet. Ohne Umschweife leckt er einmal durch ihren Spalt. »Baby, du schmeckst so gut.«

Julie ändert ihre Position von den Händen auf die Ellenbogen, um ihre Beine weiter öffnen zu können.

Er zieht seine Zunge immer wieder hoch und runter durch ihre Schamlippen. Bei ihrem Loch macht er halt und schiebt seine Zungenspitze ein kleines Stück hinein. Um eine Hand für ihre Stimulation zu benutzen, legt Raffa eines ihrer Beine auf seiner Schulter ab. Mit dem Daumen massiert er zuerst vorsichtig ihren Kitzler. Die Zunge führt er weiter gleichmäßig über ihre Lippen. Julie stöhnt inzwischen ohne Unterlass.

Er zieht mit den Fingern ihre Vagina auf, sodass seine Zunge weiter in ihr Loch hineingleitet. Weil ihm das nicht genug ist, penetriert er Julie mit seinem Zeigefinger. Er ist begeistert, als er den Finger wieder aus ihr herauszieht. Sie ist so feucht, alles würde in sie hineinflutschen.

Aufgeregt überlegt er, welches Büroutensil sich als Sexspielzeug eignet. Währenddessen nimmt er einen zweiten Finger dazu, massiert ihre Spalte und ihren G-Punkt im Inneren. Da kommt ihm ein Gedanke. In der Teeküche lag etwas, das nach seinem Geschmack wäre. Übereilt zieht er die Finger zurück, leckt sie ab und steht auf. Julies Kopf schnellt hoch.

»Bleib liegen Baby, ich habe eine Idee.«

Oberkörperfrei, aber mit Hose bekleidet, eilt Raffa durch das Büro, findet, was er gesucht hat und kehrt zurück. Julie entfährt gerade ein kleines Stöhnen. Sie tastet mit geschlossenen Augen an ihrem geschwollenen Kitzler herum, an dem er ihren Saft fleißig verteilt hat. »Du kannst nicht drei Minuten abwarten, du geiles Stück. Dir werde ich es zeigen. Ohne mich befummelst du dich nicht weiter.«

Er stellt sich wieder zwischen ihre Beine, hat mit zwei Handgriffen die feine Stoffhose geöffnet und lässt sie fallen. Die Boxershorts schiebt er nur ein Stück hinunter, sodass seine Erektion hinausspringt.

Julie sieht seinen Schwanz mit glühenden Augen an, bis Raffa ihn mit einem kräftigen Ruck bis zum Anschlag in ihr feuchtes Loch schiebt. Er bewegt sich nicht weiter, genießt brummend das Gefühl, in ihr zu stecken.

Ungeduldig versucht sie, ihr Becken zu bewegen, aber er hat andere Pläne, zieht seinen Schwanz ein Stück aus ihr hinaus und rammt ihn erneut in sie hinein. »Beweg dich nicht, so weit sind wir noch nicht, Baby. Das ist deine Strafe.«

Raffa ist scharf darauf, sie gleich angemessen durchzunehmen, aber er beherrscht sich, bewegt seinen Schwengel vollständig aus ihr hinaus, woraufhin ihr ein enttäuschtes Seufzen entfährt.

In der nächsten Sekunde schiebt er ihr einen harten Gegenstand hinein, vollständig. Ihr Loch zieht sich sichtlich zusammen und es gibt keinen Widerstand.

»Was ist das?« Ihre Stimme zeugt von ihrer Verwirrung.

»Sozusagen ein Spielzeug. Das wird nun eine Weile in dir bleiben, bis ich es entferne.« Er lächelt verschmitzt. »Jetzt bist du dran, Baby, zieh mir die Sachen aus und kümmere dich um mich.«

Julie schält sich vom Schreibtisch. Nachdem sie ihn von seiner Kleidung befreit hat, schiebt sie ihn auf einen der Sessel vor dem Schreibtisch. Sie kniet sich zwischen seine Beine und fährt mit ihren Fingernägeln über die Innenseite der Oberschenkel. Sein erigierter Penis liegt nach oben gerichtet auf seinem Bauch. Er zuckt ein wenig, wenn sie mit den Händen näher kommt. Als Raffa kurz die Augen schließt, um den Moment zu genießen, beugt sie ihren Kopf nach vorn und leckt über die prallen Hoden. Seine Lider fliegen überrascht auf.

»Mehr Baby, mehr!«

Eine Hand legt sie über den Steifen, damit er ihr nicht in die Quere kommt. Allein dieser leichte Druck auf seine Lanze führt zu einem Stöhnen.

Sie benutzt die zweite Hand, um seine Eier anzuheben, daran zu knabbern und sie in den Mund zu nehmen. Offensichtlich bereitet es nicht nur ihm große Lust. Es gefällt ihm besonders, mit welcher Hingabe sie jedes Mal an ihm spielt. Sie hört nie nach ein paar Minuten auf wie seine Freundin. Julie scheint es zu lieben, Männer scharf zu machen, ihre Schwänze zu verwöhnen und im besten Fall zum Abspritzen zu bringen. Was für ein Glück er doch hat.

Während sie mit dem Mund sein Gehänge bearbeitet, streicht sie behutsam über seine Erektion. So, dass die Haut sich leicht bewegt.

Jetzt ist es an ihm, wild zu werden. »Nimm ihn in den Mund, Baby. Ich brauche es!«

Julie lässt sich nicht zwei Mal bitten. Sie küsst sich an der Lanze hinauf zur Spitze, hebt den inzwischen pulsierenden Schwanz an und stülpt ihre Lippen darüber. Mit der Zunge spielt sie an seiner Eichel, leckt und umkreist sie. Ihr Mund bleibt geschlossen. Als sie den Kopf auf und ab schiebt, hält sie ihre Zunge fest an den Schaft gedrückt. Raffa stöhnt und windet sich. Sie greift das untere Ende des Schwanzes und gleichzeitig seine Eier, um damit den Druck zu erhöhen. Sie massiert beides langsam und gleichmäßig, während sie ihren Kopf mit zunehmendem Tempo bewegt.

Er ist kaum mehr imstande, sie zu beobachten, lässt seinen Kopf immer wieder nach hinten fallen. Dieses herrliche Gefühl – warm, feucht und massierend – lässt seine Nervenenden verrücktspielen. Sie schicken kleine Stromstöße durch seinen Körper, die sämtliche Glückshormone freisetzen. Doch der Anblick dieser Frau, zwischen deren Lippen seine Erektion immer wieder verschwindet und der Gedanke daran, dass er so tief in ihr steckt, sorgen dafür, dass er sich nicht mehr beherrschen kann. Plötzlich versteift er sich und sein Schwanz zuckt beim Abspritzen in ihrem Mund. Göttlich. »O Baby, das war geil. Gib mir ein paar Minuten, dann geht es weiter.«

Sie saugt die letzten Tropfen seines Saftes aus ihm hinaus, wischt sich mit den Fingern über die Mundwinkel und steht auf. Vor ihm auf ihren High Heels stehend, schiebt sie seine Beine zusammen und setzt sich weit nach vorn auf seinen Schoß, kurz hinter den halb erschlafften Schwanz. Sie streicht über Raffas Oberkörper, beugt sich für einen kleinen Kuss zu ihm herunter. Dann greift sie nach seinem Prachtkerl, biegt ihn in ihre Richtung und führt ihn durch ihren Spalt.

»Mhm, du kannst das wirklich gut. Gleich steht er wieder.« Er platziert seine Hand auf ihre Schamlippen, schiebt sie ein Stück auseinander und legt einen Finger genau dazwischen. Mit der Fingerspitze erreicht er ihr Loch, das derzeit trocken erscheint. Als er seinen Finger tiefer in Julie hineinschiebt, findet er ihren Saft. Er packt ihren Po und zieht sie ein Stück höher zu sich herauf. Jetzt sitzt sie fast auf dem Schwanz, läge dort nicht seine Hand.

Mit dem Finger in ihr bewegt er das Tee-Ei aus Silikon, das er ihr eingeführt hatte. Er schiebt es immer wieder vor und zurück, um sie zu stimulieren. Es funktioniert. Ihr Saft läuft aus ihrem Loch hinaus. Sie stöhnt und bewegt sich im Takt seiner Hand. Die Reibung belebt gleichermaßen seinen Schwanz wieder.

Raffa zieht seine Hand weg und lässt Julie aufstehen. Wie zu Beginn hebt er sie hoch und setzt sie auf die Tischkante seines Schreibtisches. Er knabbert an ihren Brüsten, fährt fest über ihren Körper. Mit einem Griff zwischen ihre Beine verteilt er ein wenig Lustsaft in ihrer Spalte und schiebt erneut zwei Finger in ihr Loch. Das Ding in ihr wird vor- und zurückgeschoben, gedreht und gewendet, bis Raffa lieber seinen harten Penis in das heiße Loch stecken möchte.

Er zieht an dem Silikon-Bändchen, das daran befestigt ist und das Tee-Ei gleitet problemlos aus Julie heraus. Raffa lässt es in den Mülleimer unter seinem Tisch fallen. Ein dumpfes Klonk ist zu hören.

»Jetzt mach schon, ich will dich in mir spüren, Raffa.«
Julie schaut ihm tief in die Augen, ihr Blick ist glasig, sie
verlangt danach, gefickt zu werden. Keine Spielereien
mehr.

Er kommt ihrer Bitte nach, stellt sich zwischen ihre Beine, reibt sich ein paar Mal über seinen Schaft, setzt ihn an
und schiebt ihn mühelos in ihr Loch.

»Das fühlt sich so gut an.« Sie schließt die Augen.

Raffa bewegt sein Becken vor und zurück, sieht sich genau an, wie sein Schwanz glänzt, wenn er aus ihr hinaus-
gleitet. Er wird schneller, bleibt mehr in ihr.

»Ich will es von hinten.«

Überrascht und erfreut zugleich über ihren Wunsch,
ändert er gern für sie die Stellung. Er zieht sich zurück,
reicht ihr die Hände und unterstützt sie beim Aufstehen.
Sie dreht sich elegant um, stützt sich auf der Tischplatte
ab und sieht lüstern über ihre Schulter zurück. Einem inneren Antrieb folgend, klatscht er ihr mit Wucht auf den
Hintern. Ein lustvolles Stöhnen dringt aus ihrem Mund.

Er greift nach ihren Brüsten, schmiegt sich an ihren
Rücken und lehnt sich vor, sodass sie den Oberkörper
ebenfalls nach vorn beugt. Er richtet sich wieder auf,
hält sie aber unten. Julie legt Bauch und Brüste auf dem
Schreibtisch ab, stellt ihre Beine etwas weiter auseinander,
sodass Raffa leichtes Spiel hat.

Seine Lanze platscht er ein paar Mal auf ihren Hintern
und in ihre Spalte, bevor er wieder ansetzt und sie mit einem Ruck in sie einführt. Ihr stockt hörbar der Atem. Er
packt ihre Pobacken und hält sich daran fest, während er
immer schneller und immer fester seinen Schwanz in ihr
Loch schiebt. Beide sind voller Lust und Erregung. »O ja,
Baby. Du bist so heiß, ich will mehr.«

Er haut ihr nochmals auf den Hintern. Sie stöhnt auf. Er
greift seitlich um ihr Bein herum und legt seine Fingerspit-

zen auf ihren Kitzler. Nur ein wenig Druck reicht aus, um sie in den Wahnsinn zu treiben.

Sie reckt ihm ihren Hintern weiter entgegen, sucht intensive Penetration. Er versteht den Wink, macht langsamer, rammt dafür mit jedem Stoß fester und tiefer in ihr Loch und sie gegen den Schreibtisch.

»Ja, tiefer, tiefer!«

»Du willst es so richtig tief und dreckig, Baby? Kein Problem. Leg dich auf den Boden.«

Mit einem weiteren Ruck zieht er sich aus Julie zurück. Sie taumelt einen Schritt nach hinten, er hält sie und hilft ihr, sich auf den Rücken zu legen.

Raffa schiebt sie ein Stück vom Schreibtisch weg, kniet sich vor sie auf den Teppich, setzt seinen Prügel an und lehnt sich vor.

»Heb deinen Po an, Baby. Ja, genau so. Mhm. Kannst du mich spüren?«

Ihr bleibt erneut für einen Moment die Luft weg. »Du stößt an«, keucht sie. »Das wollte ich schon immer mal spüren. Das ist so … gut. Mach weiter, aber langsam.«

»Keine Sorge, ich spieße dich nicht auf, Baby. Ahh.« Langsam schiebt er sich immer wieder in Julie hinein und genießt, dass sie diese große Lust empfindet. Er küsst sie, schiebt ihr seine Zunge in den Mund und erhöht die Geschwindigkeit, mit der er sie penetriert. Er will jetzt kommen, sie ausfüllen mit seinem Schwanz und seinem Samen.

Die Stöße werden nicht nur schneller, sondern auch ein wenig härter. Julie stöhnt. Raffa nimmt wieder eine Hand zur Hilfe, um ihren Kitzler zu stimulieren. »Baby, bist du so weit? Ich will, dass wir zusammen kommen.«

Ihre Fähigkeit, sich auf seine Fragen zu konzentrieren, scheint abhandengekommen. Sie nickt nur unkontrolliert.

Er legt zu und prügelt ihr seinen großen Schwanz ein paar Mal fest in das nasse Loch, bis er in ihr abspritzt. Keuchend und zitternd erlebt sie ihren Orgasmus.

Sie liegen nebeneinander auf dem Teppich. Halb versteckt hinter dem Schreibtisch. Er hat die Hände unter dem Kopf verschränkt. Julie schmiegt sich seitlich an ihn, eine Hand auf seiner Brust. Sie zieht langsame Kreise mit der Fingerspitze um die Brustwarzen herum.

»Was war das eigentlich für ein Ding, das du benutzt hast?«, fragt sie voller Neugier.

Raffa lacht absichtlich ein heiseres Lachen, anzüglich und geheimnistuerisch zu gleich. »Hat es dir denn gefallen?«

Bevor sie die Möglichkeit hat, zu antworten, hören sie ein lautes Knallen. Sie erstarren, sehen sich verwirrt an. Es war die Eingangstür im Erdgeschoss. Wer würde an einem Freitagabend so spät ins Büro zurückkommen – und warum?

Gleichzeitig springen sie auf die Füße, klauben ihre Kleidung vom Boden und ziehen sich mit hektischen Bewegungen an. Raffael schließt ihren Reißverschluss auf dem Rücken, sie hilft ihm beim Zuknöpfen des Hemdes. Kaum sind sie halbwegs bekleidet, hören sie die Bürotür vorn bei der Teeküche auffliegen.

»Wieso ist hier noch das Licht an? Welcher Schwachmat hat das wieder vergessen?« Herr Winter brüllt durch das ganze Büro, ohne zu wissen, dass er Zuhörer hat. »Was das kostet, ist denen völlig egal.« Seine Stimme wird lauter, da er sich schnell nähert.

Julie zuppelt an ihrem Kleid herum, Raffa streift sich durch die Haare und bemerkt, dass er etwas geschwitzt hat.

»Was jetzt?«, flüstert sie.

Er deutet auf den Sessel vor dem Schreibtisch und setzt sich auf seinen Bürostuhl. Julie nimmt Platz und versucht, ihre Frisur zu richten, als der Chef um die Ecke biegt. Von Weitem erkennt er Raffael.

»Ach, Herr Faroga, Sie noch hier?« Statt in sein Büro zu gehen, beschleunigt er seine Schritte ein wenig, läuft weiter den Gang herunter, bis er bei ihnen ist. »Haben Sie freitags um diese Zeit nicht immer schon eine Verabredung mit Ihrer Freundin, oder haben Sie sie abserviert für ein jüngeres Modell?« Er bedenkt Julie mit einem herablassenden Blick, aber auch seine gekräuselten Lippen und verzerrten Mundwinkel verraten seine Abneigung. Er baut sich inmitten des Büros zu voller Größe auf.

»Normalerweise ja, aber dieses Wochenende ist sie mit Freundinnen in Holland. Ich dachte, ich nutze die Chance, um Frau Bender Einblicke in das Stratos-Projekt zu gewähren. Sie soll schließlich etwas lernen, so lange sie bei uns ist.« Er lächelt sie kurz an, richtet seinen Blick aber wieder auf den Chef, um keinen Verdacht zu erregen.

»Wenn das nicht vergebene Mühe ist.« Herr Winter lacht schallend auf und verlässt Raffas Büro. »Gewähren Sie ihr nicht zu tiefe Einblicke, das würde uns beiden schaden, wenn Sie verstehen, was ich meine«, ruft er, dreht sich im Gehen halb um und zeigt mit einem beispiellos widerwärtigen Grinsen, dass er weiß, was soeben zwischen ihnen geschehen ist.

Sie beobachten, wie er sein eigenes Büro betritt, Unterlagen vom Schreibtisch nimmt und ihnen beim Verlassen des Raumes damit zuwinkt.

Julie lässt ihren Oberkörper an die Lehne plumpsen und atmet angespannt aus. »Er ist so ein Scheusal und jetzt weiß er auch noch von uns.«

Raffa lächelt. »Nimm es nicht zu ernst, wir alle mussten seine ‚harte Schule‘ überleben. Der Sexgeruch hier drinnen hätte uns vermutlich sowieso verraten, aber ich bin mir sehr sicher, dass er damit nicht hausieren wird. Er hat schließlich keine Beweise.« Er zuckt mit den Schultern.

Julie ist trotzdem beunruhigt, er kann es in den kleinen Fältchen erkennen, die sich auf ihrem Gesicht zeigen.

Nach einer verträumten Denkpause, in der sie sich in die Augen schauen und er an das eben erlebte Vergnügen zurückdenkt, entscheidet Raffa, dass es Zeit ist, aufzubrechen. Sie verlassen gemeinsam das Büro, geben sich einen Abschiedskuss und fahren nach Hause.

*

Drei Monate später

»Habe ich dir erzählt, was sie dieses Mal gebracht hat?«

Alex berichtet Julie von der Frau, mit der er sich ab und zu trifft. Angeblich hat er ihr von Anfang an zu verstehen gegeben, dass er nicht an einer festen Beziehung interessiert sei. Julie bezweifelt aber, dass er dies so deutlich kommuniziert hat, wie er es ihr gegenüber behauptet. »Nein, was ist passiert?«

»Ich wollte nach dem Fahrradunfall einfach meine Ruhe haben. Die Rippen taten mir beim Atmen weh. Die Naht juckte und die Schrammen zu berühren, fühlte sich jedes Mal an, als ob man sich die Finger an einem heißen Topf verbrennt. Ich war unheimlich genervt von ihrem ständigen Schreiben und Fragen, ob sie etwas für mich tun kann. Ich wurde schon richtig unfreundlich, weil sie mein Nein nicht akzeptieren wollte.« Er schnaubt verächtlich. »Vorletzte Woche stand sie dann vor meiner Tür. Mit Hühnersuppe, Schmerzgel und Massageöl. Ich dachte, ich werd nicht mehr. Was ist sie? Meine Mutter? Nicht, dass ich die jemals anrufen, und um Pflege bitten würde.«

Julie schüttelt sich vor Lachen. »Bist du dir sicher? Sie würde für ihren Lieblingssohn sicherlich sofort in ein Flugzeug steigen. Mit Schmerzgel und Hühnersuppe im

Gepäck, um dich gesund zu pflegen. Das wäre doch schön für dich. Erholsam vor allem.«

»Um Gottes willen. Ich habe mir meine Freiheit hart erkämpft. Lieber plage ich mich jetzt allein mit meinen Wehwehchen herum, als sie in meine Wohnung zu bestellen. Sie würde nie wieder abreisen und mein Sexleben wäre für alle Zeiten dahin.«

»Hahaha!« Julie lässt um Haaresbreite das Smartphone fallen, als sie Alex' maßlosen Übertreibungen zuhört. »Okay, aber wie ging es denn nun weiter mit ... Wie heißt sie noch mal? Chantal?«

»Schakeline.« Alex betont den Namen absichtlich deutsch. »Furchtbarer Name, aber darauf kommt es nicht an. Ich interessiere mich nur für ihren Körper.« Jetzt lacht er selbst laut auf. »Sie steht also vor meiner Tür, will mich bemuttern. Ich überlege kurz, ob ich ihr die Tür vor der Nase zuknallen soll, aber das gehört sich nun mal nicht. Sie kommt rein, ich frage sie, was das soll. Sie unterstellt mir, dass ich nur zu stolz wäre, um sie um Hilfe zu bitten und zu feige, um mir einzugestehen, dass es doch schön wäre, von einer Frau gesund gepflegt zu werden.« Er stöhnt genervt auf und rollt sicherlich auch mit den Augen. »Ich war so irritiert, dass ich angefangen habe, sie auszulachen. Und das meine ich genau so. Ich habe mit dem Finger auf sie gezeigt und bin in Tränen ausgebrochen vor Lachen.«

»Oje, wie gemein. Ich dachte, du wärst gut erzogen worden?« Julie wischt sich die Haare aus der Stirn. Alex scheint seine Manieren nicht nur zu vergessen, sondern absichtlich den Macho auszupacken. Mal wieder. Sie dachte eigentlich, diese Zeiten wären endlich vorüber. Nachdem er sich jahrelang mit den verschiedensten Frauen amüsiert hatte, für alle aber immer unerreichbar blieb, hatte eine seine harte Schale geknackt. Es endete, als er sich verliebte, ihr einen herzzerreißenden Brief schrieb, doch sie lieber keine Beziehung mit ihm führen, sondern nur weiter vögeln wollte. Karma. »Egal, weiter!«

»Irgendwann habe ich es tatsächlich geschafft, sie aus der Wohnung hinauszukomplementieren. Aber sie hatte noch nicht genug. Letzte Woche ging es mir wieder recht gut. Meine Lebensgeister waren zurück.«

Julie weiß genau, dass Alex von seiner Libido spricht. Unfassbar, wie schnell das bei Männern funktioniert.

»Da stand sie doch glatt erneut vor meiner Tür. Im sexy Krankenschwestern Outfit. Das hat mich natürlich nicht gestört.«

»Natürlich nicht.« Jetzt rollt sie die Augen.

»Aber dann fing die Alte wieder an, mit Schmerzgel und Hühnersuppe. Wenn es Gleitgel und Schlagsahne gewesen wäre, okay. Aber sie hatte allen Ernstes vor, mich zu füttern und einzucremen. Das war so merkwürdig. Ich war schon wieder dabei, sie aus der Wohnung zu schmeißen, obwohl ich durchaus ein wenig Druck hätte abbauen können, vor allem nachdem ich ihr Outfit gesehen hatte, da erzählt sie etwas von einer Party am Wochenende, zu der ich doch mitgehen könne.«

Julie hält fast schon den Atem an, weil sie eine Ahnung davon hat, was nun folgt.

»Ich habe einfach nur zugestimmt, damit ich sie für den Moment loswerde. Zwei Tage später schreibt sie mir, dass ihre Schwester bei der Feier dabei sein werde und sich schon sehr darauf freue, mich kennenzulernen. Daraufhin habe ich nachgefragt, was das für eine Party ist, wo sie stattfindet und wer noch dabei sein wird. Tja, da stellt sich heraus, es ist eine Familienfeier mit Großeltern und Tanten et cetera, für einen runden Geburtstag.«

Julie triumphiert, sie reckt ihre Faust in die Luft. »Ich wusste es. Sie will dich ihrer Familie vorstellen.« Sie lacht. »Du hörst aber auch nicht auf mich. Das habe ich dir beim letzten Mal schon gesagt. Sie will mehr, als nur eine Affäre sein. Du sprichst hier mit der Expertin für dieses Thema.«

»Ja, schon klar. Aber ich habe der Frau doch von Anfang an gesagt, dass es nicht mehr wird als Sex. Wieso bin ich jetzt schuld, wenn sie mir nicht zuhört?«

»Sie hat dir zugehört. Aber innerlich denkt jede Frau direkt: ‚Warte es ab! Du wirst dich unsterblich in mich verlieben und ich werde dich von deiner Einsiedelei kurieren.‘ Wir glauben euch Männern, dass ihr in diesem Moment nicht mehr wollt, aber wenn ihr uns gefallt, und wir Interesse an mehr haben, versuchen wir es, möglich zu machen. Euch umzudrehen.«

»Uns umzudrehen? Du meinst, uns zu erziehen!«

»Ja, das irgendwie auch«, entgegnet Julie mit einem Grinsen in der Stimme.

»Wenn du wirklich keine Beziehung mit ihr führen willst, musst du die Sache jetzt beenden. Es wäre ihr gegenüber nicht fair, sie weiter flachzulegen.«

Wieder sein genervtes Stöhnen. »Wechseln wir das Thema, ich mag mir nicht noch mehr gute Ratschläge von dir anhören.«

»Was denn, was denn? Bist du jetzt etwa eingeschnappt, weil ich dir die Wahrheit über Frauen in Affären mitteile?«

»Nein, aber ich hatte auf ein bisschen mehr Verständnis für meine Situation gehofft.«

»Ach komm, ich bin auch eine Frau. Der einzige Typ, der mich mal ausgelacht hat, hat das später stark bereut. Also reiß dich zusammen, beende euer Techtelmechtel und such dir eine andere, die es für ein paar Monate aushält bedeutungslosen Sex mit dir zu haben.«

»Jawohl, Chefin. Aber jetzt reicht's. Erzähl du mal, was hast du in letzter Zeit erlebt?«

Sie holt tief Luft. »Ich habe die Affäre mit Raffa beendet und den Job gewechselt.«

»Was, du hast den Job gewechselt? Wieso das? Doch nicht nur wegen des Typs, oder? Und warum ist das mit ihm in die Brüche gegangen? Wolltest du etwa auch mehr von ihm, als das, was er dir geben konnte?«

»Long Story short: Ich konnte den Chef nicht mehr ertragen. Er hatte uns abends im Büro erwischt und anschließend jede sich bietende Möglichkeit genutzt, zu sticheln. Also habe ich bei den Unternehmen, die mir ursprünglich zugesagt hatten, angerufen und gefragt, ob sie mich für die verbleibenden Monate aufnehmen würden. Das hat geklappt. Glücklich werde ich dort nicht, weil es das Büro im Vorort ist, mit den gehässigen Frauen. Erinnerst du dich?«

»Ja, ich erinnere mich. Wie lange musst du noch bleiben?«

»Vier Monate. Das schaffe ich. Besser, als bei dem Schreihals und dem elendigen Lügner zu sein.«

»Hat dein Wechsel demnach doch etwas mit deinem Lover zu tun?«

»Irgendwie ja und nein. Dass er in einer Beziehung steckt, war mir zwar immer bewusst, aber verdrängt habe ich es trotzdem. Letzten Monat bin ich ihm hintergefahren zu einem Projekt nach Augsburg. Einer der Inhaber hatte abgelehnt einen weiteren Trainee auf das Projekt anzusetzen, also hat Raffa vorgeschlagen, dass ich privat über das Wochenende vorbeikommen könnte. Natürlich in seinem Hotelzimmer schlafen und essen könnte. Rausgehen sollte ich lieber nicht, damit keiner der Kollegen etwas herausfindet. Ich frage mich wirklich, warum ich das gemacht habe.«

»Weil du scharf auf guten Sex warst.«

»Ja, aber auch, weil ich mehr Zeit mit ihm allein verbringen wollte.« Eine bittere Erkenntnis für sie. »Auf jeden Fall war ich da, habe mich mit ihm für zwei Tage auf dem

Zimmer versteckt, war am Ende ziemlich wund, aber auch ziemlich entspannt.«

Jetzt ist es an Alex, zu lachen. »Das glaube ich dir! Was ist dann passiert?«

»Eine Woche später spreche ich mit meinen Kolleginnen beim Mittagessen über die News in der Firma. Da platzt Katrin mit einer Bombe heraus: ‚Wisst ihr das Neueste?‘« Julie imitiert ihre Stimme. »‚Herr Faroga wird Vater!‘ Ich dachte in der Sekunde mein Herz bleibt stehen. Der Schock ließ langsam nach und aus Herzstillstand wurde Eruption. Es wurde mir plötzlich bewusst wie nie, dass ich nicht mehr war und auch nie mehr sein würde als ein Sexspielzeug. Ich war so traurig und enttäuscht … Keine Ahnung, was sich in meinem Gesicht abgespielt hat. Glücklicherweise waren die anderen derart abgelenkt, dass mich keiner beachtete.«

»Und selbst wenn die anderen es herausgefunden hätten. Was macht das noch? Erstens wäre das Traineeship bald vorbei gewesen, zweitens ist das eure Sache und drittens bist du jetzt komplett aus der Firma raus. Das ist doch perfekt. Obwohl ich dir geraten hätte, dort zu bleiben. Sieht auf dem Lebenslauf besser aus.«

»Es wäre mir trotzdem nicht so lieb, wenn die anderen davon wüssten. Vielleicht treffe ich mich demnächst mit Katrin zum Frühstück, sie soll mich nicht komisch anschauen und vor allem nicht ausquetschen. Immerhin kennt sie seine Freundin. Die Frage, wie das in meinem Lebenslauf aussehen wird, habe ich mir auch gestellt. Der Schmerz war größer.«

»Verstehe. Hast du noch mal mit ihm gesprochen?«

»Kaum. Als er mich das nächste Mal nach einem Treffen fragte, warf ich ihm die Nachricht um die Ohren und hakte nach, warum er es mir nicht gesagt hatte. Vor allem interessierte mich, warum er nicht längst Schluss gemacht hat. Schließlich hatte er mich nur so um den Finger wickeln können.« Sie seufzt. »Alles leere Versprechen und Lügen. Männer sind scheiße.«

»Hey, ich finde, es gibt ein paar gute. Er gehört offensichtlich nicht dazu, da gebe ich dir recht. Grundsätzlich sind wir aber schon nützlich, auch wenn wir ein paar Notlügen verwenden.«

»Notlügen? Das ich nicht lache.« Die Verbitterung in ihr macht sie mürbe. »Außerdem, wozu brauchen wir euch wirklich? Abgesehen vom Sex, fällt mir nichts ein, dass ich nicht allein regeln könnte. Ich besitze eine Bohrmaschine und kann damit umgehen, die Werkstatt meines Vertrauens repariert meinen alten Polo und ich verdiene mein eigenes Geld. Beste Voraussetzung, um abstinent zu bleiben. Das mache ich. Keine Männer, keine Schmerzen. Ihr seid es nicht wert.«

»Das gehört dazu, meine Liebe. Außerdem hast du mir nicht eben noch erzählt, du wärst die Expertin auf diesem Gebiet? Wieso hast du dich überhaupt in ihn verliebt?«

»Das Problem war die Zeitspanne. Wir haben uns über Monate heimlich getroffen, nachdem er schon eine ganze Weile an mir herumgegraben hatte. Wir haben tiefgründige Gespräche geführt, kannten die Launen des anderen.«

Alex grummelt etwas Unverständliches in die Leitung. Julie übergeht das. »Wäre es nur ein paar Mal Sex gewesen, hätte ich es genießen und beenden können, aber er hat das forciert. Also, dass wir mehr und mehr Zeit miteinander verbracht haben. Dann diese Geheimnistuerei, die uns zu Verbündeten machte. All das führt bei Frauen dazu, dass sie ihre Gefühle nicht mehr im Griff haben.« Sie hält kurz den Atem an. »Ach Mann. Ich fürchte, ich kann nicht abstinent leben.«

Alex lacht. »Ich weiß doch, aber pass auf dich auf. Verlieb dich nicht wieder.«

»Bruderherz, du schaffst es, eine Hochzeit mit hundert-
fünfzig Gästen zu feiern, aber nicht *einen* Single-Mann
einzuladen? Was soll ich denn heute den ganzen Abend
machen?«

»Wie wäre es mit entspannt feiern und mich nicht mit
solchen Themen belästigen, am schönsten Tag meines
Lebens?« Der ironische Unterton verrät ihr, dass Carlo,
genauso wie sie, nur scherzt.

»Welch ein Glück, dass ich Lisa als Unterstützung
dabeihabe.« Sie drückt die Hand ihrer langjährigen Freundin und zwinkert ihr zu. »Sonst wären diese ekelhaft ver-
liebten Pärchen hier kaum auszuhalten.« Julie grinst ihren
Bruder frech an, der gespielt die Augen verdreht und den
Kopf schüttelt. »Du siehst übrigens sehr gut aus. Deine
Frau natürlich auch, aber du, als mein großer, schüchterner
Bruder, hast heute den Schritt zu einem attraktiven, ernst
zu nehmenden – unglücklicherweise verheirateten – Mann
gemacht.«

»Okay, mir reicht's. Ich gehe mal zu den Gästen, mit
denen ich mich normal unterhalten kann. Bis später.«
Er gibt Julie einen flüchtigen Kuss auf die Wange und
verschwindet, einem Kellner ein Glas Sekt abnehmend, in
der Menge.

Julie und Lisa stehen eine Weile am Rand der Wiese und
beobachten die Gesellschaft bei fröhlichem Geplauder.
Die Freunde und Bekannten ihres Bruders kennt Julie nur
zu gut, denn sie ist mit ihnen aufgewachsen. Carlo hatte
den Freundeskreis irgendwann übernommen.

»Wollen wir uns schon mal an unseren Tisch setzen? Ir-
gendjemand muss den Anfang machen und ich bekomme
langsam Hunger.« Lisa klopft sich zwei Mal leicht auf den
Bauch.

»Natürlich, lass uns rübergehen. Mein Magen knurrt auch schon. Weißt du unsere Tischnummer?«

»Dreizehn«, kommt es von Lisa wie aus der Pistole geschossen.

»Dieser Blödmann.«

»Wieso, was ist mit der Dreizehn?«

»Außer, dass sie in ganz vielen Ländern als Unglückszahl gilt und Carlo mich damit ärgern möchte?« Julies Lachen geht in ein Husten über und sie zuckt belustigt mit den Schultern. »Nichts, denke ich.«

»Ach so, na, darauf legst du doch keinen Wert, oder?«

»Nein, aber er. Komm, wir gehen rüber und verschießen schon mal eine von diesen Einwegkameras. Der wird sich vielleicht freuen, wenn er sie entwickeln lässt und darauf nur Bilder von uns und der Zahl Dreizehn sind. Haha!« Ihr lausbübisches Grinsen bringt Lisa zum Lachen.

»Becky wird das aber gar nicht gefallen«, gibt sie zu bedenken.

»Sie versteht das schon. Bruderherz und ich piesacken uns heute nicht zum ersten Mal. Solange ihre Hochzeitsfeier nicht gestört wird, denke ich, ist Becky damit einverstanden, dass ich ihm das zurückzahle.«

Während sie sich über die Wiese, durch die anwesenden Gäste, zu ihrem Tisch bewegen, versinken die Absätze ihrer High Heels immer wieder im Gras. Lisa flucht leise vor sich hin, während sich Julie alle Mühe gibt, nicht zu unbeholfen auszusehen und halbwegs geradeaus zu laufen.

»Darf ich den Damen jeweils einen Arm zum Festhalten anbieten?« Ein nerdiger Teenager mit randloser Brille steht hinter ihnen.

Sie werfen sich einen überraschten Blick zu und lachen. »Florian, du bist der Retter in der Not! Wir danken dem werten Herrn für sein Angebot und würden uns gern von ihm zu unseren Plätzen geleiten lassen.« Julie streckt ihren Arm aus, um zu symbolisieren, dass sie bereit ist, loszugehen.

Florian tritt zwischen sie, winkelt beide Arme an, sodass sich Lisa und Julie einhaken können und strahlt bis zu den Ohren, als sie an den anderen vorbei, zu den großen, runden Tischen auf der Terrasse flanieren. Einige Köpfe drehen sich nach ihnen um. Die Schwester des Bräutigams, aber auch ihre Freundin werden interessiert gemustert. Am Ziel angekommen löst er sich von ihnen, rückt ihnen je einen Stuhl zurecht und macht eine kleine Verbeugung. Er wendet sich ab, läuft los, überlegt es sich anscheinend noch einmal anders, kehrt zurück und beugt sich zu Julie herunter.

»Was hat er dir geflüstert? Irgendetwas Schweinisches?«, bricht es aus Lisa heraus, die offenkundig nur des Anstands halber gewartet hat, bis Florian weg ist. Sie betrachtet Julie mit einem sensationssüchtigen Grinsen.

Julie rollt übertrieben mit den Augen. »Irgendwie schon. Er ist sechszehn Jahre alt, mit seiner ersten Freundin zusammen und trotzdem sagt er eben zu mir, dass ich mich jederzeit bei ihm melden könnte, falls ich mal etwas brauche.« Kopfschüttelnd sieht sie sich um. »Entweder wirke ich so verzweifelt, dass er das Gefühl hat, sich um mich kümmern zu müssen, oder die Jungs haben ihm erzählt, ich würde jeden ranlassen. Ich weiß nicht, was schlimmer ist.«

Sie schaut sich die Partygäste genauer an, um herauszufinden, wer dem jungen Kerl so etwas erzählen würde.

»Ach, mach dir nichts daraus. Ist doch irgendwie süß, dass sich ein Jüngling für dich interessiert.«

»Mhm. Mir wäre es lieber, Prinz Charming würde endlich auftauchen und ich hätte Ruhe mit all den vergebenen Männern auf dieser Welt. Egal wie alt sie sind.« Julie greift sich ein Grissini von der Mitte des Tisches und beißt missmutig hinein.

»Was ist denn eigentlich mit dem anderen Typ?«

»Kannst du genauer definieren, wen du meinst? Welcher andere Typ?«

»Na, der Kellner aus dem Café, den du letztens getroffen hast?«

Julie legt den Kopf in den Nacken und betrachtet die fluffigen Wolkenformationen am hellblauen Himmel. Sie atmet schnaubend aus. »Vergeben.«

»Wirklich? Und er hat es dir vorher nicht gesagt? Er hat sich einfach mit dir getroffen?«

»Yep. Ich bin furchtbar genervt. Glaubst du mir das?«

Lisa nickt verständnisvoll. »Wie wär's – wir kippen uns heute ein paar Caipis in den Kopf und stopfen uns mit Essen voll?«

Julie lässt den Kopf wieder sinken, ein Lächeln auf den Lippen schaut sie ihrer Freundin in die Augen. »Auf jeden Fall. Schöner Bewältigungsmodus.« Sie lacht. »Ich fange direkt an. Gib mir bitte mal den Brotkorb rüber.«

Ein herrliches Drei-Gänge-Menü, das Torte-Anschneiden und einige Drinks später tanzen sie sich die Füße in ihren hohen Heels wund. Sie entscheiden, sich der Schuhe zu entledigen, und wandern barfüßig über den weichen Rasen zu ihrem Tisch zurück. Sie parken die Schuhe auf den leeren Stühlen, lassen sich auf ihren Plätzen nieder und strecken die Beine von sich. Die angenehme Kühle der Nacht hüllt sie in ein glückliches Schweigen. Während sie an ihren Gläsern nippen, den anderen Gästen auf der Tanzfläche bei wilden Verrenkungen zusehen und sich entspannen, reden sie nur über Belangloses, bloß nicht über Männer.

Plötzlich packt jemand von hinten Julies Schulter und beugt sich zu ihr herunter.

Vor Schreck duckt sie sich unter dem Griff weg, schmeißt den Kopf herum und hält die Luft an. Auch Lisa zuckt zusammen.

»Es ist mir wie immer ein Zuckerschlecken, dich zu sehen, Julie!«

Er gibt ihr keine Chance, zu reagieren, sondern drückt ihr unvermittelt einen Kuss auf die Lippen.

Für einen Moment erwidert sie die Geste, bevor sie ausholt und ihm einen Hieb auf den Brustkorb verpasst. »Die Zeiten sind vorbei, mein Lieber. Hast du keine Angst, dass deine Frau dich mit mir sieht?«

Lisa verfolgt das Geschehen aufmerksam und scheint überrascht, über den vertrauten Umgang der beiden miteinander.

Der Mistkerl steht weiter vorgebeugt, schaut Julie tief in die Augen und übergeht ihre Frage einfach. »Wer ist deine Freundin? Willst du sie mir nicht vorstellen?«

Ein listiges Grinsen liegt auf seinen Lippen, als Julie die Augen zusammenkneift und leicht den Kopf schüttelt. »Das möchte ich eigentlich lieber nicht, nein.« Sie wartet einige Sekunden, knickt dann unter seinem Blick doch ein. »Lisa, das ist Vincent. Vince, das ist meine sehr gute Freundin Lisa und ich will, dass du die Finger von ihr lässt!«

»So herrisch heute. Das gefällt mir!« Für einen Moment sieht es so aus, als würde er Julie wieder küssen, doch sie rückt vor ihm zurück. Vince richtet sich auf, bedenkt sie mit einem weiteren selbstsicheren Lächeln, dreht sich zu Lisa herum und reicht ihr die Hand. »Es freut mich, deine Bekanntschaft zu machen.«

»Mich auch, denke ich.«

Julie lenkt die Aufmerksamkeit ihres Bekannten wieder auf sich. »Genug geplaudert! Wieso bist du nicht bei den anderen?«

»Ich wollte mich mit dir über alte Zeiten unterhalten. Wir haben uns gefühlt eine Ewigkeit nicht mehr gesehen, aber ich schwelge immer noch gern in den Erinnerungen an uns.«

Julie bleibt still, während Vincent den nächsten freien Stuhl heranzieht und sich neben sie setzt. Sie mustert ihn aufmerksam. Sein Jackett trägt er nicht mehr, aber das schwarze Hemd und die schwarze Hose machen aus ihm einen Blickfang, vor allem, da er sonst meistens in einem Blaumann zu sehen ist. »Es gab nie ein Uns. Du hast deine Verlobte mit mir betrogen. Ich wusste nichts von ihr. Wir hatten Sex. Mehr gibt es nicht zu sagen.« Sie betont deutlich jeden Satz, zählt sichtbar mit den Fingern, als würde sie die Zutaten für ein Kuchenrezept in den hintersten Ecken ihres Gedächtnisses ausgraben. Keine Verbitterung in ihrer Stimme, nur die reine Aufzählung von Fakten.

»Ich kann mich aber an jede Menge sehr verführerische Stunden erinnern. Erzähl mir nicht, du erfreust dich nicht an unseren heißen Dates.« Bei ihm klingt es nach dem Augenblick, indem man die Teigreste nach dem Anrühren aus einer Schüssel leckt. Genüsslich und versaut.

Plötzlich schießen Julie Bilder durch den Kopf, an die sie seit Langem nicht mehr gedacht hat. Szenen von nackten Körpern, die von einem leichten Schweißfilm bedeckt sind, pulsieren und sich im Einklang aneinanderreiben. Bilder seines erigierten Schwanzes, den sie in ihren Händen hält und mit ihrem Mund umspielt. Momente von kribbelnder Vorfreude in ihren Schenkeln, wenn sie wusste, dass sie ihn treffen würde und flatternde Nerven, wenn sie sich küssten. Sie denkt an seine Zunge, mit der er ihren nackten Körper von Schokolade befreite, die er zuvor über ihr geraspelt hatte. Ihr wird warm. Ihre Wangen erröten und ihre überschlagenen Beine muss sie lösen, um etwas Kühle an ihre erhitzte Scham zu lassen. Sie rutscht auf der Sitzfläche ihres Stuhles hin und her, bis sie die Gedanken wieder im Griff hat. »Nein, daran denke ich nicht mehr. Du hast mir wehgetan und zusätzlich dafür gesorgt, dass ich die Geächtete war. Was glaubst du nur, wer du bist?

Hier aufzutauchen und mich an diese grauenhafte Zeit zu erinnern?«

»Ach Julie, ich wollte dich doch nicht ärgern. Ich will nur wissen, ob es eine Chance auf Wiederholung gibt?«

Ungläubig prustet sie in ihr Weinglas. Lisa sieht betreten von Julie zu Vince und wieder zurück. Sie steht auf. »Ich lasse euch das lieber allein klären.«

»Nein, ich möchte, dass du bleibst, Lisa. Du darfst das alles gern hören, er ist ein Idiot.«

Lisa akzeptiert den Wunsch, nickt, setzt sich und Julie wendet ihren Blick in Vincents Richtung.

»Du hast deiner Verlobten von uns erzählt, ohne mich vorzuwarnen. Das mag für euch die Probleme gelöst haben, für mich haben sie damit aber erst angefangen.« Julie wird wütend. Sie steht auf, läuft wild gestikulierend um den Tisch herum. »Keine Frau in unserem Dorf hat anschließend ein Wort mit mir gewechselt. Die Männer halten mich für eine Matratze, über die man mal drüberrutschen kann. Weißt du, was du mir angetan hast?« Sie bleibt stehen, schüttelt den Kopf, starrt in die Dunkelheit.

»Jetzt stell dich nicht so an. Es ist doch alles wieder in Ordnung.«

»In Ordnung? Du findest, es hat sich wieder gelegt? Außer dir hat keiner der Anwesenden Anstalten gemacht, sich mit mir zu unterhalten. Sie tuscheln, das spüre ich. Aber mit mir gesehen zu werden ist keine Option. Selbst du kommst erst in der tiefsten Nacht und schleichst dich an mich heran wie ein Dieb.« Die letzten Worte schleudert sie ihm barsch entgegen.

»Wenn du endlich mal mit einem Freund auftauchen würdest, hätten die Ladys nicht immer noch Angst, dass du ihnen die Männer ausspannst.«

Der Schlag sitzt tief. »Verschwinde!«, zischt sie, stemmt die Fäuste in die Hüften und lässt keinen Zweifel an ihrer

Abneigung. Ihre Wut springt ihn aus ihren Augen und jeder Zelle ihres Körpers an. Nicht mehr viel und sie springt ihn vielleicht wortwörtlich an, um ihren Gefühlen Nachdruck zu verleihen.

»Wenn du Lust auf *Kontakt* hast, kannst du dich jederzeit bei mir melden. Ich würde unsere Erinnerungen gern wiederbeleben!« Das Wort Kontakt untermalt er mit Anführungszeichen, die er in der Luft andeutet. Mit einem Zwinkern in Julies Richtung steht er auf, verabschiedet sich bei ihnen und entschwindet in die Dunkelheit, aus der er kam.

»Wow, das war …« Lisa fehlen offenkundig die Worte.

»Ja, furchtbar.« Sie lässt sich auf ihren Platz fallen.

Einige Minuten schweigen sie, bis Lisa plötzlich tief Luft holt. »Wann lief das mit euch?«

Julie lächelt schräg. »Das war vor drei Jahren.«

»Wieso hast du mir nie davon erzählt?«

Seufzen. »Weil ich nicht stolz darauf bin und es einfach vergessen wollte.«

»Und wieso wusstest du nichts von seiner Freundin? In den Dörfern weiß doch jeder über jeden Bescheid.«

»Sie wohnte nicht dort und er hat sie nie mitgebracht, bis ihre Hochzeit vor der Tür stand. Außerdem ist er der Typ geheimnisvoll. Er gibt kaum etwas von sich preis.« Sie zuckt mit den Schultern.

»Aber der Sex war wohl ziemlich gut, oder? Man konnte dir vorhin ansehen, dass ein sexy Film vor deinem inneren Auge ablief.«

Lisa lächelt sie an, aber Julie verzieht das Gesicht. »Das habe ich befürchtet.«

Wieder sieht sie die nackten Körper eng umschlungen unter der Dusche, auf der Küchenarbeitsplatte und auf einer moosbedeckten Lichtung im Wald nahe ihrem Heimatort. Es war immer intensiv mit ihm. Aufregend und originell. Er liebte es, sie zu lecken, zu jeder Tages- und Nachtzeit. Sein sanftes Spiel mit der Zunge an ihrer Klitoris und um ihren Eingang herum, sorgte bei ihr für durchrüttelnde Orgasmen. Ihre Brustwarzen stellen sich bei dem Gedanken daran sofort auf und zeichnen sich deutlich auf ihrem Sommerkleid ab. Sie rutscht wieder auf dem Stuhl hin und her. Zwischen ihren Beinen entsteht eine Hitze, die nach Erlösung verlangt. Kurz fragt sie sich, ob sie es doch in Betracht ziehen sollte, ein letztes Mal seine sexuellen Künste in Anspruch zu nehmen. Seinen Penis in ihr zu spüren, die Brüste erst zärtlich und später immer leidenschaftlicher umsorgt zu wissen, genauso wie ihren Hintern in seine Hände zu legen. Sie fühlt das altbekannte Kribbeln in ihren Lenden. Ihr Körper sehnt sich nach seinen Berührungen. Sie sehnt sich nach Nähe und Zuneigung, aber nicht von ihm. So miserabel steht es nicht um sie.

Ich werde jemanden finden, der mich wertschätzt.

3. Kapitel

Vor sechs Jahren
(27)

»Was macht der erste richtige Job nach den beiden Trainee-Pleiten?«

Julie weiß, dass Alex eine andere Frage brennend auf der Seele liegt, aber anscheinend möchte er erst die Nebensächlichkeiten klären. »Läuft gut! Die Projekte sind spannend, die Kollegen nett und einmal in der Woche gibt es ein Corporate Lunch. Das war die beste Entscheidung meines Lebens.«

»Essen macht dich glücklich, ich weiß. Sag mal, hast du eigentlich nie über eine Selbstständigkeit nachgedacht? Das ist unter Architekten doch verbreitet, oder?«

»Ich glaube nicht, dass ich der Typ dafür bin. Eine Anstellung hat schon viele Vorteile. Du hast aber recht, viele möchten lieber ihr eigener Chef sein.«

»Okay, verstehe. So lange du damit glücklich bist … Und wie geht es Loverboy?«

Da ist sie, die Frage. Julie lächelt über seine gespielte Zurückhaltung. *Loverboy* nennt er ihr aktuelles Date. Mit einundzwanzig ist dieser sechs Jahre jünger als sie, trotzdem gab sie der Sache eine Chance. Julie packt mit Freuden aus. »Das glaubst du mir nicht. Nach dem dritten Date saßen wir bei mir auf dem Sofa. Ich hatte absolut kein Interesse daran, dass er mich anfasst, geschweige denn küsst …«

»Oh, oh, du hast dich körperlich nicht zu ihm hingezogen gefühlt?«, unterbricht er sie. »Weil er nicht vergeben ist?« Alex' neckischer Unterton bringt Julie nur dazu, ihn zu beschimpfen. Er lenkt ein. »Ist ja gut. Also, was war das Problem?«

»Hm. Ich habe keine Ahnung. Wenn ich dir gleich erzähle, wie es ausgegangen ist, könnte man meinen, ich hätte einen sechsten Sinn für gute Sexualpartner.«

»Ich bin mir sicher, dass du so was hast, auch ohne das Ende der Geschichte gehört zu haben. Also?«

Sie verzieht das Gesicht, lässt ihn aber nicht länger warten. »Also, ich hatte ihn schon gebeten, zu gehen. Tatsächlich hatte ich offen mit ihm darüber gesprochen, dass es für mich nicht infrage kommt, weiterzumachen. Dass es sich für mich nicht so anfühlt, als würden wir zusammenpassen. Er nahm das erst mal hin, stand auf, griff nach seiner Jacke, durchwühlte dessen Taschen und lief in Richtung Tür. Allerdings fing er dort an, etwas hektisch zu werden.«

Alex räuspert sich leicht, stoppt Julie aber nicht.

»Daraufhin fragte ich, ob alles in Ordnung sei. Er könne seinen Schlüssel nicht finden, meinte er. Ich blieb still, weil ich ihn nun mal unter keinen Umständen über Nacht in der Wohnung haben wollte. Er klopfte seine Hosentaschen ab, schüttete den Inhalt seiner Jackentasche auf den Boden, fühlte noch mal nach. Er konnte ihn partout nicht finden. Also ließ ich ihn bei mir schlafen, bezog extra eine Decke, stellte Regeln auf und sagte ihm, er solle es sich nicht zu gemütlich machen, da ich am Morgen früh raus müsse.«

»Du warst so straight und er hat immer brav genickt?«

»Ja, zumindest hat er nicht gelacht oder anderweitig aufbegehrt. Warum fragst du?«

»Er hatte vermutlich ein Ziel vor Augen, dann hält man am besten die Klappe. Sonst kommt man nie ins gelobte Land. Das ist wie bei ›dem nackten Mann‹, da darf man auch nicht zu viel reden.«

»Wieso du das weißt, will ich gar nicht wissen und übergehe ich gekonnt.« Er kichert leise vor sich hin.

»Aber ja, genau so etwas muss er sich gedacht haben. Kaum lagen wir im Bett, fing er an, mit einer Hand unter meine Decke zu wandern und meinen Arm zu streicheln. Ich drehte mich weg, er streichelte stur meinen Rücken weiter. Zu dem Zeitpunkt war ich dermaßen angesäuert, dass ich ihm mit Rausschmiss drohen wollte. Allerdings machte er in dem Moment eine Sache goldrichtig. Er haute mir fest auf den Arsch und knetete ihn mit der ganzen Hand. Dass er aus dem Nichts zu dieser männlichen Handlung fähig war, machte mich ein bisschen an. Natürlich nutzte er die Chance, dass ich mich nicht sofort wehrte. Er packte mich, drehte mich mit einem Ruck um, griff nach meinen Brüsten, schlug die Decke weg und spielte sofort mit dem Mund an meinen Nippeln. Mein Widerstand war gebrochen. Ich dachte, eine kleine Nummer, vertreibt Anspannung und Kummer.«

»Denkst du wirklich in Reimen?« Alex lacht sie aus.

»Manchmal.« Sie grinst vor sich hin.

»Du bist merkwürdig. Aber egal, weiter!«

»Wir haben losgelegt. Aber – und das ist ein wirklich großes ABER … Nein, eigentlich ist es mini. Ich greife in seinen Schritt und bin fassungslos.«

Es bleibt still in der Leitung. Er wartet.

»Ich taste hin und her. Da ist nichts. Ich meine, er hatte nur eine Boxershorts an. Ich hätte seine Erektion spüren müssen.« Sie schluckt. »Es war grausam. Ich wusste wirklich nicht, dass es das tatsächlich gibt. So einen kleinen Schwanz kann man doch nicht haben.«

Jetzt räuspert sich Alex doch lauter. Sie hält kurz inne.

»Möchtest du wissen, was ich die ganze Zeit dachte? Mir kam ständig der Gedanke, dass das der Penis eines Kindes sein könnte. Wie ein Mini-Wini-Würstchen. Das hat mich dermaßen abgeturnt … Wirklich, er hat sein Bestes gegeben, aber ich habe nichts gespürt und hatte überhaupt keine Lust mehr auf Sex im Allgemeinen.«

Ihr Gesprächspartner atmet angestrengt aus, lässt aber sonst nichts von sich hören.

»Du bist so still, ist alles in Ordnung? Bist du noch da, Alex?«

»Mhm. Ich habe gemischte Gefühle für diesen Kerl. Alles zwischen Belustigung und Mitleid ist dabei. Der arme Junge kann nichts für seine Ausstattung, scheint damit sogar recht gut zurechtzukommen. Aber dann trifft er ausgerechnet auf dich, die zu viel erlebt hat, um sich mit seinem kleinen Freund zufriedenzugeben. Ich kann mir deinen erst verwirrten und später enttäuschten Gesichtsausdruck sehr gut vorstellen.« Er kichert.

»Allerdings. Das trifft es sehr gut. Ich habe ihn aus Mitleid auch noch bei mir schlafen lassen, obwohl ich ihn am liebsten rausgeworfen hätte.«

»Du wolltest nicht gemein sein, richtig?«

»Ja, stimmt.«

»Das musst du dir abgewöhnen. Sag direkt deine Meinung, sei ein bisschen egoistischer.«

»Das mag sein, fällt mir aber extrem schwer. Dafür habe ich ihm am nächsten Tag klar gemacht, dass das nie wieder passieren wird und ich ihn auch nicht wiedersehen möchte. Das hat er nicht verkraftet. Er meinte, ich wäre nur scharf gewesen und würde ihn benutzen. Ha! Ich wünschte, es wäre so gewesen.« Julie schüttelt den Kopf.

»Hättest du mal deinem Bauchgefühl vertraut. Bei der Wahl deiner anderen Partner hattest du mehr Glück. Ich schätze, du hältst dich in nächster Zeit doch wieder an die Vergebenen, was?«

Sie sagt absichtlich nichts dazu.

»Dein Instinkt ist auf Sex trainiert. Falls du einen Beweis gebraucht hast, hier ist er. Der arme junge Mann konnte dir nicht das Wasser reichen, obwohl er vermutlich ein sehr guter Lebensgefährte wäre.«

Stille.

»Ach Julie, sei nicht eingeschnappt. Du lebst eben dein Leben. Manche Männer kommen dabei unter die Räder, das muss dir doch nicht den Spaß am Sex nehmen. Oder wirst du jetzt wieder ankündigen, abstinent zu leben?«

»Manche Männer kommen unter die Räder?«, platzt es aus ihr hinaus. »Ist dir klar, was du da gerade sagst? Ich bin diejenige, die unter die Räder der Männer gerät. Ihr miesen Scheißdreckskerle erzählt den lieben langen Tag, was ihr glaubt, dass wir von euch hören wollen, um uns ins Bett zu bekommen.«

Alex schluckt hörbar schwer.

»Dieser Typ hat eine Scheiß-Nummer mit seinem Scheiß-Schlüssel abgezogen, um bei mir Mitleid zu erregen und mich flach zu legen. Du bist ein Wichser.« Julie legt ohne ein weiteres Wort auf. Das Smartphone schaltet sie aus und schmeißt es auf das Sofa. Nur, falls sich Alex meldet. Sie will nicht mit ihm sprechen.

Dabei fällt ihr auf, wie häufig sie wieder flucht. Eine Angewohnheit, die sie eigentlich ablegen möchte, doch dermaßen tief in ihr verankert ist, dass es ihr viel abverlangt, souverän und eloquent zu bleiben. Jede Autofahrt als Kleinkind mit ihren Eltern hat einen stabilen Synapsenpfad in Richtung Schimpfen und Fluchen erzeugt. Ihre Mutter stand ihrem Vater in nichts nach, sondern hat vielmehr den Ton angegeben. *Jetzt habe ich den Salat! Mit bitteren Endivien-Erkenntnissen und anderen schwer verdaulichen Kohl-Konflikten. Kacke.*

Einen Monat später

Ein freundlich lächelnder und dazu ansehnlicher Mann nimmt auf dem freien Sitz neben Julie Platz. Er reicht ihr die Hand. »Henry Schultz. Sieht so aus, als würden wir ein paar Stunden miteinander verbringen.«

Sie ist überrascht, ob seiner offenen Art. »Das stimmt. Machen wir das Beste daraus! Ich heiße Julie Bender.«

Er nickt. »Sehr gern und nenn mich doch Henry.«

Das Flugzeug setzt sich langsam in Bewegung und rollt zur Startbahn.

»Wieso fliegst du nach Seattle?« Ihr Blick gleitet über sein blondes leicht gewelltes Haar, die wachen blauen Augen und die ausgeprägten Grübchen. Er erinnert sie an einen Schauspieler aus einer US-Krimiserie, der Name liegt ihr auf der Zunge, will sich aber nicht formen lassen.

»Ich bin Pilot und fliege morgen Nacht mit einer Crew, die schon vor Ort ist, nach Frankfurt zurück. Einer ihrer Piloten ist erkrankt und nun brauchen sie einen anderen, um die Maschine und die Passagiere nach Hause zu fliegen.«

»Oh, das ist aber nicht viel Zeit vor Ort. Mit der Zeitverschiebung müsstest du doch dann total fertig sein, wenn ihr zurückfliegt, oder?«

»Achtundzwanzig Stunden habe ich in diesem Fall. Das reicht, um gut zu essen, zu schlafen und ein bisschen Sport zu treiben. Der Rückflug sollte kein Problem werden.« Er zwinkert ihr zu.

Sie lächelt kurz zurück und wendet ihren Blick aus dem Fenster. *Wie heißt dieser Schauspieler noch mal?*

»Und du, was treibt dich nach Seattle?«

Julie ist gedanklich abgedriftet, hört die Frage nicht bewusst. Sie fühlt sich in seiner Gegenwart auffallend wohl, möchte aber keine Gedanken daran verschwenden.

Sanft stupst er sie an. »Julie?«

»Entschuldige!« Sie schüttelt den Kopf, um ihn zu leeren und sich wieder auf das Gespräch zu konzentrieren. »Mein Arbeitgeber überlegt, mit einem Architekturbüro in Seattle zu fusionieren, um sich international zu etablieren. Derzeit bedienen wir nur den deutschsprachigen Raum, das möchten wir gern ändern. Oder ich formuliere mal anders: Es war mein Vorschlag, sich nach neuen Märkten umzusehen. Und jetzt sitze ich hier.« Sie zuckt mit den Achseln, als könnte sie es selbst nicht glauben.

»Das heißt, du bist Architektin? Wie heißt das Unternehmen, für das du arbeitest?«

»Ja, ich bin Architektin, aber erst seit zwei Jahren und daher nur Juniorprojektleiterin. Das Büro heißt ‚Greenbuild‘.«

»Interessant, aber mach dich nicht kleiner als du bist! Du hast studiert, du arbeitest schon eine Weile in dem Beruf. Es gibt sicherlich noch einige Erfahrungen zu sammeln und ein paar Dinge zu lernen. Trotzdem bist du schon weit gekommen. Sieh doch, wo du dich gerade befindest. In einem Flugzeug nach Seattle, um deinem Arbeitgeber ein Geschäft zu ermöglichen. Reist du denn ganz allein?«

Sie lächelt matt. »Der Chef kommt morgen. Ich übernehme die Vorbereitungen bei dem hiesigen Büro und Herr Martin verhandelt.« Er hört ihr aufmerksam zu, das gefällt ihr.

»Das bedeutet, du hast heute Abend frei?«

Sie nickt.

»Wie wäre es dann mit einem Abendessen? Ich bin schließlich auch solo unterwegs und würde mich über Gesellschaft freuen.«

Ohne groß darüber nachzudenken, sprudeln die Worte aus ihrem Mund. »Das klingt nach einem guten Plan.« Julie fragt sich sofort, wie sie dazu kommt, sich mit diesem wildfremden Mann in einer unbekannten Stadt zu verabreden. Er scheint zwar nett zu sein und kein Axtmörder-Potenzial zu haben, dennoch ist sie plötzlich etwas verunsichert.

»Keine Sorge.« Henry scheint in ihrem Gesicht zu lesen. »Wir vereinbaren einfach einen Treffpunkt. Wenn du da bist, bist du da. Ansonsten komme ich auch ohne Begleitung zurecht.« Er zwinkert ihr wieder zu.

»In Ordnung. Das klingt wirklich gut!«

Die Erleichterung, die sie augenblicklich durchströmt, wird abgelöst von Aufregung. Das Flugzeug beschleunigt, Julie wird in ihren Sitz gedrückt und kurz darauf heben sie ab. Sie liebt dieses Gefühl. »Es gibt kaum etwas Schöneres.« Bevor sie sich dessen bewusst ist, hat sie erneut laut ausgesprochen, was sie denkt.

Henry pflichtet ihr bei. Sein Lächeln bewirkt ein zusätzliches Flattern in ihrem Bauch.

Seit zwei Stunden sitzen sie in einem gemütlichen Restaurant in der Nähe des Public Market. Das bodentiefe Fenster, vor dem ihr kleiner Ecktisch steht, ist mit Lichterketten und vielen Terrakotta-Töpfen stimmungsvoll in Szene gesetzt. Die Blumen und Kräuter versprühen eine heimelige Atmosphäre.

Henry ist ein interessanter Gesprächspartner, deswegen blickt Julie nun zum ersten Mal bewusst nach draußen und nimmt die vorbeieilenden Passanten wahr. Keiner von ihnen scheint diesen Abend so zu genießen wie Julie gerade.

»Wie schön, dass du gekommen bist.« Der attraktive, jetzt nicht mehr ganz so fremde Mann lächelt Julie an. „Es ist angenehm, mit dir zu plaudern.“

»Ich bin auch froh, hier zu sein. Der Fisch war nämlich wirklich lecker.«

Henry lacht auf. »Ganz schön frech! Meinst du nicht, dein Begleiter hätte auch ein Wort des Lobes verdient?«

Mit einem Augenzwinkern übergibt er ihr die Verantwortung, in welche Richtung das Gespräch gleitet.

Sie überlegt kurz, grinst leicht und entschließt sich zu einem großen Sprung ins kalte Wasser. Sie legt ihre Hand in seinen Nacken und krault ihn. »Fein hast du das gemacht. Ganz toll. Du bist so ein guter Junge!«

»Wenn ich nicht zu abgelenkt wäre, würde ich mich jetzt über deine Worte brüskieren.«

Julie zieht ihre Hand weg, weil sie befürchtet, zu weit gegangen zu sein.

»Schade, das hat mir gut gefallen. Bekomme ich die Chance auf weitere Streicheleinheiten?«

»Ich bin mir nicht sicher.«

»Ach Julie, was machst du nur mit mir?« Henry schaut ihr tief in die Augen. »Was hältst du davon, wenn wir einen Ortswechsel vornehmen.« Die zurückgekehrte Unsicherheit in ihrem Blick scheint ihm nicht zu entgehen. »Nein, nicht das, was du denkst. Ich meine einfach eine andere Bar oder vielleicht eine Brewery. In der Nähe ist ein witziger Laden, in den wir gehen könnten.«

»Okay, ich komme gern noch auf einen Drink mit.«

»Wunderbar, dann frage ich eben nach der Rechnung.«

*

In der Brewery herrscht reges Treiben. Auf der rechten Seite des großen Raumes hängen drei Bildschirme an der Wand, auf denen Footballspiele laufen. Davor stehen Fans, die in den Trikots ihrer Idole lauthals die Mannschaften anfeuern. Der Geruch von Bier und Pommes liegt in der Luft.

Das Kontrastprogramm zu dem lauschigen Restaurant, in dem sie vorher waren, scheint Julie zu überraschen. Die Geräuschkulisse zwingt sie dazu, näher an Henry zu treten und ihm ins Ohr zu sprechen.

»Jetzt bin ich dran. Was möchtest du trinken?«

»Vielen Dank Julie, aber das übernehme ich.« Schnell bestellt er zwei Bier an der Bar. Er dreht sich zurück und bemerkt, dass Julie ihn eingehend betrachtet. Ihr Gesicht spricht Bände. Sie trifft vermutlich lieber eigene Entscheidungen.

»Willst du mich nicht wenigstens fragen, was ich trinken möchte?«

»Nein, an dieser Bar entscheide ich. Glaube mir, ich habe mich durch alle Sorten durchprobiert. Das, was jetzt kommt, ist mit Abstand das beste Bier in diesem Lokal.«

Schon stehen zwei randvolle Gläser neben ihnen auf dem Tresen.

»Prost.« Er reicht ihr eines und hält seines bereit, um mit ihr anzustoßen.

Julie riecht an dem Getränk und rümpft die Nase. Ungläubig schaut sie ihn an. Er übergeht ihren Widerwillen, lässt sich zu keiner anderen Geste überreden.

»Cheers.« Sie gibt nach.

Er setzt an und nimmt einen großen Schluck. Ein leichtes Bier, samtig, gar nicht herb, aber dafür mit einer Fruchtnote.

Julie nippt vorsichtig. »Es schmeckt besser, als es riecht.«

Henry lacht. »Beim Zweiten fällt es dir nicht mehr auf.«

»Weißt du, ich bin zwar keine vierzehn mehr und sollte das nicht als Herausforderung betrachten, aber mein inneres Dorfkind legt gerade einen kleinen Freudentanz aufs Parkett.«

»Du meinst demnach, du bist trinkfest?«

Ihr unschuldiges Schulterzucken belustigt ihn. Sie hat es faustdick hinter den Ohren. Nach ein paar Minuten ist ihr Bier tatsächlich leer, er ist erfreut.

»Ich wusste doch, dass du noch andere Talente hast, als nur schöne Gebäude zu entwerfen. Was sollte ich noch über dich wissen?« Er dreht sich halb zur Theke herum, um gestikulierend bei dem Barkeeper nachzuordern. Als er sich wieder an Julie wendet, hat diese ihr Handy in der Hand und fotografiert ihren Ausschnitt von oben, das Top leicht nach vorn gezogen. Ihm stockt der Atem.

»Manchmal mache ich verrückte Sachen.« Ist ihre Antwort auf seine Frage. Sie komplettiert ihrerseits mit einem Zwinkern.

In seinem Inneren rumort es. Sein Herz macht einen Hüpfer, der Magen hingegen zieht sich zusammen. Die Wärme, die das Adrenalin in seinen Adern verursacht, lässt ihn wünschen, sie wären draußen an der frischen Luft. Trotzdem, kann er nicht anders. »Schickst du mir das Bild?«

»Das kommt darauf an.«

»Worauf?« Henrys Anspannung wächst. Er vergräbt die Hände in den Hosentaschen, zieht die Schultern in Richtung seiner Ohren. Ohne es zu wollen, hat er sich in eine riskante Lage manövriert.

Sie lächelt süffisant. Etwas Anrüchiges spricht aus ihr, das er vorher nicht wahrgenommen hat. Das zurückhaltende Mädchen aus dem Flieger ist verschwunden, vor ihm steht eine ernst zu nehmende Frau, die weiß, wie sie Männer anheizt.

Er löst eine Hand aus der Hosentasche, macht einen Schritt auf sie zu, greift ihren Nacken und zieht sie zu sich heran. Er lässt sich auf ihr anzügliches Spiel ein. Ihre Gesichter sind nur Zentimeter voneinander entfernt. Ihre Nasenspitzen berühren sich fast. Das Knistern zwischen ihnen ist spürbar.

Obwohl er sich Mühe gibt, nicht auf ihren Mund zu schauen, oder ein anderes verräterisches Zeichen zu geben, fällt es ihm schwer, ihre Augen zu fixieren.

Vielleicht aus einem Reflex heraus, befeuchtet sie ihre Lippen. Er reagiert sofort. Mit verstärktem Druck auf ihren

Nacken, lässt er sie an ihn herantreten und den Wunsch nach einem Kuss in Erfüllung gehen. Innig legen sie die Lippen aufeinander. Die Gläser blind auf dem Tresen abgestellt, umschlingen sie sich und halten sich fest. Julie krault zärtlich seinen Nacken.

»Okay, stopp!« Henry löst sich von ihr. Er hält sie weiterhin im Arm, die Köpfe aber so weit entfernt, dass sie sich ansehen können. »Ich bin verheiratet«, beichtet er niedergeschlagen und schließt die Augen.

Sie schaut ihn unverwandt an, sagt aber nichts.

»Ich stehe auf dich. Mehr als ich es jemals für möglich gehalten hätte.« Er sieht ihr nun in die Augen, möchte sich entschuldigen. Doch die Worte verknoten sich in seinem Hirn. Stattdessen lässt er den Kopf hängen. Er fühlt sich wie ein Junge, der beim Stibitzen der Keksdose erwischt wurde. Vernunft und Begehren führen einen erbitterten Kampf in seiner Brust.

»Ich habe deinen Ehering schon im Flugzeug bemerkt«, gibt Julie zu und macht einen Schritt zurück, löst sich von ihm.

Sie greift nach ihrem Glas auf dem Tresen und nimmt einen Schluck.

Er folgt jeder ihrer Bewegungen. *Was sagt sie da?* Als sie ihm wieder in die Augen schaut, atmet er mit einem Seufzen aus und lässt die Schultern hängen. Sie ist ihm wohl einen Schritt voraus.

»Wie wäre es, wenn wir diesen angenehmen Abend miteinander verbringen, ohne zu intim zu werden? Ich werde mich sowieso bald verabschieden. Für den Termin morgen möchte ich fit sein.« Julie ergreift die Initiative.

Der Ausdruck in seinem Gesicht verwandelt sich in die Dankbarkeit, die er unverzüglich spürt. »Absolut, dafür musst du in Topform sein. Sollen wir austrinken und anschließend begleite ich dich in dein Hotel?«

Sie nickt und schenkt ihm ein freundliches Lächeln. Ein weiteres Zwinkern erscheint ihm zu riskant, deshalb entscheidet er sich ebenfalls für ein unverfängliches Nicken. Sie prosten sich erneut zu.

*

»Wir müssen noch einen kurzen Abstecher machen. Du wirst es lieben, glaub mir. Wenn ich allein unterwegs bin, esse ich häufig bei ‚Kono-Chiwa'. Einem hervorragenden japanischen Restaurant. Direkt hier um die Ecke.«

Julie hat sich bei Henry eingehakt und wird von seinem plötzlichen Richtungswechsel überrascht. »Hey, nicht so schnell!« Sie lacht und stolpert hinterher.

»Na komm schon! Wir haben doch keine Zeit. Du musst ins Bett.«

Da war es wieder, das Zwinkern. Dieses Mal war es eindeutig zweideutig. »Du spielst mit dem Feuer, Henry.« Sie hat das Gefühl, ihn vor sich selbst schützen zu müssen.

»Einen kleinen Brandfleck verträgt meine Weste schon.«

Sie schüttelt amüsiert den Kopf.

»War das eben ein Augenrollen, Frau Bender? Finden Sie nicht, dass mir diese Entscheidung obliegt?« Er baut sich vor ihr auf.

Ohne ein weiteres Wort streckt Julie den Kopf nach oben zu ihm und drückt ihm einen schnellen Kuss auf den Mund. Sie wartet nicht auf seine Reaktion, sondern marschiert an ihm vorbei, weiter in die Richtung des Restaurants.

Henry holt sie ein und sie laufen schweigend nebeneinander her, bis er auf den Eingang eines Lokales zeigt. Mit zwei großen Schritten eilt er voraus, um ihr die Tür aufzuhalten. Ein asiatischer Kellner bringt sie zu der minimalistischen Terrasse auf der Rückseite des Restaurants. Drei Tische für jeweils zwei Personen stehen dort, aber Henry und Julie sind anscheinend die Einzigen, die die laue Nachtluft genießen wollen. Der Kellner wartet, bis sie sich an dem hölzernen Hochtisch auf die Sitzfläche der Barhocker geschoben haben.

»Verträgst du noch einen Schlummertrunk?« Henry wartet auf ihre Zustimmung und bestellt, neben einer Karaffe Sake, auch ein paar Sushi-Rollen. »Macht dir das nichts aus? Dass ich verheiratet bin, meine ich.« Er beobachtet sie wieder.

Julie schafft es nur zu einem halbherzigen Lächeln. »Mal abgesehen davon, dass ich nicht gedacht hätte, dass dieser Tag so ausgehen wird, bist du nicht der erste vergebene Mann, der sich zu mir hingezogen fühlt.«

»Der Tag ist doch noch gar nicht vorbei …« Schelmisch grinst er sie an.

»Dir ist bewusst, dass du aktiv mit mir flirtest, oder?«

»Mhm. Das ist mir bewusst.«

»Bist du dir sicher, dass du das möchtest? Bist du bereit, für das, was passieren könnte? Ich unterstütze das nur, wenn du es vor dir selbst vertreten kannst. Als Single trage ich hier schließlich keine Verantwortung für andere Personen.«

Es sieht danach aus, als würde Henry eine innere Gewissheit spüren oder zumindest momentan seine Zweifel beiseiteschieben. »Ich bin mir dessen gewahr und treffe gezielt die Entscheidung für das Abenteuer mit dir.«

Nicht vollständig überzeugt, hebt Julie die Augenbrauen.

Sein Lächeln wird breiter. »Ich war seit einiger Zeit nicht mehr so entspannt und gleichzeitig gespannt, was wohl als Nächstes passieren mag. Du bist eine aufregende Frau, Julie. Ich verstehe nicht, warum du überhaupt Single bist.«

»Offenbar habe ich zu hohe Ansprüche an die Männerwelt. Vor allem der Punkt ›*nicht in einer Beziehung mit ei-*

ner anderen Frau stecken' ist seit vielen Jahren ein K.-o.-Kriterium.« Sie lächelt schief.

Henry scheint ihr nicht zu glauben. »Du willst mir aber nicht erzählen, dass du noch nie eine ordentliche Beziehung geführt hast?«

»Nein, ganz so dramatisch ist es nicht. Ich hatte zwei Beziehungen. Die eine, mit meinem Schulfreund, hielt zwei Jahre und war beendet, als wir so richtig in den Studienstress an verschiedenen Unis in verschiedenen Städten gerieten. Die zweite hielt ein knappes Jahr. Allerdings wusste ich schon vorher, dass er nicht der Mann meiner Träume ist. Er hatte sich nur einfach dermaßen viel Mühe gegeben, dass ich irgendwann nicht mehr Nein sagen konnte.« Sie zuckt mit den Schultern. »Schluss gemacht habe ich vor ungefähr einem Jahr.«

»Verstehe. Und du bist ein Magnet für verheiratete Männer?«

»So in etwa. Ich denke, ich bin allem voraus ein Magnet für ältere, reifere Männer, die sich nach ein bisschen Spaß sehnen. Und wie der Zufall so will, fühle ich mich ernsthaft zu ihnen hingezogen, während sie nur eine schnelle Nummer schieben wollen – oder eine Geliebte suchen. Du bist der erste Mann, der seiner Frau gegenüber ein schlechtes Gewissen zeigt. Wobei ich mittlerweile etwas abgestumpft bin. Moralisch flexibel, sozusagen.«

Henrys Interesse an ihrer Geschichte scheint ehrlich. Er kräuselt seine Stirn, legt eine Denkpause ein. »Hast du viele Freundinnen?«, fragt er schließlich.

Julie grinst, denn sie ahnt, worauf er abzielt. »Nein, das kann ich nicht behaupten. Ich habe mich schon immer besser mit Männern verstanden. Frauen mögen nicht, dass ich mit ihren Partnern scherze, oder schlicht Zeit mit ihnen verbringe. Wenn sie erfahren, dass ich einige Male das ,Sidechick' war, bin ich für sie gestorben.« Sie setzt den Sakebecher an und trinkt einen Schluck. »Ein paar enge Freundinnen habe ich natürlich trotzdem.«

Gedankenverloren nickt Henry vor sich hin. »Du hast die Entscheidung immer selbst getroffen, dass du die Affäre sein möchtest?«, fragt er verständnislos.

»Nein, um Himmels willen!« Entsetzt schüttelt sie den Kopf. »Hab jetzt kein falsches Bild von mir. Es gab Situationen, in denen ich von der Partnerin wusste, aber genauso gab es Männer, die mich im Unklaren gelassen, oder sogar belogen haben, um mich ins Bett zu bekommen.«

»Mhm.« Das erscheint ihm wohl plausibel.

»Deswegen habe ich mir irgendwann im Laufe der vergangenen Jahre eine gewisse Gleichgültigkeit zugelegt. Wenn der Mann bereit ist, seine Partnerin zu betrügen, soll es mir recht sein. Wie gesagt, ich trage nicht die Verantwortung für sein Leben und seine Entscheidungen.«

Ein Gedanke kreuzt ihr Bewusstsein. Eine Erinnerung an eine der ersten Situationen mit einem vergebenen Mann taucht auf.

Sie sieht sich den menschenleeren Gang in dem Uni-Gebäude entlanghasten, ihr Handy umklammern und immer wieder auf das Display starren, die Minuten zählend. Schnellen Schrittes versucht sie, rechtzeitig in den Hörsaal zu gelangen, denn Professor Elm war bekannt dafür, großen Wert auf Pünktlichkeit zu legen.

Im Arm hält sie die schweren Lehrbücher, die ihr immer wieder, Stückchen für Stückchen, hinunterrutschten. Sie fluchte leise vor sich hin, während sie ihre Schritte weiter beschleunigte.

Als sie in den Gang links von sich abbog, bewegte sie sich zu nahe an die Wand und stieß mit ihrem Ellenbogen gegen die Ecke. Ein widerlicher Schmerz durchzuckte sie. In diesem Moment der Schwäche löste sich eines der Bücher aus ihrem Arm und fiel laut platschend zu Boden. Ein leises Grollen entsprang ihrer Kehle, als sie sich bückte, das Buch aufzuheben.

»Hast du dir wehgetan?«

Ein Mann stand unerwartet vor ihr, sie zuckte leicht zusammen. Unwissend, mit wem sie sprach, antwortete sie abkanzelnd. »Es geht schon. Ich bin spät dran für Professor Elm.« Julie prüfte erneut die Uhrzeit auf dem Display ihres Handys. Es zeigte zwölf Uhr und zwei Minuten an. Sie richtete sich auf, packte das Buch wieder zu den anderen und holte Luft, um sich von dem Typ in ihrem Weg zu verabschieden.

Es war Luke.

Luke, der Skywalker. Schockiert starrte sie ihn an. Er hatte sie bisher nie angesprochen.

Nach einigen Sekunden der Verunsicherung kam sie wieder zu sich. Ihr fiel siedend heiß ein, dass die Vorlesung bereits angefangen hatte. »Ich muss los!«

Da die beiden schon vor der richtigen Tür standen, wollte sie sich an ihm vorbeidrängen, doch Luke drehte sich herum, griff nach der Türklinke des Lehrsaales und drückte sie hinunter. Nichts geschah.

»Sieht so aus, als hätte der Professor mal wieder die Tür abgeschlossen, um Zuspätkommer auszusperren.« Er grinste ein Lausbubengrinsen, fuhr sich durch die verstrubbelten blonden Haare.

»Verdammt! Was mache ich denn jetzt?« Julie überprüfte seine Aussage, indem sie mit energischem Rütteln die Tür zu öffnen versuchte. Ohne Erfolg. »Ich gehe zur anderen Seite, vielleicht ist die Tür dort noch offen.« Sie klang gehetzt, doch Luke machte keine Anstalten, zur Seite zu treten. Er fixierte sie mit seinen grünen Augen, blinzelte kaum.

Weil sie innerlich vor Anspannung fast platzte, beschloss sie, dass ihr erstes Gespräch mit Luke warten müsste. Sie setzte einen Schritt an ihm vorbei, als er unvermittelt seinen Arm ausstreckte und nach ihrer Hand griff.

»Darf ich dir einen Vorschlag machen? Professor Elms Vorlesungen kannst du dir später online ansehen.« Er legte den Kopf schief und trug ein smartes Lächeln auf. »Stattdessen könntest du mit mir einen kleinen Ausflug unternehmen. Ich habe jetzt nämlich auch zwei Stunden frei.«

Er lächelte sie verschmitzt an, hielt ihre Hand fest in der seinen. Mit dem Daumen strich er leicht über ihren Handrücken. Julie folgte seinem Blick hinunter zu ihren Fingern. Ihr gefiel die Berührung. Seit Beginn des Architekturstudiums liefen sie sich über den Weg, lächelten sich an, grüßten sich. Sofern seine Freundin nicht dabei war. Julie fühlte sich von dem Interesse definitiv geschmeichelt.

Luke, mit seinen Grübchen, dem sportlichen Körper und dem entwaffnenden Charme, war äußerst erregend. Sein Blick, der ihr die Gänge hinunterfolgte. Es fühlte sich immer an, als würde er sie im nächsten Moment gegen die Wand drücken, sie leidenschaftlich küssen und ihren Körper erkunden.

Bis dahin waren das nur Julies Tagträume. Sie schaute ihm in die dunkler werdenden Augen, ihr Körper war ein einziges Kribbeln.

»Und, was sagst du? Kommst du mit mir?«

Die Wörter klangen tief und rau. Er beugte sich leicht zu ihr herunter. Sie spürte seinen Mund nah an ihrer Wange, sah, wie sich seine Brust unter dem T-Shirt hob und senkte. Sie hatte den Drang, ihn zu berühren, die hervortretenden Muskeln zu ertasten. Den Sprung in das kalte Wasser zu wagen. Einen Spaziergang mit dem Skywalker über die Dächer einer reizlosen Welt zu unternehmen.

Sanft streichelte er ihren Hals. Er flüsterte, sein warmer Atem streifte ihre Ohrmuschel, eine Gänsehaut überzog ihren Körper. »Es wird dir viel Spaß machen. Lass mich dich verführen.«

Professor Elm war vergessen, als er ihr die Bücher aus der Hand nahm und sie aus dem Gebäude führte.

Zwei Stunden später stand sie auf der Straße vor seiner WG und fragte sich, wieso sie sich darauf eingelassen hatte.

Es war der Beginn ihrer Laufbahn als Affäre. Mit den vergebenen Jungs, die sie während der Schulzeit angegraben hatten, hatte sie nur geflirtet. Der Skywalker hatte sie gefügig gemacht. Die Entscheidung, sich ihm hinzugeben, hatte sie noch lange danach bereut. Obwohl er ihr jedes schlechte Gewissen zu nehmen versuchte.

Bevor Julie gedanklich in die Gegenwart zurückkehrt, fällt ihr die Ähnlichkeit der beiden Männer auf. Luke und Henry, mit blondem wildem Haar, Grübchen und einem mitreißenden Lächeln. Ihr Herz klopft freudig und ihre Wangen glühen. Scheinbar reagiert ihr Körper schneller auf Männer ihres Beuteschemas, als ihr Kopf … Endlich! Da ist er, der Name des Schauspielers: Simon Baker. Ja, durch sein Haar würde sie auch gern strubbeln. Verträumt lässt sie ihre Fantasie vor ihrem inneren Auge Form annehmen.

Henry räuspert sich und holt Julie unsanft zurück. »Das mag sein, ist gesellschaftlich aber nicht gerade salonfähig, wie du selbst schon sagtest. Dein moralischer Kompass zeigt in die falsche Richtung. Aber, wer bin ich, dir auf die Finger zu hauen. Immerhin bin ich keinen Deut besser als die anderen Ehebrecher.«

Sie zuckt mit den Schultern. »Wo kein Kläger, da kein Richter.«

Nach einer stillen Minute, in der sie an ihrem Sake nippen, setzt sie wieder an. »Wieso bist du bereit, deine Frau für ein paar Stunden zu vergessen und mit mir zu schlafen?«

Dies zu beantworten, fällt Henry sichtlich schwer. Er wippt leicht mit dem Oberkörper, schaut in das leere Glas, das er in der Hand hält und rollt es zwischen den Fingern hin und her. »Ich denke, weil uns der Alltag fest im Griff hat.« Wieder das gedankenverlorene Nicken. »Ihn gegen ein wenig Abwechslung einzutauschen, löst nicht das Problem, verschafft mir aber Erleichterung. Versteh mich bitte nicht falsch. Ich liebe meine Frau. Wir sind seit fünfzehn Jahren zusammen, seit zehn Jahren verheiratet. Sie ist der coolste Mensch, den ich kenne. Wir wollen eine Familie gründen.« Er fasst an die leere Stelle an seinem rechten Ringfinger. Den Ring hatte er allem Anschein nach abgelegt, bevor er zu dem Abend mit Julie aufgebrochen war. »Sie ist der coolste Mensch, den ich kenne.«

Er wiederholt den Satz offensichtlich mehr für sich selbst als für Julie. Als er sich zerstreut durch die Haare streicht, ist für sie eines ganz klar. »Du hast eindeutig ein schlechtes Gewissen ihr gegenüber. Ich verstehe nicht, wie groß der Wunsch nach einem Abenteuer sein muss, um die Liebe deines Lebens zu hintergehen, aber ich vermute, ich muss es auch nicht verstehen.« Sie sieht ihm in die Augen, wartet und überlegt einen Moment. »Lass uns aufbrechen.«

Schwermütig schaut sie in die Ferne. Henry reicht ihr die Hand, für den Abstieg von dem Barhocker. Er lässt ihr den Vortritt, bleibt dicht hinter ihr und legt seine Hand auf ihren unteren Rücken. Diese zarte Berührung löst einen wohligen Schauder in Julie aus.

Als sie auf die Straße tritt, eilt sie, ohne sich umzusehen, in Richtung ihres Hotels. In ihr rührt Enttäuschung, ein Funke körperlichen Bedürfnisses und der Wille, ihm nicht zusätzliches Kopfzerbrechen zu bereiten.

Hartnäckig taucht Henry an ihrer Seite auf. »Ich lasse dich nicht allein durch die fremde Stadt laufen.«

Julie sieht zu ihm hinüber. Er lächelt sie freundlich an. Sie dreht ihren Kopf wieder in Laufrichtung, antwortet ihm aber nicht. Einige Minuten später erreichen sie das Hotel.

Er greift nach ihrem Arm, bevor sie durch die Eingangstür aus seiner Reichweite schlüpfen kann. Sie bleibt stehen und wirft ihm einen zögerlichen Blick zu.

Er tritt näher zu ihr, greift ihren anderen Arm und schaut ihr tief in die Augen. Sie öffnet leicht den Mund, um etwas zu sagen, doch er zieht sie zu sich heran, legt seine Lippen auf die ihren und drückt sie fest an sich.

Unter Julies Haut wimmelt es von widersprüchlichen Gefühlen und Empfindungen. Der Rausch, den dieses Knistern zwischen ihnen auslöst, steht kurz davor, ihre Widerstände zu brechen. Doch sie befürchtet, dass er sich etwas vormacht. Dass er mit einem Fehltritt dieser Art nicht umgehen könnte. Auf der anderen Seite ist er Pilot und vermutlich nicht zum ersten Mal in einer Situation wie dieser. Sie genießt seine Zuwendung, die zurückhaltende, aber durchaus spürbare Wollust. Sein Witz und die Intelligenz sprechen sie auf eine Weise an, die über das rein körperliche Verlangen, das sie in sich trägt, hinausgeht. Er wäre ein Mann für sie. Ob es wohl damit zusammenhängt, dass er vergeben ist? Oder daran, dass er ein schlechtes Gewissen hat? Sie findet keine Antwort auf diese Fragen, denn ihr Herz rast und lenkt sie ab.

Sie lässt ihren Widerstand fallen, schiebt sämtliche Gedanken beiseite. *Er ist alt genug.* Der Kuss wird leidenschaftlicher. Sie kneift Henry kräftig in den Po, der im Affekt ruckartig sein Becken nach vorn schiebt. Flüchtig spürt sie die Erektion durch seine Hose.

Er löst sich von ihr, nimmt ihre Hand und zieht sie durch die Eingangstüren in das Foyer des Hotels. Sie sprechen kein Wort miteinander, werfen sich aber hin und wieder verstohlene Blicke zu, als sie vor den Aufzügen stehen und warten.

Henry streicht mit dem Daumen über ihren Handrücken. Sie schließt die Augen und genießt die Zärtlichkeit. Ein ‚Bing' verrät ihnen, dass der Aufzug angekommen ist. Sie stürmen hinein. Julie drückt auf den Knopf für den achten Stock, dreht sich herum, da steht er schon unmittelbar vor ihr und nimmt ihren Kopf in seine Hände.

Er atmet hörbar ein, fixiert sie. Sein Verlangen steigt ihm sichtlich zu Kopf und er setzt zu einem wilden Kuss an, während er sie mit dem ganzen Körper an die Wand der Kabine drängt. In ihrem Rücken spürt sie den Handlauf. Henry lässt seine Hände an ihr nach unten gleiten, hält sich an ihrem Po fest und hebt sie ein Stück hoch. Sie öffnet ihre Beine und legt sie um seine Hüften. Da ist sie wieder, die Erektion. Julie spürt ihre Erregung, die Sehnsucht nach einem harten Schwanz in ihrer feuchten Spalte, wachsen.

Er küsst ihren Hals, knabbert an ihrem Ohrläppchen. Mit einem Rucken hält der Aufzug an, sie lassen voneinander ab, rennen förmlich Hand in Hand zu ihrem Hotelzimmer. Hektisch fummelt sie die Zimmerkarte aus ihrer Handtasche und öffnet die Tür.

Fordernd drückt Henry sie in das Zimmer. Er nimmt ihr Tasche und Jacke ab, legt beides auf den puristischen Sessel neben dem Eingang. Seiner Jacke entledigt er sich selbst, knöpft sein Hemd auf und zieht die Enden aus dem Hosenbund. Bewunderung durchströmt sie, als sie feststellt, wie trainiert er ist.

Er macht ein paar schnelle Schritte auf sie zu, packt sie an der Taille und schiebt sie rückwärts auf das Bett. Sie rutscht über die Decke weiter in Richtung des Kopfteiles, er folgt ihr und legt sich mit seinem gesamten Körpergewicht auf sie.

Sanft streicht er ihr immer wieder über den Kopf und die Haare. Sein Blick wandert über ihr Gesicht. Sie wartet ab. Henrys Lippen formen sich zu einem kleinen Lächeln. Vorsichtig setzt er zu einem Kuss an.

Julie lässt ihre Hände unter sein Hemd gleiten, liebkost seinen Rücken. Als er ihr Ohrläppchen mit seinem Mund umschließt, daran knabbert und sie seinen heißen Atem in ihrem Ohr fühlt, lässt sie ihn ihre Fingernägel spüren. Seine Zunge gleitet an ihrem Hals entlang. Ein leises genussvolles Stöhnen dringt aus ihrer Kehle. Sie findet Gefallen daran, von ihm in die Matratze gedrückt zu werden, eingeschränkt in ihrem Bewegungsradius, außer ihren Händen auf seinem gestählten Körper.

Weil er unvermittelt seine Zunge zwischen ihre leicht geöffneten Lippen schiebt, hebt sie die Augenlider, schaut ihm zuerst überrascht und anschließend lüstern entgegen.

Sie zieht ihn an den Schultern näher zu sich heran, erwidert den hemmungslosen Kuss voller Freude. Er reibt sich leicht an ihr, lässt raues Stöhnen hören.

»Zu viel Stoff zwischen uns.« Er flüstert, sieht ihr ins Gesicht, drückt ihr einen schnellen Kuss auf, bevor er sich hochstemmt, um sämtliche Kleidung abzulegen. Julie setzt sich ebenfalls auf, entledigt sich des Shirts und öffnet den Verschluss ihres BHs auf dem Rücken. Sie verschlingen sich mit den Augen.

Als er seine Pants hinunterschiebt und die ausgeprägte Latte hervorspringt, durchströmt Julie eine Welle der Genugtuung. Ohne ihn berührt zu haben, steht dieser wohlgeformte Schwanz aufrecht vor ihr. Die Vorfreude kribbelt in ihrem Körper, eine leichte Gänsehaut zeichnet sich ab. Henry hilft ihr, ihre Jeans über die Füße abzustreifen. Dabei bemerkt er augenscheinlich, dass sich die Härchen auf ihren Armen aufgestellt haben. Er missversteht das Zeichen, reißt die Decke unter ihrem Po hervor und wirft sie über ihren Körper.

»Nichts da, ich will sehen, was wir anstellen.« Sie strampelt das schwere Ungetüm rasch weg.

Henry zieht die Luft mit einem Zischen durch die Zähne ein und gibt beim Ausatmen ein Grollen von sich. Sie macht ihn scharf – eindeutig.

Mit einem kräftigen Ruck dreht er ihren Körper zu sich herum, kniet sich zwischen ihre Beine auf den Boden. Mit beiden Händen streicht er über ihre nackten Schenkel, beugt sich ein wenig hinunter, küsst die Innenseite ihres Oberschenkels, wandert mit den Lippen immer weiter in Richtung ihrer Scham. Sie beobachtet angespannt jede seiner Bewegungen, ihre Atmung ist unregelmäßig und flach.

Ihre Blicke treffen sich, als er das letzte Stück Haut, das ihn von ihrer sicherlich glänzend feuchten Spalte trennt, mit seiner Zunge ableckt. Ein Schaudern durchzuckt Julie, weil er blitzartig und recht forsch durch ihre Lippen fährt. Sie wölbt ihren Körper nach oben, wirft den Kopf zurück, krallt sich in die Laken, während Henrys Zunge mit ihrer Perle spielt, er sich abwechselnd festsaugt und sie dann wieder ausleckt.

Nach einer Weile, in der sie fast vergeht vor Lust, nimmt er ein paar Finger zur Hilfe. Er richtet seinen Oberkörper auf, penetriert sie zuerst vorsichtig, später immer heftiger und schneller mit zwei Fingern. Mit den Fingerkuppen streift er jedes Mal über den G-Punkt und weiter hinauf in ihren Unterleib. Sie windet sich vor Verzückung. Henry hält ihr Becken fest. Die flache Hand auf ihrem Bauch lässt Julie um ein Vielfaches intensiver spüren, was er in ihr macht, verstärkt die Wirkung seiner aufreizenden Bewegungen.

Kurz bevor sie das Gefühl hat, ihren Orgasmus zu erreichen, stoppt er plötzlich. Sie spürt eine warme Flüssigkeit zwischen ihren Beinen, versucht, den Kopf zu heben, als er sie am Po fasst und sie ruckartig einen halben Meter weiterzieht. Unter sich spürt sie das feuchte Laken und weiß instinktiv, was passiert ist.

Leicht schockiert über diesen Unfall, verdeckt sie ihre Augen mit den Händen. Doch sie hat keine Zeit für ein Schamgefühl, Henry behält den Rhythmus bei, macht wie von Sinnen weiter.

Er versenkt erneut den Kopf zwischen ihren Beinen, spielt mit seiner Zunge an ihrem Kitzler, nutzt beide Hände, um die Schamlippen aufzuhalten, führt zwei Finger in ihr Loch und kaum zehn Sekunden später erzittert Julies gesamter Körper unter dem berauschenden Orgasmus, den er ihr beschert hat. Sie drückt sich ein Kissen auf das Gesicht, um das Stöhnen zu ersticken.

Geschafft legt er sich neben sie, schmeißt das Kissen zur Seite, um ihr einen Kuss zu geben. Er streichelt ihre Wange, sie dreht sich zu ihm, legt ihre Hand auf seine Hüfte und fährt mit ein wenig Druck mit ihren Fingernägeln über die Haut. Er erschaudert, als sie zu der Vorderseite des Oberschenkels gelangt und mit ihrem Arm den mittlerweile erschlafften Penis streift.

Sie küsst Henry auf den Mund, richtet sich auf und erkundet seinen Körper mit Lippen und Zunge. Das leichte Pochen in ihrer Scham beschwingt sie. Seine glatte Brust, der muskulöse Bauch, die blondbehaarte Linie unter dem Bauchnabel. Julie liebkost und lässt sich Zeit bei ihrem Weg in die Lendengegend. Er hat die Arme hinter dem Kopf verschränkt und genießt mit geschlossen Augen jede ihrer Berührungen. Ein kleines Lächeln umspielt seine Mundwinkel.

Vorsichtig bewegt sie ihren Kopf einige Zentimeter über seine halbsteife Latte, atmet die warme Luft aus ihren Lungen aus, legt die Hände rechts und links daneben, spielt mit ihren dunkelroten Nägeln ein zurückhaltendes Spiel auf seiner Haut.

Sie nimmt wahr, wie sich die Erektion festigt, sich der Penis immer wieder bewegt und außerdem andere Muskelgruppen unter ihren Berührungen zucken.

Langsam leckt sie über den gesamten Schaft bis hinauf zur Eichel. Dort lässt sie ihre Zunge einige Male entlang der Rundung gleiten, bevor sie den Schwanz mithilfe ihrer Hand aufrichtet und zuerst nur die Eichel in den Mund nimmt. Sie schließt die Lippen, lässt die Zunge weiter kreiseln. Packt nach seinen Hoden und gleichzeitig nach dem Schaft, nur um ein wenig Druck auszuüben, sie bewegt die Hand nicht.

Das ist der Moment, in dem Henry seine Augen öffnet und nach Luft schnappt.

Julie nimmt seinen Steifen tiefer in ihren Mund auf, ihre Lippen geschlossen, die Zunge an den Schaft gepresst. Ihm entfährt ein lustvolles Stöhnen. Sie würde lächeln, wenn sie könnte. Dieses Stöhnen verursacht Befriedigung in ihr, mental und körperlich. Sie genießt es, ihn in der Hand und im Mund zu haben.

Weil sie vorhat, länger an ihm herumzuspielen, wechselt sie immer wieder das Tempo, lässt ihn nicht in die richtige Spannung hineinkommen. Sie zieht seinen Schwanz aus ihrem Mund, hält ihn mit einer Hand fest, während sie sich seinen Bällen widmet. Ein Lecken, Knabbern und Saugen, bis sie beide im Mund hat und sich dann wieder der prächtigen Lanze zuwendet.

Henry stützt sich auf seine Ellenbogen. »Du bist der Wahnsinn, Julie. Du musst aber aufpassen, sonst komme ich gleich in deinem Mund.«

Das würde sie gern provozieren. Sie gibt Gas und hilft am unteren Ende des Schwanzes mit, während das obere Ende von ihrem Mund verwöhnt wird. Er lässt sich zurück in die Kissen fallen, unkontrolliert stöhnt er vor Geilheit.

»Nein, nein, nein.« Er ist außer Atem, als er Julie unterbricht. »Ich will noch mit dir schlafen, mach langsam.«

Vor Schreck hatte sie von ihm abgelassen, weil sie dachte, ihm Schmerzen zu bereiten. Jetzt rollt sie die Augen und lacht. »Na gut, dann los, ich will es auch.« Freudig kriecht sie hoch zu ihm. Henry kramt ein Kondom aus seiner Hose hervor.

»Warte, ich helfe dir dabei.«

»Nein, das riskiere ich nicht noch mal.« Er lacht laut auf und wirft ihr einen belustigten Blick zu. Sie kneift die Augen zusammen und streckt die Zunge hinaus.

»Beim nächsten Mal darfst du wieder ran.«

»Oh, es wird also ein nächstes Mal geben? Das besänftigt mich natürlich …«

Henry hält plötzlich inne, verliert etwas Farbe um die Nase, fährt sich durch die Haare und starrt das Kondom an. Er kommt wieder zu sich, schüttelt kurz den Kopf, vermutlich um seine Gedanken zu vertreiben. Bei dem Versuch, seinen Penis zu verpacken, stellt er fest, dass dieser wieder weich ist.

Die Veränderung innerhalb von Sekunden ist Julie nicht verborgen geblieben. Ärger überkommt sie. Ärger über sich selbst. »Entschuldige, ich habe gerade wohl deine Stimmung gekillt.« Sie schauen sich in die Augen. »Soll ich dir damit vielleicht doch helfen? Ich habe es schließlich kaputtgemacht.«

»Nimm es mir nicht übel, aber ich glaube, jetzt ist es erst mal vorbei.« Er lässt den Kopf hängen.

»O nein. Ich Idiot. Es tut mir wirklich leid, dass ich das gesagt habe.«

Henry legt sich neben sie auf das Bett, zieht sie heran, sodass ihr Kopf auf seiner Brust liegt. Eine Weile kuscheln sie, ohne etwas zu sagen.

»Heute hast du mir einen lang gehegten Wunsch erfüllt, weißt du das?«

Julie ist sich relativ sicher, zu wissen, was er meint, aber ihr Schamgefühl ist zu groß, um es auszusprechen. Sie lenkt ab. »Was meinst du? Mit einer wildfremden Frau Sex zu haben? Obwohl wir, rein technisch, noch nicht miteinander geschlafen haben.«

Er lächelt. »Nein, das meinte ich nicht.« Er greift nach ihrer Hand und führt sie zu der Stelle mit dem feuchten Laken.

»Darum haben dich bestimmt schon viele Männer gebeten, oder?«

Julie würde am liebsten im Boden versinken, ihr wird heiß und sie zieht ihre Hand weg. »Nein, das kann ich nicht behaupten. Das kam bisher nie zur Sprache und es ist vorher auch noch nie passiert. Ich weiß nicht, du hast da einfach einen Punkt getroffen …«

Sie wird immer leiser, schließt die Augen, fühlt sich zunehmend unwohler und gleichzeitig etwas erleichtert.

»Das war so heiß, das wollte ich schon immer mal erleben. Und, dass ich dich so sehr stimulieren konnte wie kein anderer zuvor, macht mich schon ein bisschen stolz.«

Julie fühlt, wie sich seine Muskeln bei den letzten Worten etwas anspannen, Freude zum Ausdruck bringen. Sie bleibt weiter still.

»Du bläst übrigens wirklich göttlich. So etwas habe ich noch nicht erlebt. Wie machst du das nur? Du hättest mir beinahe den Verstand ausgesaugt.«

Zum Schluss klingt er ein wenig verzweifelt, aber Julie lacht. »Freut mich, dass es dir gefallen hat. Schade, dass ich es nicht zu Ende bringen konnte. Das Finale hätte dir auch gefallen.«

»Grrr.« Er knurrt nur, wohl in Ermangelung der richtigen Worte. »Ich schätze, unser Gespräch könnte doch noch zu einem Finale führen, ich spüre die Lust zurückkehren.«

Julie hebt den Kopf an, um nach seinem Schwanz zu sehen. »Über welche deiner Fantasien könnten wir denn außerdem reden, um den Prozess etwas zu beschleunigen?« Sie sieht ihm in die Augen.

»Nur reden?« Er schürzt die Lippen und versucht, traurig auszusehen.

»Nein, nicht nur reden. Deinem Hundeblick kann ich nicht widerstehen. Mein Körper ist auch bereit für dich, willst du mal fühlen?« Sie greift nach seiner Hand und schiebt sie in ihre Lustzone.

Er legt einen Finger zwischen die geschwollenen Lippen und die anderen drumherum. »Deine Säfte machen mich wuschig. Das ist der Wahnsinn.« Sein Penis zuckt. Leicht bewegt er seinen Finger vor und zurück, verteilt ihre Lust in jede Ecke ihrer Muschel.

Sie stellt das obere Bein auf, um ihm Platz zu machen.

Aus einem Finger werden drei, die sich an ihr gütlich tun. Er streichelt sie, zieht ihre Schamlippen etwas zur Seite, um mit dem dritten Finger in sie einzutauchen. Sanft ertastet er das feuchte Loch und den Weg in sie hinein. »Ich liebe es, dich so zu erkunden.«

Mit kreisenden Bewegungen stimuliert er ihr Fleisch, bis sie sich ihm entgegendrängt, es nicht mehr aushält. Julie greift nach seinem Penis, drückt ihn und die Hoden zusammen, nicht zu fest, aber energisch genug, um Henry aus seiner Bewegungslosigkeit zu holen.

Er stöhnt auf, presst seine Hand beherzt auf ihre Klitoris, schiebt einen zweiten Finger in sie und bewegt sie hin und her.

Sie kann die Laute der Lust nicht mehr kontrollieren. Ruckartig liegt er auf ihr, drückt sie in die Matratze, hält ihren Kopf in seinen Händen.

»O Julie, ich will dich spüren, will in dir versinken, dich ausfüllen.«

Sie stöhnt auf vor Verlangen, reckt ihm den Kopf entgegen und kurz bevor sie ihre Lippen auf seine drückt, flüstert sie ein lang gezogenes *Ja*.

»Ich denke, ich gehe jetzt lieber. Viel Erfolg für euren Termin morgen.« Henry küsst Julie behutsam auf die Stirn, schlägt die Bettdecke zurück und steht leichtfüßig auf.

Sie kuschelt sich tiefer in die Decke hinein und beobachtet ihn dabei, wie er seine Habseligkeiten zusammensucht. »Findest du alles?«

»Na klar, bleib liegen. Ausgesprochen schade, dass du morgen diesen Termin hast und ich abends schon wieder abfliege.« Er zwinkert.

Sie lächelt. »Schlechtes Timing. Aber ehrlich gesagt, weiß ich nicht, wie lange wir faktisch bei dem Partner sein werden.« Sie lässt bewusst Henry schlussfolgern, dass die Möglichkeit auf ein zweites Treffen besteht.

»Okay, ich lasse dir meine Handynummer da. Es würde mich freuen, dich wiederzusehen. Auch wenn es vorhin kurzzeitig nicht danach aussah.« Er kritzelt seine Nummer mit dem Hotelbleistift auf den bereitliegenden Schreibblock.

»Wie old school.« Julie übergeht seine Anmerkung und kichert amüsiert. »Ich hätte sie doch direkt einspeichern können.«

»Das stimmt, aber ich bin ein Mann der alten Garde und du hättest jetzt sonst nichts zu lachen.«

Fertig angezogen steht er vor dem Bett und schaut sie an. »Schlaf schön. Ich hoffe, es war für dich genauso toll wie für mich.«

»Du bist ein herzensguter Mann, Henry. Schade, dass du jemanden hast.«

Für einen Moment sehen sie sich in die Augen, unschlüssig, was dieser Abend für sie bedeutet. Nachdenklich aussehend beugt er sich zu ihr herunter, um sie ein letztes Mal zu küssen, bevor er ihr Zimmer verlässt.

Der nächste Tag

»Frau Bender, ich möchte Sie eigentlich nicht zu sehr loben, aber das haben Sie fabelhaft gemeistert.«

Ihr Chef läuft neben ihr, als sie das Gebäude des Architekturbüros verlassen. Ein leichtes Lächeln umspielt seine Mundwinkel, während er den Kopf stur geradeaus richtet, aber aus den Augenwinkeln zu ihr herunterschielt.

»Sie meinen also, die Gehaltserhöhung ist mir sicher?«

Jetzt lacht er doch, sie grinst ihn an. »Nicht so voreilig, junges Fräulein, dafür müssen Sie noch eine Nuance mehr liefern.«

»Wie sieht so eine Nuance aus?«

»Überraschen Sie mich!«

Der Wagen fährt vor, Herr Martin öffnet Julie die Tür für den Rücksitz. Sie sieht ihm ins Gesicht, glaubt, ein Aufleuchten in seinem Blick zu sehen.

Träumt sie?

»Lassen Sie Ihrer Fantasie freien Lauf«, flüstert er praktisch in ihre Richtung.

»Verdammt«, murmelt sie, als er die Tür hinter ihr schließt und sich vorn auf den Beifahrersitz schiebt.

Einen Monat später

»Jetzt erzähl endlich von deinem Piloten! Wie ist er so, was habt ihr gemacht und das Wichtigste: Wann seht ihr euch wieder?«

Lisas Wissbegierde löst ein Schulterzucken bei Julie aus. »Ähm, ja. Es war toll. Beide Male. Und jetzt schreiben wir uns Briefchen, wie früher in der Schule …«

»Julie, komm schon, so leicht lasse ich mich nicht abspeisen. Wir trinken jetzt erst mal einen Schnaps, oder zwei, damit sich deine Zunge lockert.« Schon hebt Lisa ihren Arm, um den Kellner herbeizuwinken. Sie sind zum ersten Mal seit einigen Monaten wieder in ihrer Lieblingsbar. In der Zwischenzeit hat offenbar ein Personalwechsel stattgefunden, denn der Mann mit der schwarzen Schürze, der auf sie zuläuft, kommt Julie nicht bekannt vor. Lisa flüstert ihm etwas ins Ohr und grinst Julie an, als er ihr mit einem Daumen nach oben signalisiert, verstanden zu haben.

Julie schüttelt belustigt den Kopf. »Was willst du denn wissen? Der Sex war toll, er ist ein wunderbarer Mann, der aber leider verheiratet ist.«

»Erzähl mir von dem Sex. War er grob, zärtlich, irgendetwas dazwischen?«

»Wir reden doch sonst nicht von den Details, warum willst du es jetzt so genau wissen?«

»Hallo, er ist Pilot! Das ist doch der Traumtyp vor dem Herrn. Toller Beruf, sexy Uniform, hübscher Mann. Ich will mehr wissen! Na los!«

Der Kellner bringt sechs kleine Gläser, die mit unterschiedlich gefärbten Flüssigkeiten gefüllt sind.

»Was wird das denn? Wir sind doch keine achtzehn mehr, und du veranstaltest hier eine Shotparty? Dir ist bewusst, dass ein Alkohol-Mix&Match nie eine gute Idee ist, oder?« Julie schüttelt wieder den Kopf und sieht verzweifelt auf die vielen Gläser.

Lisa grinst bis über beide Ohren. »Mach nicht auf Mutti! Hier ist der Erste, runter damit!«

Mit einem Seufzen gibt sich Julie geschlagen, nimmt Lisa ein Glas ab, stößt an und kippt die bräunliche Flüssigkeit hinunter. Der Geschmack gefällt ihr, obwohl der Abgang das übliche Brennen in ihrer Kehle verursacht. »Mhm, Nutella-Schnaps. Gute Wahl!«

»Dachte mir, dass er dir zusagt. Hier kommt direkt der Nächste.«

Sie versucht offensichtlich, sie um jeden Preis zum Reden zu bringen, und gönnt ihr keine Pause. Julie wirft ihr einen vernichtenden Blick zu, der aber nur halb ernst gemeint ist. Wieder setzt sie an und schluckt die klare Flüssigkeit in einem Zug hinunter. Angeekelt stellt sie fest, dass es sich um Wodka handelt.

»Sehr gut. Den Letzten heben wir uns für später auf.« Lisa ist blendend gelaunt. »Also, ihr habt euch auf dem Flug kennengelernt, ein bisschen geflirtet und euch dann zum Essen getroffen. Irgendwie seid ihr bei dir auf dem Zimmer gelandet. Ich schätze, geküsst habt ihr euch vorher schon?« Lisa wartet kurz. »Kann er denn gut küssen?«

Julie nickt nur.

»In Ordnung. Ich hoffe, der Schnaps wirkt bald, damit ich dir nicht alles aus der Nase ziehen muss.« Lisa schneidet eine Grimasse und kichert in sich hinein. »Du bist immer so zurückhaltend, aber in dir steckt eine richtige Drecksau, oder? Erzähl mir endlich, was ihr gemacht habt!«

»Ist ja gut.« Julie rollt belustigt mit den Augen. »Tatsächlich ist etwas Verrücktes passiert. Mir war es super unangenehm, aber er fand es wohl geil. Bevor ich das ausspreche, brauche ich aber doch den dritten Schnaps.«

»Yippie, es geht los, liebe Freunde auf den billigen Plätzen!« Lisa greift sich das letzte Glas, um mit Julie anzustoßen.

»Echt, du hast einen Rum-Shot bestellt? Nicht schlecht, du kennst mich gut!« Sie zwinkert Lisa zu. »Okay, zur Sache. Wir waren im Hotel, haben uns ausgezogen, alles ziemlich zärtlich. Gefummelt, geknutscht, er hat sich sehr ausgiebig um mich gekümmert.« Sie grinst Lisa schelmisch an. »Dabei hat er allerdings einen Punkt stimuliert, von dem ich bisher keine Kenntnis hatte. Er hat mich gefingert, aber sehr weit drin und gleichzeitig mit der anderen Hand oben auf meinen Bauch gedrückt. Ich war ganz kurz davor zu kommen, als …« Sie holt tief Luft und schluckt schwer. »Als er plötzlich aufgehört hat. Etwas Warmes lief zwischen meinen Beinen hinunter. Er packte mich am Hintern, zog mich ein Stück zur Seite und machte stur weiter, als wäre nichts gewesen. Kannst du dir das vorstellen? Ich habe gepinkelt, während er mich befriedigen wollte. Ich kann es immer noch nicht fassen und es ist mir wirklich außerordentlich peinlich.« Julie hält sich die Hand vor die Augen, schüttelt resigniert den Kopf.

»Ich kann sehen, wie unangenehm es dir ist. Du bist ganz rot angelaufen. Haha!« Lisa lacht einen Moment weiter. »Warte, ich bestelle dir noch einen Schnaps.« Sie gibt dem Kellner ein Zeichen, dann greift sie Julie an das Knie, streicht ein bisschen darüber, bis sie endlich die Hand von dem Gesicht nimmt. »Mach dir darüber doch keine Gedanken. Er fand es geil, hast du selbst gesagt. Mal abgesehen davon, hast du wahrscheinlich gar nicht gepinkelt, sondern gesquirtet. Das ist dann kein Urin, sondern das weibliche Ejakulat. Also alles easy. Und außerdem hört es sich an, als hättest du mal wieder eine großartige Bettgeschichte erlebt. Ich bin fast ein bisschen neidisch. ,Vom Piloten stimuliert, bis zum Squirt.' Du solltest andere auch an der Geschichte teilhaben lassen, findest du nicht?«

Julie zuckt nur mit den Schultern. »Ich finde nicht, dass das ein Thema in der Öffentlichkeit sein sollte. Du etwa?«

»Na klar! Was gibt es Schöneres als Sex und alles, was dazu gehört? Aber zuerst musst du weiter von eurem Abend berichten.«

»Der Rest ist recht unspektakulär verlaufen. In dem Moment, als er sich das Kondom überziehen wollte, habe ich blöder Weise einen Spruch losgelassen, der ihn daran erinnert hat, dass er seine Frau betrügt. Das war doof. Nach ein bisschen warten, zusammen über Fantasien sprechen und aneinander herumspielen, haben wir ihn doch wieder steif bekommen und konnten in verschiedenen Stellungen unsere Sexual-Kompatibilität austesten.«

»Du nun wieder mit deinen Wortkreationen. Sag doch einfach, dass ihr richtig geil gefickt habt.«

»Okay, wir haben richtig geil gefickt.« Julie lacht über die platte Ausdrucksweise.

»Habt ihr euch denn noch mal gesehen? Du hattest doch den wichtigen Termin am nächsten Tag?«

»Richtig, der Termin war für mich extrem anstrengend. Ich hatte definitiv nicht genug geschlafen, aber er kam am Nachmittag trotzdem für eine zweite Runde vorbei. Die haben wir übrigens unter der Dusche vollführt, bevor du mich gleich wieder ausquetschst.«

»Ah, sehr schön. Die Dusche ist auch einer meiner Lieblingsorte.«

Verträumt sehen sie in die Luft. Lisa seufzt. »Na gut, und wie geht es jetzt weiter bei euch?«

»Wir schreiben uns Briefchen. Ich vermute aber, dass wir uns nicht wieder sehen. Sein schlechtes Gewissen plagt ihn doch sehr.«

»Das mit den Briefen musst du mir erklären. Ihr schickt euch ausgewachsene Briefumschläge nach Hause, mit kleinen Zetteln darin?« Lisa macht einen verwirrten Eindruck.

»Nein, nein. Wir besuchen ab und zu das gleiche Restaurant. Kennst du das *Viaggio*?« Lisa schüttelt den Kopf. »An dessen Wänden hängen ganz viele Tassen, die Gäste und Angestellte von ihren Reisen mitgebracht haben. Auf einer dieser Tassen ist ein Flugzeug aufgemalt und genau die nutzen wir sozusagen als toten Briefkasten.«

»Nicht dein Ernst?«

»Doch.« Julie lacht über Lisas Erheiterung.

»Und was genau schreibt ihr euch für Nachrichten?«

»Anfangs haben wir darüber sinniert, wie schön die Zeit in Seattle war. Später ging es um die Möglichkeit eines erneuten Treffens und zuletzt hat er mir berichtet, wie sehr es ihn doch mitnimmt. Er möchte den Kontakt zwar gern aufrechterhalten, aber er liebt seine Frau und ich hätte sowieso etwas Besseres verdient, bla, bla, bla.«

»Er hat quasi Schluss gemacht?«

»Ja, ich denke, das hat er.«

»Ist doch auch besser für dich. Du hättest ihn niemals ganz haben können.«

»Schon, aber es hat extrem viel Spaß gemacht mit ihm. Und er ist ein netter Mann. Das wäre zu schön gewesen …«

»Okay, jetzt hör auf, Trübsal zu blasen. Du findest demnächst einen, der nicht vergeben, aber genauso gut im Bett ist. Ich bin mir sicher!«

»Es geht doch gar nicht nur um den Sex.«

»Ich weiß, aber du findest den Zugang immer mühelos über Sex. Ergo, warum nicht weiter deine Begabung nutzen?«

»Weil es moralisch verwerflich ist?«

»Niemand kann dir vorschreiben, wie du deine große Liebe findest. Aber damit eins klar ist – Jonas ist tabu für dich!« Lisa lacht, als sie den Zeigefinger erhebt und das Verbot ausspricht.

»Keine Sorge, er ist nicht mein Typ.« Julie streckt ihr die Zunge raus.

»Was ist denn eigentlich mit deinem Chef, der müsste doch perfekt in dein Beuteschema passen?«

»Hör auf, du hast mal wieder einen sechsten Sinn.«

»Uhh, ich spüre Schwingungen.« Lisa lässt ihre Schultern flattern.

»Aber was für welche. Ich denke, er hat nach dem erfolgreichen Termin bei dem Architekturbüro mit mir geflirtet. Oder zumindest glaube ich, dass in seinen Augen Interesse stand.«

»Aufregend! Ist etwas passiert?«

»Nein, herrje! Nach der Katastrophe bei meinem letzten Arbeitgeber habe ich überhaupt kein Interesse daran, mich mit irgendjemandem aus der Firma einzulassen.«

»Aber da lernt man doch vermutlich zu neunzig Prozent seine Partner kennen?«

»Ich habe keine Ahnung, ob der Prozentsatz so hoch ist, aber definitiv halte ich mich jetzt an das Sprichwort: ‚*Never fuck the company*‘!«

»Wie schade. Das bedeutet, ich bekomme in nächster Zeit keine anregenden Sex-Berichte von dir?«

»Lisa, was ist denn los? Läuft es bei euch nicht, oder warum fragst du mir Löcher in den Bauch über meine Lover?«

Julie sieht sie durchdringend an, Lisa meidet jedoch den Blickkontakt, spielt an einem Zipfel ihrer Jacke und hält den Kopf gesenkt.

»Ich habe mir etwas eingefangen«, flüstert sie.

»Was heißt das? Eine Krankheit? Eine sexuell übertragbare Krankheit? Warst du beim Arzt?«

»Ja, ich war beim Arzt. Natürlich musste ich Jonas darauf ansprechen und jetzt herrscht gerade Funkstille zwischen uns.«

»Lisa, was hast du gemacht?«

»Ich schätze, ich habe es versaut.«

Pause.

»Das heißt, du hast Jonas betrogen? Mit wem? Wann? Wieso?«

»Irgendwie schon. Mit meinem Chef. Welche Ironie. Es hat sich einfach so ergeben und es wäre auch nie rausgekommen, wenn dieser Idiot mich nicht angesteckt hätte.«

»Du wolltest es nicht mal mir erzählen? Verlangst aber, dass ich dir die prickelndsten Details meines Sexlebens berichte? Na, du bist mir eine Freundin … Aber ich kann verstehen, dass du auf dem Trockenen sitzt und Inspiration brauchst.« Sie zwinkert ihr aufmunternd zu. »Was ist es denn eigentlich?«

»Entschuldige, aber die ganze Geschichte ist so dämlich und peinlich, das hätte ich gern für mich behalten.« Lisa zuckt mit den Schultern. »Er hat mich doch tatsächlich mit Syphilis angesteckt. Ich konnte das gar nicht glauben und kann es im Grunde immer noch nicht.«

»Das ist unfassbar! Wie geht es dir, hast du Schmerzen?«

»Nein, keine Schmerzen. Ich hatte eine offene Stelle bemerkt und bei meiner Frauenärztin angerufen. Offensichtlich hat sie die Sache beunruhigt, denn sie gab mir gleich für den nächsten Tag einen Termin. Jetzt nehme ich Antibiotika, musste aber Jonas natürlich auch informieren, damit er sich untersuchen lässt. Er hat es übrigens nicht. Was ein Glück!« Lisa verstummt.

»Das ist wirklich Glück im Unglück. Gut, dass du es ernst genommen und nicht vor dir hergeschoben hast.«

Sie sitzen für einen Moment schweigend nebeneinander, bis Julie sich traut, die andere Hälfte der Geschehnisse anzusprechen. »Okay, ich sehe ein, dass du das lieber für dich behalten wolltest, aber dafür ist es nun zu spät. Ich brauche Informationen. Erzähl mir bitte, wie es dazu kam!« Weil die Bar mittlerweile recht voll ist, rückt Julie auf ihrem mit Samt bezogenen Hocker ein Stück nach vorn, um Lisa mühelos verstehen zu können.

Mit einem tiefen Atemzug scheint Lisa ihre Beklommenheit abzulegen. »Es ist schon einen Monat her. Der Chef brachte diese riesige Champagnerflasche mit ins Büro, hat sich gefreut wie ein kleines Kind, weil wir eine gigantische Rechnung geschrieben hatten. Er wollte unbedingt mit uns allen feiern. Wir tranken, drehten die Musik ganz laut auf und bestellten ein paar Pizzen ins Büro.« Sie reibt sich über die Schläfe, als würde ihr der Bericht Kopfschmerzen bereiten. »Irgendwann waren alle anderen weg und ich wollte aufräumen, konnte aber kaum noch stehen. Der Chef bemerkte, dass ich mich stark konzentrierte und überall festhielt, also führte er mich in sein Büro zu der Couch. Ich plumpste der Länge nach auf die Polster, lachte mich kaputt, weil dabei die oberen beiden Knöpfe meiner Bluse abgesprungen sind und tja. Er fand den Anblick meiner Brüste aufregend, ich seine Berührungen.« Sie zuckt erneut die Schultern. »Wir hatten mittelmäßigen Rammelsex. Ende der Geschichte.«

»Oje, das klingt nicht so gut, aber das hätte jedem passieren können …« Julie holt Luft, um etwas hinzuzufügen, aber Lisa unterbricht sie.

»Nein, hätte es nicht. Mein Chef mag ein sympathischer Mann sein, aber ich liebe Jonas. Ich verstehe nicht, wieso ich mich dazu habe hinreißen lassen. Was war nur los mit mir?«

»Glaube mir, manche Männer sind unerhört überzeugend. Für sie spielt es keine Rolle, was du willst oder denkst. Und je mehr du dich auflehnst, desto größer sind für sie die Herausforderung und der Spaß an der Geschichte. Es ist, im wahrsten Sinne des Wortes, ein Spiel für sie.«

»Du hättest mal Jonas' Gesicht sehen sollen, als ich es ihm erzählt habe. Furchtbar bleich ist er geworden, hat sogar gezittert, als wäre ich mit Anlauf auf seinem Herzen herumgetrampelt. Er tut mir so leid, das hat er nicht verdient.« Lisas Augen werden glasig, sie reibt sich energisch über die Nase. »Okay, lass uns das Thema wechseln, ich will nicht zwischen all den Menschen hier die Fassung verlieren.« Sie schnieft zwei Mal, strafft aber die Schultern und sieht Julie an.

Julie bleibt für einen langen Moment still. »Mir fällt auf, dass ich nicht besser bin, als diese schrecklichen Typen, die betrunkene Frauen verführen.« Verlegen schaut Julie zur Seite. »Obwohl es mir schon wichtig ist, dass der Mann sich seiner Sache sicher ist. Trotzdem plagt den Piloten im Nachgang sein Schuldbewusstsein … Und ich habe ihm auch noch gesagt, dass ich seinen Ehering direkt zu Beginn gesehen und mich trotzdem für das Flirten mit ihm entschieden habe. Schlimmer kann man wohl kaum mit einem anderen Menschen umgehen. Er tut mir sehr leid. Ich hätte das nicht tun sollen. Scheinbar trägt man doch Verantwortung für das Leben anderer, selbst wenn sie alt genug und sich ihrer Sache sicher sind. Wie furchtbar er sich fühlen muss, und ich bin schuld daran. Es ist offiziell – ich bin ein schlechter Mensch.« Sie schüttelt verzweifelt den Kopf. »Es gibt nur einen richtigen Ansatz für dieses Problem: Ich sollte endlich mit dem Mist aufhören und vergebene Männer in Ruhe lassen!«

*

Die beiden Frauen sitzen vertieft in ihr Gespräch auf den niedrigen Hockern. Max hat Julie nicht mehr gesehen, seit er den Job als Barkeeper im *Millenium*, ihrer Stammbar, aufgegeben hat. Dass sie nun in Reichweite sitzt, hellt seine Stimmung merklich auf.

Chris klopft ihm auf die Schulter und verabschiedet sich von ihm. Eben erzählte Chris ihm noch, dass seine Freundin seit Wochen keinen Sex haben wolle und wie anstrengend sich die Beziehung dadurch gestalte, da vibriert sein Smartphone und eine eindeutig zweideutige Nachricht von ihr flattert herein. Max konnte in dem Gesicht seines Freundes ein Wirrwarr von Gefühlen beobachten, bis er selbst die wenigen Zeilen las und ihn aufforderte auf direktem Wege nach Hause zu marschieren, um seine Frau zu beglücken.

Dass er Julie zwischen den umherstehenden Studenten im gleichen Augenblick entdeckte, ist eine glückliche Fügung. Solange sie sich derart intensiv unterhalten, möchte er allerdings nicht dazwischenplatzen. Als sie in ein entspanntes Lachen fallen, erkennt er seine Chance. Schnell greift er sich die Flasche von der Theke und läuft im Slalom um die Gäste. »Hey Julie! Lange nicht gesehen.«

»Max! Hallo!« Freudestrahlend erhebt sie sich und nimmt ihn in den Arm. »Wie geht es dir?«

»Mir geht es blendend. Und dir?« Er unterdrückt das Bedürfnis, ihr zuzuzwinkern, denn er kann sich noch lebhaft an ihren Gesichtsausdruck erinnern, als der damals neue DJ Tom im *Millenium* viel zu dick aufgetragen hatte und sie damit nervte, bis sie sogar richtiggehend wütend wurde.

»Eigentlich geht es mir auch gut. Du weißt, wie es ist. Das Leben ist eine Achterbahnfahrt und gerade haben Lisa und ich den Schockmoment einer durchrüttelnden Kurve überstanden.« Sie lächelt ihrer Freundin aufmunternd zu.

Julie scheint bereits einiges getrunken zu haben, so mitteilsam war sie sonst nie. *Interessant.* »Oh, was ist passiert? Darf ich mich denn zu euch setzen? Mein Kumpel Chris ist eben schon nach Hause gegangen.«

»Na sicher, setz dich!« Sie lässt sich auf ihrem Platz nieder und deutet auf den freien Hocker neben sich. Max reicht Lisa die Hand und nimmt, während er sich setzt, aus den Augenwinkeln wahr, dass sie in Julies Richtung leicht mit dem Kopf schüttelt. Offensichtlich möchte sie nicht mit ihm über ihre Probleme sprechen.

»Was machst du inzwischen?«, fragt Julie und stößt mit ihrem Cocktailglas an seine Flasche.

»Ich habe die Imkerei meines Vaters übernommen. Meine Schwester und ich bauen sie recht erfolgreich aus, es gibt viel zu tun.«

»Cool! Das klingt spannend, aber hattest du nicht etwas anderes studiert?«

»Sozialpädagogik«, gibt er mit einem Grinsen zurück. Niemand konnte damals seine Studienwahl nachvollziehen und schon gar nicht, wie er jetzt, mir nichts, dir nichts, in einer anderen Branche in die Selbstständigkeit gegangen ist. »Deswegen bin ich auch prädestiniert für ein Gespräch über die Lebensachterbahn. Probleme jedweder Art sind mein Fachgebiet.« Die beiden Frauen lachen und tauschen einen Blick.

Julie scheint sich einen Ruck zu geben. »Ich versuche, mich von vergebenen Männern fernzuhalten. Mein eingebauter Magnetismus für diese Zielgruppe ist allerdings sehr stark ausgeprägt und ich weiß nicht, was ich dagegen tun soll.« Sie zuckt mit den Schultern.

Lisa steht auf. »Ich muss kurz telefonieren, bin gleich wieder da.«

»Okay«, sagt Julie, schaut ihr hinterher und wendet sich an Max. »Welchen Rat kannst du mir geben, Meister Max?«

»Verzeih mir, dafür muss ich ein wenig ausholen … Bereit?« Er dehnt seinen Nacken in beide Richtungen und knackst mit den Fingern, als würde er sich für einen Wettkampf aufwärmen.

Sie grinst ihn an. »Sieht so aus, als würde ich gleich mit einem blauen Auge nach Hause gehen, oder mein Bankkonto plündern müssen, um dein Beratungshonorar zu zahlen. Wie auch immer, ich bin bereit!«

»Du hast recht, auf die eine oder andere Weise wird es wehtun. Meine Bezahlung nehme ich heute aber ausnahmsweise mal in Form von kühlem Blonden an.«

»Du stehst auf Lisa? Ich schätze, da hast du keine Chance.« Ihr mitleidiges Lächeln und das Tätscheln seines Knies entlocken ihm ein inbrünstiges Lachen.

»Bier, Julie. Ich rede von flüssigem Gold.« Er wischt sich die Lachtränen aus den Augen. »Damit bin ich besser beraten, als mit einer Frau, die ganz offensichtlich in einer

Beziehungskrise steckt. Ob sie ihn schon erreicht hat?« Prüfend sieht er sich um, kann Lisa aber nicht entdecken.

»Wir sollten nicht über sie reden.«

»Stimmt, kommen wir zurück zum Thema. Eine Lehre, die ich nie vergessen werde, weil sie sich mir eingebrannt hat: Was du im Hier und Jetzt tust, hat seine Wurzeln in der Vergangenheit. Dein familiäres Umfeld hat dich geprägt, Situationen, in denen du auf die Probe gestellt wurdest und Entscheidungen, die du getroffen hast, haben dich heute hierhergeführt. Metaphorisch und wortwörtlich. Du sitzt demnach neben mir, weil deine Eltern – oder eine andere Person – vor vielen Jahren in deiner Gegenwart etwas getan oder gesagt hat, was dich entscheiden lässt, wie du es bis jetzt getan hast. Kannst du mir folgen?«

Julie nickt bedächtig.

»Wenn du eine Angst bewältigen oder ein Muster, wie eine schlechte Angewohnheit, durchbrechen möchtest, musst du in der Vergangenheit graben. Du suchst nach einem Erlebnis, das dich immer wieder schwach werden lässt. Fällt dir dazu etwas ein?«

Sie sieht ihn für einen Moment an, zieht die Lippen von der einen Seite zur anderen, macht eine Schnute und atmet lang durch die Nase aus. Er rechnet nicht damit, dass die richtige Erinnerung ad hoc vor ihrem inneren Auge auftaucht. Dass sie sich Gedanken macht, ist dennoch der erste Schritt von einer gestörten Gegenwart in eine heilere Zukunft.

»Ich habe keine Ahnung was mich schwach werden lässt … Darüber muss ich wohl angestrengter nachdenken. Sicher weiß ich aber, dass ich mit den Vergebenen schlafe. Ich kann nicht mehr zählen, wie viele One-Night-Stands ich in den letzten Jahren hatte und zusätzlich noch die wochen- und monatelangen Affären. Man kann mich wohl tatsächlich als eine Bitch bezeichnen. Ich lasse nichts anbrennen und das, wo man unter Frauen doch eigentlich solidarisch sein sollte. *Don't be a sidechick!*« Sie sieht traurig aus, verzweifelt und unglücklich.

»Julie, Menschen machen Fehler. Auch mehrfach den gleichen, weil sie hoffen. Hoffen, auf ein anderes Ergebnis, auf die Einmischung des Schicksals, oder darauf, dass ihr innerer Held die Sache richten wird. Versuche einfach, die Wurzel allen Übels zu finden und sie zu ziehen. Raus damit und weiter geht's.« Max deutet an, das Grünzeug einer Karotte zu packen und sie mit einem kräftigen Ruck aus der Erde zu reißen. Energisch beißt er ein Stück des imaginären Gemüses ab und wirft den Rest hinter sich.

Julie schmeißt sich über seine komödiantische Einlage weg vor Lachen.

»Übrigens, viele Singlefrauen halten vergebene Männer für beziehungsfähiger. Damit bist du nicht allein. Ich halte das allerdings für ein Gerücht.« Er streckt die Beine aus und überschlägt sie lässig, während Julie noch vor sich hin kichert.

*

Lisa packt das Smartphone zurück in ihre Tasche und betritt die Bar. Von Weitem erkennt sie Julie und Max, die scheinbar noch immer über die vertrackte Situation mit Männern sprechen. Der Raum ist besiedelt von Studenten-grüppchen, die sich homogen bewegen und immer näher zueinander-rücken. Sie quetscht sich an den zur Musik wippenden Körpern vorbei und schnappt Fetzen der Unterhaltungen auf. »… Das Essen ist zwar lecker, aber ich will doch nicht den ganzen Tag wie ein geröstetes Panini riechen!« Von dem jungen, etwas entrüstet wirkenden Püppchen gelangt sie zu einer Gruppe Polohemdträger. »Die Welle in der Dusche ist eine andere als in der Badewanne. Und eine andere als im

Wellenbad. So ist es auch mit Ostsee, Mittelmeer und Atlantik. Segeln ist anspruchsvoller, als …«

Die Sehnsucht, mit Jonas über Belangloses und Unterhaltsames zu philosophieren, ihm nur von dem eben gehörten Vergleich zu berichten, wird unerträglich. Sie wünschte, ihre Beziehung stünde nicht auf der Kippe, das alles wäre niemals passiert, oder zumindest, dass Jonas ihr den furchtbaren Fauxpas verzeihen würde.

Mittlerweile steht sie vor den beiden. »Was ist denn hier los? Habe ich den ganzen Spaß verpasst?«, fragt sie ihre trüben Gedanken verdrängend und mit einem sicherlich etwas verunglückten Grinsen im Gesicht.

»Allerdings. Max hätte Pantomime werden sollen!« Julies Augen strahlen. Sie klopft ihm anerkennend auf den Rücken. »Eigentlich hat er mir aber gerade sehr geholfen. Ich muss in meinem Gehirn nach etwas forsten, das die Ursache für mein heutiges Verhalten sein könnte.«

Lisa setzt sich, stellt ihre Tasche ab und greift nach ihrem Gin Tonic. »Keine leichte Aufgabe! Hast du denn schon eine Idee, wer oder was der Bösewicht in deiner Geschichte ist?« Sie beißt sich auf die Zunge, weil sie eigentlich nicht kratzbürstig klingen möchte. Jonas' Handy ist noch ausgeschaltet, sie hat ihm erneut auf die Mailbox gesprochen. Ihr fällt nichts Besseres ein, als ihn immer wieder daran zu erinnern, wie sehr sie ihn liebt und ihn niemals so enttäuschen wollte. Doch es zehrt an ihr und verursacht Stimmungsschwankungen. *Nicht aufgeben.*

»Wenn ich raten soll, würde ich auf meine Mutter tippen. Sie ist der Inbegriff eines Heimchens. Ich wollte das genaue Gegenteil sein – eine aufregende Frau, die sich von einem Mann nicht zurückhalten lässt.«

»Ziel erreicht!«, wirft Max ein. Er prostet ihr zu und lächelt sie an. »Aber da gibt es sicherlich noch mehr, das dich beeinflusst hat.«

Julie weiß offenbar nicht weiter, denn außer einem Schulterzucken, gefolgt von einem nachdenklichen Blick in ihr fast leeres Glas, gibt sie keinen Kommentar ab. Lisa betrachtet die Ratlose eingehend. Wenn es etwas gäbe, womit sie ihr helfen könnte, würde sie es tun. Ihre Familiengeheimnisse hatte Julie jedoch bisher größtenteils für sich behalten.

Bevor sich die einkehrende Stille zwischen ihnen zu sehr manifestiert, durchbricht Lisa sie mit einer Frage. »Bist du schon mal fremdgegangen, Max?«

Er schaut erstaunt von Lisa zu Julie und zurück. »Nein, entgegen jeder Vermutung, dass ein Barkeeper seinen Strohhalm nicht in der Verpackung behalten kann, habe ich meinen Mädchen Treue versprochen und gehalten. Die Frau meiner Träume war zwar noch nicht dabei, aber ich bin optimistisch, dass sie sich mir, oder ich mich ihr zeigen werde.« Er lächelt, scheinbar in Gedanken an eine zweisame, glückliche Zukunft. In Lisa regt sich, neben dem Gefühl der Sympathie für diesen fremden Mann auch Neid. Die eingeschleppte Krankheit zu behandeln ist eine Sache. Der Mann ihrer Träume redet aber nicht mit ihr.

»Hast du mal darüber nachgedacht, ob es an deiner Vater-Tochter-Beziehung liegt? Als Frau sucht man sich doch angeblich Männer aus, die dem eigenen Vater ähneln …« Lisa sieht Julie die Augenbrauen zusammenkneifen und hofft, nicht zu weit gegangen zu sein. Der Gedanke, der sich ihr unweigerlich aufdrängt, würde nämlich bedeuten, dass Julies Vater nicht die treueste Seele auf diesem Planeten ist. Auf keinen Fall will sie eine Familie aus ihren Fugen werfen.

»Puh, du fragst Sachen. Nein, darüber habe ich noch nicht nachgedacht. Mache ich demnächst, wenn mir nicht mehr so viel Alkohol im Blut herumschwimmt.« Sie kichert und winkt dem Kellner, um noch eine Runde zu bestellen.

4. Kapitel

Vor fünf Jahren
(28)

Das türkisfarbene Seidenkleid, das Julie heute trägt, hat schon viele Blicke auf sich gezogen. Die anwesenden Männer drehen sich nach ihr um, betrachten, wie sich der Stoff an ihre Haut schmiegt und ihre Weiblichkeit betont.

Auch Markus folgt ihr mit seinen Blicken. Dennoch wahrt er Professionalität und wendet sich schnell wieder seinem Gesprächspartner zu, der ihm ein Glas Champagner reicht. Sie soll sich nicht beobachtet fühlen.

»Es ist Ihnen großartig gelungen, Herr Martin, auf Ihr Wohl.«

Der lange, schlaksige Mann hebt sein Glas auf Augenhöhe, um es an Markus' Glas zu stoßen. Alle sind bester Laune, ebenso Herr Greyson, der schon wieder ohne Punkt und Komma plappert. Der etwa Fünfzigjährige ist der Eigentümer des neuen Gebäudes, in dem sie gerade stehen und das von *Greenbuild* entworfen wurde. Soeben fand die offizielle Übergabe statt, sogar die Presse hat das Spektakel mitverfolgt und führt eifrig Interviews mit den Verantwortlichen.

In dieser Sekunde taucht einer der windigen Pressevertreter vor ihnen auf und bittet um einen Kommentar von Herrn Greyson. Markus ist dankbar für diese Gelegenheit und wendet sich in aller Höflichkeit ab. Kaum hat er einen Schritt getan, läuft ihm Julie über den Weg. »Frau Bender.« Er spricht recht leise, um die nahe stehenden Gäste nicht aufmerksam zu machen.

»Benötigen Sie etwas, Herr Martin?«

»Zeigen Sie mir bitte mal die aktuellen Gästezahlen.«

Julie öffnet das Minitablet, tippt ein paar Mal auf das Display und reicht ihm das Gerät. Markus streift ihre Hand, als er es entgegennimmt. Dass Julie leicht zusammenzuckt, entgeht ihm nicht. Er hofft, sie empfindet die Berührung nicht wie einen elektrischen Schlag, sondern elektrisierend.

Nach einer kurzen Prüfung der Namen, gibt er ihr das Tablet zurück, hält es aber einen Moment länger als unbedingt nötig fest. »Geben Sie mir bitte Bescheid, wenn Frau Rose eintrifft.«

Sie nickt ihm zu, lässt das Tablet sinken und verschwindet in der Menge. Er sieht ihr für ein paar Sekunden hinterher, prüft sein Smartphone und stellt missmutig fest, dass keine Nachrichten eingegangen sind. Wo bleibt sie nur?

*

Die unscheinbare Frau mittleren Alters steht unvermittelt vor Julie. Sie erscheint deplatziert, farblos und nicht schick genug gekleidet für einen Anlass wie diesen.

»Entschuldigen Sie. Ich suche nach Markus Martin von Greenbuild, können Sie mir weiterhelfen?«

Ihre sonore Stimme verblüfft Julie. Die Frau wirkt, obwohl etwas fremd in dieser Umgebung, dank ihres breiten Lächelns unheimlich sympathisch, fast anmutig, auf sie. »Natürlich! Verraten Sie mir nur kurz Ihren Namen? Ich bringe Sie direkt zu ihm, sobald ich Sie auf der Liste abgehakt habe.«

»Claudia Rose. Und wie heißen Sie, meine Liebe?« Die Fremde streckt ihr die Hand entgegen.

»Julie Bender, es freut mich, Sie kennenzulernen.« Lächelnd ergreift sie die Hand der Fremden.

»Lassen Sie mich kurz Herrn Martin kontaktieren. Ich sehe ihn hier im Foyer momentan nicht und schätze, dass er mit einem der Investoren auf Besichtigungstour ist.«

Während Julie eine Nachricht an ihren Chef schickt und ihn über die Ankunft des erwarteten Gastes in Kenntnis setzt, schaut sich Claudia aufmerksam um. Julies Smartphone vibriert, auf dem Display erscheint seine Antwort. »In 5 Min. da.«

»Erzählen Sie mir doch ein wenig über das Gebäude, so lange wir warten. Waren Sie auch an dem Projekt beteiligt?«

»Vorrangig bin ich mit anderen Projekten betraut. Herr Martin hat mich dennoch in regelmäßigen Abständen als Unterstützung benötigt, daher weiß ich im Grunde über alles Bescheid. Sind Sie denn auch aus der Branche?«

»Nein, nein.« Claudias Zähne blitzen hervor, als sie sich scheinbar über Julies vorsichtiges Herantasten amüsiert. »Ich habe etwas, sagen wir, halbwegs Privates, mit Markus zu besprechen.«

Weil ihr darauf keine passende Antwort einfällt, nickt Julie nur und lässt ihren Blick über die Menge schweifen. Die Stille zwischen ihnen wirkt unbehaglich auf sie, daher beginnt sie, zu erklären. »Ist Ihnen aufgefallen, wie viele Pflanzen allein hier im Eingangsbereich stehen? Auf allen zwanzig Etagen, in jedem Raum sieht es ähnlich aus. Pflanzen über Pflanzen, Mooswände und in einigen Etagen wurden sogar kleine Gewächshäuser installiert. So wird nicht nur die Luft im Gebäude verbessert, sondern auch das Arbeitsklima positiv beeinflusst. Auf dem Dach befindet sich außerdem der *Dschungel*, wie wir ihn liebevoll nennen. Sie sollten ihn sich ansehen, bevor Sie gehen.«

»Das klingt spannend, was ist das Besondere an diesem Dachgarten?«

»Das Regenwasser, das die Pflanzen dort oben nicht aufnehmen und schlicht im Boden versickert, wird an die Kräutergärten in der Kantine weitergeleitet. Beziehungsweise der Überschuss in der Zisterne im Keller gesammelt, um es zum Gießen zu verwenden. Wie früher bei meinen Eltern im Garten.«

Claudia hört ihr aufmerksam zu. »Sie brennen richtig für das Thema, nicht wahr? Es ist sehr angenehm, Ihnen zuzuhören.«

»Ja, ich habe das Gefühl, die Welt besser zu hinterlassen, als ich sie vorgefunden habe. Das Gebäude wäre sowieso gebaut worden, wieso nicht etwas Gutes daraus machen?« Julie zeigt ihre Freude darüber mit einem breiten Lächeln.

»Sind Sie sich eigentlich bewusst, was für eine Ausstrahlung Sie auf andere Menschen haben?« Die kleine Frau schaut zu ihr hoch.

»Was meinen Sie?«

»Sie sehen spektakulär aus in Ihrem seidigen Kleid, sind eine faszinierende Gesprächspartnerin und haben Wertvorstellungen, die Sie mit Überzeugung vertreten. Verstehen Sie mich nicht falsch, aber ich schätze, dass Sie keinen Partner an Ihrer Seite haben?«

Vollends irritiert fragt sich Julie, wann und wieso das Gespräch diese Richtung angenommen hat. Trotzdem antwortet sie zögerlich. »Ehm, nein, ich bin Single …«

»Sehen Sie, ich vermute, Sie versetzen viele Männer in Angst und Schrecken.« Sie hält inne. »Markus läuft auf uns zu und ich denke nicht, dass wir in seiner Gegenwart das Thema vertiefen sollten. Wenn Sie aber Lust haben, sich mit mir auf einen Kaffee zu treffen und ein bisschen weiter zu plaudern, rufen Sie mich doch einfach an. Warten Sie, ich gebe Ihnen meine Karte.«

Claudia kramt hastig in ihrer abgetragenen dunkelblauen Handtasche herum, zieht eine Visitenkarte heraus und überreicht sie Julie. Sie nimmt das Kärtchen, auf dem nur Name und Mobilnummer der Unbekannten stehen.

Ungewiss, wie das Gespräch zustande kam und warum sich diese Frau derartig für Julies Privatleben interessiert, steckt sie die Karte in ihr eigenes Etui. In der gleichen Sekunde gesellt sich Markus zu ihnen und begrüßt Claudia mit Kuss auf die Wange.

»Frau Bender, ich bin für dreißig Minuten mit Frau Rose auf Besichtigungstour. Kümmern Sie sich bitte in der Zwischenzeit um die weiteren Fragen der Presse.«

Ohne auf Julies Antwort zu warten, legt er Claudia die Hand auf den Rücken und führt sie in Richtung der Aufzüge. Julie schaut den beiden fragend hinterher – wieso hat er ausgerechnet jetzt und hier ein privates Anliegen zu besprechen, mit einer Frau, die absolut nicht in seiner Liga spielt?

»Hey Lisa, wie geht es euch? Wie ist das Leben in Madrid? Hier geschehen schon wieder merkwürdige Dinge … Wollen wir später telefonieren?«

»Julie! Uns geht es super, Jonas neuer Arbeitgeber lässt ihm viel Spielraum – das hätte er in Deutschland niemals bekommen. Bei mir war heute im Büro auch was los – Chef hat die Logistik-Braut gefeuert. Ich überlege, ob ich mich für die Stelle anbieten soll. Wäre sowieso der nächste Schritt, ist nur eigentlich ein bisschen früh für einen internen Wechsel. Unsere Wohnung ist mittlerweile kartonfrei und gemütlich, du kannst also jederzeit zu Besuch kommen! Wir haben übrigens einen Straßenhund gerettet und sind jetzt eine richtige kleine Familie. :) Heute ist es schlecht, aber lass uns morgen sprechen!«

Drei Tage später spielt Julie weiterhin mit der Visitenkarte der Frau, die sie vergeblich versucht hat, zu googeln und von ihrem Chef nur die Information erhalten hat, sie sei eine Bekannte. Die Neugierde überwiegt. Sie nimmt den Hörer in die Hand und verabredet sich mit Claudia auf einen Drink nach der Arbeit.

Seit der Übergabe des Baus ist es im Büro wie ausgestorben, selbst der Chef ist kaum dort, weshalb Julie gedanklich während des Nachmittags hauptsächlich bei dem bevorstehenden Gespräch verweilt. Sie lehnt sich im Bürostuhl zurück und starrt an die Decke. Claudia hat sie innerhalb von Sekunden analysiert. Beängstigend, dass jemand nach ein paar Sätzen problemlos in ihr lesen kann.

Das Telefon auf ihrem Schreibtisch klingelt und reißt Julie aus ihren Gedanken. »Greenbuild, Julie Bender, guten Tag.«

»Frau Bender, wenn Sie sich später mit Claudia treffen, könnten Sie bitte den Umschlag auf meinem Schreibtisch mitnehmen und ihr geben? Es versteht sich von selbst, dass es sich dabei um eine vertrauliche Nachricht handelt.«

Perplex hält sie die Luft an. Woher weiß Herr Martin, dass sie sich mit seiner Bekannten trifft? Warum würde Claudia ihm das erzählen und wieso nutzt er Julie als Laufburschen für seine privaten Angelegenheiten?

»Frau Bender, haben Sie mich gehört? Nehmen Sie den Umschlag mit?« Er klingt ungeduldig.

»Ja, in Ordnung.« Verwirrt und verunsichert mustert Julie die Visitenkarte auf der Tischplatte.

»Vielen Dank.« Markus beendet das Gespräch.

Sie spielt mit dem Gedanken, das Treffen abzusagen. *Wer weiß, welche Einzelheiten Herr Martin unbeabsichtigt erfährt.*

Als hätte Claudia einen sechsten Sinn für Julies Unbehagen, ist sie es, die Minuten später anruft.

»Hallo Julie, hier ist Claudia. Ich hoffe, ich störe Sie nicht?«

»Hallo, nein, das tun Sie nicht. Ehrlich gesagt, wollte ich Sie auch gerade anrufen, um unsere Verabredung abzusagen.«

»Sprechen Sie nicht weiter. Ich weiß, was soeben passiert ist und möchte Ihnen versichern, dass ich Markus keinerlei Details über unser Gespräch mitgeteilt habe und auch niemals erzählen würde. Als er mir eben sagte, Sie werden besagten Umschlag mitbringen, habe ich ihm deutlich meine Meinung mitgeteilt. So eine Frechheit, Sie als Boten zu benutzen und die Information über unser Treffen, gleich für seine Zwecke zu missbrauchen. Glauben Sie mir, das wird nie wieder vorkommen!«

»Sagen Sie niemals nie, Herr Martin ist mit allen Wassern gewaschen.« Julie ist erleichtert, ein kleiner Zweifel nagt dennoch an ihr.

»Da haben Sie recht. Was sagen Sie nun? Treffen wir uns in einer halben Stunde auf der *Blankgass*? Eine Stunde früher Feierabend zu machen, bietet sich doch förmlich an.«

Die Einstellung der Frau gefällt Julie. »Wissen Sie, das machen wir, aber den Umschlag nehme ich trotzdem mit. Dann sieht es nicht zu sehr nach Arbeitsverweigerung aus.«

Sie verabschieden sich lachend und Julie begibt sich in das Büro ihres Chefs, um das Objekt des Interesses zu holen.

Nach einer förmlichen Begrüßung legt Julie den Umschlag mitten auf den Tisch.

»Ich danke Ihnen, Julie.« Claudia zieht ihn sofort zu sich hinüber, klappt ihn auf und überfliegt die drei Seiten handbeschriebenen Papiers, das zum Vorschein kommt. Die Frage, wer heutzutage noch Briefe per Hand schreibt, verkneift sich Julie. Als Claudia die Blätter wieder faltet und zurücksteckt, fällt ein Bild auf die Tischplatte.

Julie traut ihren Augen nicht. Es ist ein Bild von ihr in dem türkisfarbenen Seidenkleid von der Veranstaltung. Sie hält den Atem an, ist starr vor Empörung.

Claudia scheint es unangenehm zu sein. »Das sollte eigentlich nicht passieren, Entschuldigung. Wie Sie sehen, Julie, haben Sie einen bleibenden Eindruck hinterlassen.« Sie hält das Bild hoch und lächelt warmherzig.

Doch Julie ist nicht empfänglich für nette Worte, oder fürsorgliche Gesten. »Was geht hier vor? Wer sind Sie und warum schickt Ihnen mein Chef ein Bild von mir?« Sie hat sich versteift, kein Lächeln mehr im Gesicht, sondern pure Antipathie. Die zwei scheinen an einem Spiel beteiligt zu sein, in das Julie nicht eingeweiht wurde.

»Fangen wir am besten damit an, was ich beruflich mache und wie ich dazu kam. Einverstanden?«

Mit finsterem Blick und einem minimalen Kopfnicken gibt Julie ihr zu verstehen, dass sie zuhört.

»Mein Mann ist ein recht erfolgreicher Anwalt und wir leben mit unseren beiden Kindern in Bad Homburg. In den Jahren vor meiner ersten Schwangerschaft begleitete ich ihn oft auf geschäftliche Termine und Veranstaltungen, um Zeit mit ihm verbringen zu können. Irgendwann bemerkte ich, dass ich ein Händchen dafür hatte, Menschen miteinander bekannt zu machen. Damit meine ich Männer und Frauen.« Erwartungsvoll schaut sie Julie in die Augen. Da sie keine Reaktion erhält, spricht sie weiter. »Ich sehe und höre Frauen an, erkenne, welche Attribute sie bieten und bei Männern, welche Bedürfnisse sie haben. Verstehen Sie, was ich Ihnen sagen möchte?«

Julie runzelt die Stirn. »Sie verkuppeln Männer und Frauen.«

»Nicht ganz, meine Liebe. Ich vermittle Frauen. Mal für einen Abend oder eine Nacht, und mal für einen längeren Zeitraum. Wenn Sie so wollen, betreibe ich einen Escort-

Service. Dieses Wort benutze ich aber nur ungern und meine Kundschaft ebenso. In diesen Kreisen ist Diskretion und das richtige Verhalten Gold wert. Dafür habe ich ein Gespür. Dieses Gespür sagt mir, dass Sie dem Geschmack des ein oder anderen Kunden entsprechen. Wenn Sie also abenteuerlustig sind und sich das Single-Dasein ein wenig versüßen wollen, dann kommen wir ins Geschäft.« Claudia strahlt sie an.

Julie versteht die Welt nicht mehr. »Was hat mein Chef damit zu tun? Ist er einer Ihrer Kunden? Hat er Sie auf mich angesetzt?« Fassungslosigkeit klingt in ihren Worten. Unternimmt Herr Martin den Versuch, sie für Geld ins Bett zu bekommen? Sie schüttelt den Kopf, um den Gedanken beiseitezuschieben.

»Im Normalfall, glauben Sie mir, Julie, vermittle ich niemals Menschen, die sich kennen oder sogar im selben Unternehmen arbeiten. Es sei denn, beide sind bereit dafür. In Ihrem Fall hat Markus mich tatsächlich gebeten, bei der Eröffnung einen Blick auf Sie zu werfen.« Sie hebt die Hand, um Julies Protest abzuwiegeln. »Wenn ich das so sagen darf, ich würde mich glücklich schätzen, Sie für mich zu gewinnen. Betrachten Sie das aber bitte losgelöst von Markus. Ich bin mir nicht sicher, ob ich ihm überhaupt jemanden vermitteln möchte. Abgesehen davon kann ich spüren, dass Sie kein Interesse an ihm hegen, sondern eher Widerwillen empfinden.«

»Sie erklären mir demnach gerade, dass mein Chef, mit dem ich tagtäglich zusammenarbeite, sich nicht getraut hat, mich um ein Date zu bitten? Stattdessen beauftragt er einen Escort-Service, mich anzuwerben? In was für einer Welt leben wir denn? Ist das wirklich Ihr Ernst?«

»Ich fürchte ja. Aber wie ich schon sagte – was mich betrifft, ist Markus aus dem Rennen, vor allem, wenn es um Sie geht.«

»Das glaube ich alles nicht.« Julie betrachtet ihre Hände, die sie fest verschränkt und weiß vor Blutmangel in ihrem Schoss gehalten hat.

Claudia beobachtet sie mit einem mütterlichen Blick, ein wenig sorgenvoll und gleichzeitig vermutlich auf der Suche nach einem Argument, dass sie wieder aufzuheitern vermag. »Darf ich Ihnen noch erklären, was mich persönlich an Ihnen anspricht?«

Julie hebt den Blick, schaut Claudia kurz in die Augen, zuckt mit den Schultern und macht eine Handbewegung, die ihr bedeutet, fortzufahren.

»Sie sind eine mutige Frau. Eine selbstbestimmte, aufrichtige und interessierte Frau, die dennoch das richtige Maß an Weiblichkeit ausstrahlt.«

»Sie meinen, ich bin das perfekte Betthupferl für Ihre Kunden«, platziert Julie so kühl wie möglich ihre Antwort. Sie ist wütend über die Dreistigkeit ihres Chefs, genauso wie über die Annahme der Frau, dass sie für Geld mit Männern schlafen würde.

»Das mag sein, aber in erster Linie geht es doch um Sie, Julie. Sie müssen anerkennen, dass Sie eine tolle Frau sind. Ich bin mir sicher, ohne Sie richtig zu kennen, dass Sie bisher bei den Männern nur die zweite Geige spielen. Dass Sie nicht die Aufmerksamkeit und Zuneigung erhalten haben, die Sie verdienen. Denn sonst – und ich entschuldige mich für meine Direktheit – sonst würden Sie eine angemessene Beziehung führen und wir würden uns nicht unterhalten, denken Sie nicht auch?«

Diese Flut von Informationen schwirrt Julie durch den Kopf, die Wut in ihrer Brust weicht einer allumfassenden Leere. Sie weiß nicht, was sie denken oder sagen soll. Ohne Claudia richtig wahrzunehmen, sieht sie sie an.

»Ich merke Ihnen an, dass Sie ein wenig Zeit brauchen, um das alles zu verarbeiten.«

Julie nickt leicht, fokussiert ihren Blick auf Claudia.

»Das macht gar nichts, nehmen Sie sich alle Zeit der Welt. Sollten Ihnen noch Fragen einfallen, ob es meinen Blick auf Sie betrifft, oder mein Angebot, Sie versuchsweise an einen Mann zu vermitteln, melden Sie sich einfach bei mir. Glauben Sie mir, es war nicht meine Absicht, Sie dermaßen zu überrumpeln. Ich würde gern Ihr Vertrauen in mich stärken – wenn Sie wollen, können Sie sich mit einer der Frauen unterhalten. Aber das müssen Sie nicht jetzt entscheiden. Lassen Sie uns nach Hause gehen und in den nächsten Tagen in Ruhe telefonieren.«

Prompt erhebt sich Claudia aus ihrem Stuhl, den sie ein Stück zurückgerückt hat. Der Kellner, der ihnen bisher Privatsphäre gelassen hat, erscheint an ihrer Seite. »Ich fürchte, wir müssen leider aufbrechen. Aber wir kommen bestimmt demnächst wieder.« Claudia bedankt sich bei ihm und streckt Julie zum Abschied die Hand entgegen.

Langsam steht sie auf, überlegt, ob sie dieser Frau die Hand schütteln möchte, verabschiedet sich höflich, aber reserviert.

Auf dem Heimweg kann sich Julie nicht gegen den Gedanken wehren, dass Claudia entweder mit allen potenziellen Mädchen dieses Lokal aufsucht und sich deswegen so vertraut mit dem Kellner ausgetauscht hat, oder fest davon überzeugt ist, Julie von ihrem Business zu begeistern. Beides bereitet ihr Kopfschmerzen.

Einen Monat später

»Julie, erinnerst du dich noch an unser Gespräch im letzten Jahr? Als wir uns wiedergetroffen haben in der Bar?« Max ist schwer zu verstehen, weil er über den Lautsprecher mit ihr telefoniert und gleichzeitig in seiner Küche herumwirbelt. Das macht er oft, sie beim Kochen anrufen.

Natürlich erinnert sich Julie an das Wiedersehen. Er hatte es geschafft, innerhalb kürzester Zeit, bis zu ihrem Kernproblem vorzudringen. Es hatte ihr keinen Spaß gemacht und bis jetzt war sie den Gedanken daran ausgewichen, doch Max weiß, sie zu lenken.

»Ja, das war ein schöner Abend. Lisa war noch in der Nähe und regelmäßige Gespräche kein Problem, du bist aufgetaucht, hast die Stimmung gerettet und ich bin gut gelaunt allein in mein Bett gefallen, obwohl ich am liebsten den Piloten angerufen hätte.«

»Dass du darüber nachdenkst, ein Escort-Mädchen zu werden, ist sicherlich der gleichen Thematik geschuldet, wie deine Sucht – in Anführungszeichen – nach vergebenen Männern. Bist du mit den Überlegungen, woher das rührt, weitergekommen?«

Sie mag Max' Stimme. Die Worte, die er in regelmäßigen Abständen an sie richtet, gehen ihr allerdings gehörig auf die Nerven. Sie weiß, dass er ihr helfen möchte. Trotzdem wäre es ihr sehr viel lieber, er würde mit ihr über Sex sprechen und nicht über Gefühle und Vergangenes. »Max, du als Mann solltest mit mir über andere Themen sprechen. Normalerweise verstehe ich mich echt gut mit eurer Spezies. Weißt du auch wieso?« Er murmelt etwas Unverständliches im Hintergrund. »Weil ihr unkompliziert seid und nichts für Gefühlsduselei übrighabt.«

»Das ist doch Quatsch«, hallt seine Stimme in der Leitung. »Wir reden hier von handfesten Erlebnissen, die dich aus der Bahn geworfen haben. Nicht von Gefühlsduselei. Stell dir doch einfach einmal vor, dein Vater hätte vor deinen Augen mit einer Frau geknutscht, die nicht deine Mutter ist. So etwas kann Schäden verursachen. Oder du hältst dich für nicht beziehungsfähig, weil dein erster Freund dich nicht wahrgenommen hat, deine Bedürfnisse absichtlich ignoriert oder dich anderweitig enttäuscht hat. Ich bin kein Psychiater, aber damit solltest du dich auseinandersetzen, bevor du eine unüberlegte Entscheidung triffst.«

Julie schnaubt verächtlich. Sie hatte versucht, sich seine Szenarien vorzustellen. Ihr Vater mit einer anderen Frau – nein, das hat definitiv nicht stattgefunden. Ihr erster Freund Dave hatte mehrmals seine Kumpels ihr vorgezogen. Davon war sie enttäuscht, aber deswegen doch nicht gleich komplett verkorkst. Beziehungsunfähig, das mag sein. Sie kommt ohne Partner bestens zurecht und ist es nicht gewohnt, Entscheidungen gemeinsam zu treffen und ihre Freiheiten aufzugeben. Die Leichtigkeit, die dahintersteht, sich auf vergebene Männer einzulassen, hat sie unterbewusst wahrgenommen, aber nie verarbeitet. Sie stellen keine Gefahr für Julie dar. Zumindest die meisten Männer wollten ihre Frauen nie wirklich verlassen. Vielleicht hatte Julie auch nie wirklich eine Beziehung mit ihnen führen wollen. Sie hatten sich also gegenseitig belogen. *Perfekt.*

»Max, ich lege jetzt auf, wir sprechen am Wochenende, okay? Darüber muss ich erst mal nachdenken.«

»Mach das!«

Ermattet verabschiedet sich Julie und wirft sich auf ihr Sofa. Die flauschige Decke, die immer ordentlich gefaltet auf der Rückenlehne liegt, zieht sie herunter und kuschelt sich darin ein. Das Projekt, zu dem sie letzte Woche eingeteilt worden war, hat ohne jeden Zweifel Kopfschmerzpotenzial. Jetzt sorgt Max für eine Verschlimmerung des Pochens hinter ihrer Stirn. Ihr Hungergefühl ist vollständig verflogen, sie ist einfach nur unendlich müde. *Demnächst sehe ich noch so aus wie diese Rezeptionistin damals in dem Hotel - abgemagert, hervorstehende Wangenknochen und Augenringe bis zum Kinn.* Jetzt wünscht sie sich eine Hand, die ihr über den Rücken streichelt und eine Stimme, die ihr lieb ins Ohr säuselt, damit der Schmerz bald vergessen ist. Doch niemand ist da, um sich um sie zu kümmern.

Einen Monat später

»Hey Lisa, es war wirklich schön bei euch in Madrid, aber viel zu kurz! Beim nächsten Mal bleibe ich nicht nur über das Wochenende. Ich glaube allerdings, dass ich mein Ladekabel bei euch vergessen habe. Kannst du mal schauen und es mir schicken?«

»O ja, es war so schön, dich wiederzusehen! Komm bald wieder! Sogar Jonas fragt, ob du eine Woche freinehmen kannst, damit er dir ein paar Museen zeigen kann. :)

Wir haben nach deinem Kabel gesucht, aber nichts entdeckt. Bist du sicher, dass es bei uns ist?«

»Bist du Juliana?«

Ein stattlicher Mann mit leicht ergrautem Haar lehnt sich neben sie an die Bar. Er mustert sie.

Zögerlich nickt Julie. »Ja, hallo.« Sie reicht ihm die Hand. »Dann bist du wohl Elias?«

»Elias Heller, sehr erfreut deine Bekanntschaft zu machen!« Sein schmales Lächeln erreicht nicht die Augen. Unverhohlen betrachtet er ihre gesamte Erscheinung für ein paar Sekunden, bis er offensichtlich zufrieden mit dem ist, was er sieht. »Sehr schön, dann lass uns essen gehen. Ich habe im *Grand Cru* reserviert. Direkt nebenan.«

Der Siebenundvierzigjährige reicht ihr die Hand, um ihr bei dem Abstieg vom Barhocker zu helfen, lässt sie nicht mehr los, wartet darauf, dass sie ihre schwarze

Clutch von der Bar greift und zieht sie anschließend bestimmend, jedoch nicht grob zum Ausgang. Abgesehen von seinem Alter hatte Julie einige weitere Informationen von der Agentur erhalten. Um ins Gespräch zu kommen, riet ihr die Chefin allerdings, so zu tun, als wüsste sie kaum etwas.

»Was machst du beruflich?«, fragt Julie, als sie durch die gläserne Tür die dunkle Bar verlassen. Es fällt ihr schwer, diesen Mann einzuschätzen.

»Ich bin Unternehmer. Immobilien, Gastronomie, Hotels.«

Seine kurz angebundene Art macht ihr wieder bewusst, dass ihr Blinddates noch nie zugesagt haben. Da sie bereits vor dem Eingang des Restaurants stehen, beschließt sie, die Unterhaltung für den Augenblick ruhen zu lassen. Ihr klopft das Herz ohnehin bis zum Hals, als Elias ihr die massive Holztür des Restaurants öffnet und sich am Tresen der Empfangsdame dicht hinter sie stellt, seinen Arm um ihre Hüfte legt und sich an sie drückt.

»Die Reservierung für Heller um zwanzig Uhr.«

»Guten Abend, Herr Heller, wie schön, Sie wieder hier begrüßen zu dürfen. Folgen Sie mir bitte zu Ihrem Tisch.«

Die gertenschlanke Blondine bahnt sich ihren Weg durch das geschäftige Treiben des Lokals. Hindurch durch die kleinen und größeren Tischgruppen, immer darauf bedacht, niemandem zu nahe zu kommen und Gästen den Vorrang zu lassen. Als sich Julie und Elias auf ihre gepolsterten Stühle in Form von Ohrensesseln niedergelassen haben, reicht sie ihnen die Speisekarten. Dabei handelt es sich um ein aufklappbares Gemälde, auf dessen Innenseite die wenigen exquisiten Gerichte aufgedruckt sind. Die Blonde merkt an, dass der Ober ihnen die Weinkarte reichen, oder gar eine Empfehlung passend zur Wahl ihrer Gerichte aussprechen wird.

»Findest du hier etwas?« Elias erkundigt sich zuvorkommend. Ein leichtes Grinsen kann er offensichtlich bei Julies zusammengekniffenen Augenbrauen nicht unterdrücken.

»Mit Sicherheit. Gib mir nur noch einen Moment, um mich zu entscheiden. Oder kannst du etwas empfehlen?« Sie lächelt Elias an.

»Die Crêpes Suzette«, sagt er trocken, sein schelmischer Gesichtsausdruck bringt Julie zum Lachen.

»Später vielleicht. Ich denke, ich entscheide mich erst mal für etwas Herzhaftes.« Sie betrachtet erneut die Karte, beschließt, die mehrzeiligen, mit Fremdwörtern gespickten Erklärungen des Küchenchefs nicht weiter zu studieren, sondern einfach eine Wahl zu treffen, um Elias' Geduld nicht überzustrapazieren. »Die Quiche Lorraine wird es. Was nimmst du?«

»Die Variationen der Bouillabaisse – du darfst gern probieren, wenn du möchtest.«

Julie kommt nicht mehr dazu, eine Antwort zu formulieren, da ein Kellner an ihrem Tisch erscheint.

»Madame et Monsieur, bienvenue.« Er scheint wahrhaft ein Franzose zu sein, da seine Worte von dem typischen französischen Akzent begleitet werden. »Mon Nam'e ist Leandre. Heute bin isch für Sie zu jederzeit anspreschbahr. Bitte zögern Sie nischt, Ihre Wünsche zu äußern.« Er komplettiert mit einer kleinen Verbeugung. »Darf isch Ihnen vorab ein Flasch'e Wasser bringen? Trinken Sie mit Sprüdel?«

Elias schaut Julie abwartend an. Sie antwortet, ohne den Blick von ihm zu lösen. »Für mich lieber mit Sprudel, ja!«

Er lächelt. »Sie haben die Dame gehört.«

»Darf isch Ihnen auch ein'en Wein zu Ihren Speisen empföhlen?«

Für diesen Zweck dreht Elias seinen Kopf doch zu dem Kellner herum und nickt. Julie hört aufmerksam zu, kennt aber nicht mal einen Bruchteil der Reben und Weine, die ausführlich angepriesen werden. Sie schaltet ab, lässt den Blick im Restaurant umherschweifen.

Hauptsächlich registriert sie verliebte Paare und Gruppen von vier bis sechs Personen, die nach Business-meeting aussehen. Alle in schwarzen oder dunkelblauen Anzügen, vornehmes Mundabtupfen, Weingläser am Stiel haltend, schwenkend und nur Schlückchen nehmend, diskutieren sie scheinbar mit Kollegen und Kunden über immens wichtige Aufträge.

Nachdem Leandre sämtliche Bestellungen aufgenommen und den Tisch verlassen hat, bemerkt Julie laut, was sie wahrnimmt. »Wieso ist das Leben in diesem Lokal so bitterernst?«

Elias sieht sich um. »Ich sehe erfolgreiche Menschen, die sich gute Weine und Gerichte schmecken lassen. Was bewertest du als *bitterernst*?« Interessiert schaut er ihr in die Augen.

»Niemand lacht – die Paare sind leise und die Geschäftsmänner debattieren angestrengt über irgendwelche vermeintlich wichtigen Angelegenheiten. Findest du nicht, dass die Stimmung irgendwie angespannt, wenn nicht sogar steif ist? Von genussvoller Entspannung merke ich hier recht wenig.«

Amüsiert hebt Elias seine Augenbrauen. »Genussvolle Entspannung?«

»Du weißt doch, was ich meine. Die Befriedigung, die ein gutes Essen dir bereitet. Die Glückseligkeit, die mit jedem Bissen wächst. Die gute Laune, die sich in deinem Bauch ausbreitet und dein Gehirn entert. Das ist wie Sex, nur auf deinem Teller.«

Sein tiefes, raues Lachen über diesen Vergleich schallt durch den ganzen Raum, die anwesenden Gäste drehen sich zu ihnen um und werfen ihnen verärgerte Blicke zu.

»Siehst du, was ich meine?«, flüstert Julie ihm zu. »Alle Menschen in diesem Restaurant sind von einem entspannten, glücklichen Lachen genervt. Anstatt sich zu freuen, dass wir einen schönen Abend miteinander verbringen, wollen sie uns zum Schweigen bringen. Das Schweigen der französischen Lämmer.« Julie verdreht die Augen und schüttelt leicht den Kopf.

»Ich sehe schon, ich muss dich das nächste Mal in ein anderes Lokal ausführen. In ein etwas freundlicheres, lauteres Ambiente. Gesittete Abende scheinen nicht ganz nach deinem Geschmack zu sein.« Er funkelt sie an.

»Hey, das stimmt doch gar nicht!« Energisch widerspricht sie seiner Stichelei. »Ich kann total gut gesittet und vornehm sein, aber das hier ist … Bitterernst und nicht im Ansatz unterhaltsam.«

»Nicht unterhaltsam, soso. Das betrifft hoffentlich nicht deine Begleitung.«

»Ich bin mir nicht sicher, schließlich hast du mich hierher eingeladen und scheinst dich zwischen diesen langweiligen Spießern wohlzufühlen.«

Er gibt den Schockierten. »Mädchen, du bist ganz schön frech! Sei vorsichtig, oder ich muss mir eine Strafe überlegen.«

Julie grinst ihn herausfordernd an. »Wie traurig wäre es, wenn ich nicht ein wenig über die Stränge schlagen würde. Du sollst doch wissen, worauf du dich einlässt und was dir vielleicht noch bevorsteht.«

»Dazu sage ich nur eins – Hunde die bellen, beißen nicht!«

Leandre, der in der Zwischenzeit schon den Wein an den Tisch gebracht hat, steht mit den *Amuse-Bouches* bereit. Julie verkneift sich für ein paar Sekunden ihre Entgegnung auf Elias' Kommentar, lächelt den Kellner freundlich an und bedankt sich bei ihm.

In seinem Gesicht nimmt sie ein zartes Grinsen wahr und spürt, dass er weiß, was sie Elias geantwortet hätte, wäre er nicht dazwischengeplatzt. Er zwinkert ihr zu, sie lächelt breiter und wendet sich wieder ihrem Gegenüber zu, der die nonverbale Kommunikation zwischen ihnen verwundert beobachtet.

Sie wünscht ihm guten Appetit, sieht dabei aber etwas zu glücklich auf ihren Teller hinab, sodass Elias das Unausgesprochene nicht länger akzeptieren kann.

»Du flirtest in meiner Anwesenheit mit dem Kellner und tust so, als wäre nichts geschehen? Und das, obwohl du mir vermutlich eben noch sagen wolltest, dass du durchaus in der Lage bist, zuzubeißen. Liege ich richtig?«

»Manchmal reicht es eben, einen Blick auszutauschen. Findest du nicht auch?« Sie schaut ihn unverwandt an, führt die Gabel zu ihrem Mund, wirft ihm einen kecken Blick unter den Wimpern entgegen, öffnet die Lippen weit genug, um den ersten Bissen des kleinen Grußes aus der Küche in den Mund zu nehmen, verschließt ihre Lippen vorsichtig über der Gabel und zieht diese genüsslich hinaus.

Elias sitzt zurückgelehnt in seinem Ohrensessel, allem Anschein nach gefesselt beobachtet er jede ihrer Bewegungen und jeden Blick. Zum ersten Mal an diesem Abend trägt er ein entspanntes Lächeln im Gesicht. Er greift zu seinem Weinglas, nimmt einen kräftigen Schluck und stellt es ab. Ein tiefer Seufzer entfährt ihm. »Du bist eine reizvolle Frau, Juliana. Ich bin sehr gespannt, wie viele andere Facetten ich von dir noch kennenlernen werde.« Mit diesen Worten widmet sich Elias dem Gericht auf seinem Teller und lässt sich das Thunfischtatar ebenfalls schmecken.

»Wie wäre es mit einem Digestif in der Bar nebenan, oder möchtest du doch die Crêpes Suzette testen?«

Julie fasst sich ungeniert an den Bauch, reibt und klopft ihn, lehnt sich im Stuhl zurück und schüttelt wild den Kopf. »Da passt nichts mehr rein.«

»Mhm.« Ihr Verhalten scheint Elias nicht zu gefallen. Seine Miene verdüstert sich leicht. Die Augenbrauen zusammengezogen, die Lippen gekräuselt, bemerkt er vermutlich aus den Augenwinkeln, dass die Gäste des Nachbartisches wieder zu ihnen herüberschauen. »Lass das Gezappel sein. Geh dich lieber noch einmal frisch machen, während ich zahle, und anschließend verlagern wir den Abend in ein gemütlicheres Ambiente. Einverstanden?«

Das letzte Wort hat er nur hinterhergeschoben, um die Schärfe seiner Anweisung ein wenig zu neutralisieren, das ist Julie bewusst. Sie verzieht das Gesicht und zuckt letztlich mit den Schultern. Nun steht sie auf, legt die Stoffserviette von ihrem Schoß auf die Tischdecke, kann es sich nicht verkneifen, ihn ein wenig mehr zu triezen und nimmt plötzlich Haltung an. Die Schultern zurück, den Kopf etwas zu hoch, den Mund zusammengepresst und die Augen halb geschlossen. Sie hebt den rechten Arm, knickt den Ellenbogen ein und streckt die Hand, insbesondere den kleinen Finger steif in die Luft. Die Stimmlage verändert sie absichtlich zu einem Quäken, während sie versucht, trotzdem leise zu sein und vornehm zu wirken. »Entschuldigen Sie mich bitte, Monsieur Heller, ich muss mir für eine Sekunde die Nase pudern. Ich werde in wenigen Minuten wieder an Ihrer Seite sein.«

Elias mustert sie, als sie am Tisch vorbeiflaniert und den Gang einer elitären Dame nachzueifern versucht. Sie sieht nach ein paar Schritten über ihre Schulter zurück und erkennt ein schwaches Kopfschütteln, während er die Kreditkarte auf den Tisch legt. Erfreut darüber, dass sie diesen gestandenen Mann aus der Ruhe bringen kann, folgt sie den Zeichen zu den Waschräumen.

Als Julie zurückkehrt, steht Elias schon aufbruchbereit neben dem Tisch. Er weist ihr den Weg und legt eine Hand tief auf ihren Rücken. Sie erschaudert von der durchaus kräftigen Berührung. Er hat sie im Griff, aber ohne Weiteres wird sie nicht klein beigeben.

Sie treten auf den Bürgersteig. Julie dreht sich nach rechts, um zu dem Eingang der Bar zu schlendern, in der sie sich einige Stunden zuvor getroffen haben. Mit einer raschen Bewegung hält Elias sie auf und bedeutet ihr, in die schwarze Mercedes Limousine einzusteigen, die soeben vorfährt. Sie wirft ihm einen fragenden Blick zu, folgt aber seinem Wunsch.

Fünf Minuten später, in denen keiner von ihnen ein Wort spricht, hält der Wagen vor dem schicksten Hotel der Stadt an. Dem *Ortu Solis Regis* – die royale, aufgehende Sonne. Ein modernes Bauwerk, dessen Lobby sie schon einige Male besucht hatte, um sich inspirieren zu lassen.

Beim Aussteigen nutzt er die Gelegenheit erneut, ihr seine Hand zu reichen und sie im Anschluss nicht mehr loszulassen. Mit forschen Schritten dirigiert er Julie durch das Foyer. Im Aufzug zückt Elias seine Zimmerkarte und hält sie vor das Lesegerät. Auf der Anzeige steht die Zahl zweiunddreißig.

»Ich dachte, wir trinken einen Absacker in einer Bar?«

»Auf meinem Zimmer gibt es eine Minibar und eine Flasche Champagner.« Er betrachtet sie von der Seite, wartet offenbar auf ihre Reaktion.

»Aber glaub ja nicht, dass ich für dich tanze!« Sie kichert über ihren Scherz, er hebt nur verstimmt die Augenbrauen, was Julie ein wenig beunruhigt. Sie beobachtet seine zusammengepressten Lippen einen Moment zu lang, denn er wertet es wohl als Zeichen ihres Interesses und senkt seinen Kopf zu ihr hinunter. Unschlüssig, ob sie sich ihm entgegenrecken möchte, hält sie still. Seine Geduld neigt sich dem Ende, weshalb er sie energisch heranzieht und fest küsst.

Ihre Sinne schlagen Purzelbäume. Sein Duft ist eine Mischung aus teurem Parfum, herber Männlichkeit und dem bitteren Geruch des Espressos, den er zum Schluss getrunken hat. Ihr Verstand schaltet sich für eine Sekunde ab. Sie erwidert den Kuss, schmiegt sich an ihn.

Elias streicht über ihren Rücken. Nach einem Moment löst er sich von ihren Lippen und stellt sich aufrecht hin. Er schaut auf sie herab und sie zu ihm hinauf. Ihnen beiden liegt ein leichtes Lächeln auf den Lippen, als die Türen des Aufzugs fast geräuschlos aufgleiten und den Blick in den breiten Korridor freigeben.

»Nach dir. Es ist die Nummer 3204. Ich schätze, der Ausblick dürfte dir gefallen.«

Einen halben Meter hinter ihr laufend, vermutet Julie, dass er bei jedem Schritt ausgiebig ihr Hinterteil betrachtet. Seinen erfreuten Gesichtsausdruck erhascht sie gerade noch, als sie stehen bleibt und sich zu ihm herumdreht.

Mit der Plastikkarte in der Hand schreitet er an Julie vorbei, entriegelt die Tür seines Zimmers und hält sie auf.

»Danke.« Sie nickt ihm zu, betritt den Raum und starrt durch eine riesige Fensterfront. Das Hotelzimmer bietet einen phänomenalen Ausblick über die Stadt. Die Fußgängerzone liegt zu den Füßen des Hotels, die angrenzende Shoppingmall ist ein Designerstück und kunstvoll beleuchtet, die Bankentürme ragen in einiger Entfernung dunkel empor. Sie atmet einmal tief ein und lässt beim Ausatmen die Schultern sinken.

»Alles in Ordnung?« Elias stellt sich an ihre Seite und fasst ihren Ellenbogen.

Sie sieht ihm in die Augen und lächelt ihn an. »Du hattest recht, der Blick ist fantastisch!«

»Es wird noch besser, komm mit.« Er führt sie zu der Fensterfront.

Näher dran erkennt Julie, dass es sich um eine zweite Reihe Fenster vor der äußeren Fensterfassade handelt. Elias greift nach einem Griff und öffnet eines der Fenster, das so groß ist wie eine Balkontür. Er tritt hinaus in den schmalen Zwischenraum und lehnt sich mit seinem gesamten Körper an das äußere Glas, das leicht nach vorn geneigt ist. »Es fühlt sich so an, als würde man über der Stadt schweben. Probier es mal aus.«

Er drückt sich zurück und tritt beiseite. Sie zögert, kaut auf ihrer Unterlippe herum und schüttelt leicht den Kopf. Es ist ihr nicht geheuer.

»Keine Angst, die Fassade ist sehr tragfähig – sie hält immerhin mich aus.« Er zwinkert ihr zu und schiebt sie mit leichtem Druck auf ihren Rücken zu der Glasscheibe.

»Ich bleibe hinter dir stehen und halte dich am Hosenbund fest, falls die Scheibe doch zerbrechen sollte und du in den Abgrund stürzt.«

»Das ist nicht witzig«, faucht sie ihn an. »Außerdem ist da kein Hosenbund, an dem du mich festhalten könntest. Scherzkeks.« Ihre Höhenangst verursacht ihr schlimmes Nervenflattern und Herzrasen. Bei dem Gedanken, für einen Moment über der Stadt zu schweben und anschließend in den Abgrund zu stürzen, dreht sich ihr der Magen um. Trotzdem gibt sie seinem Druck nach und macht einen Schritt auf den schmalen Zwischenraum zu. Ihre Hände legt sie auf Brusthöhe auf das kühle Glas. Elias' Hand ruht auf ihrem unteren Rücken, ohne Druck, nur als vertraute, sicherheitsspendende Geste.

Während sie sich nach vorn kippen lässt, schließt sie die Augen und schluckt kräftig, um ihren Bammel zu bezwingen. Ihr Atem beschlägt die Scheibe, ihre Handflächen auf dem Glas sind leicht feucht.

»Juliana, mach die Augen auf. So siehst du doch gar nichts.« Er scheint sich Mühe zu geben, neutral zu klingen, dennoch hört sie seine Belustigung.

Sie fügt sich seiner Anweisung. Das Unbehagen wächst rasant in ihr an. Nach wenigen Sekunden gibt sie auf. »Okay, ich habe genug gesehen. Lass mich raus.« Eine leichte Panik liegt in ihrem Tonfall.

Elias packt ihre Hüfte von hinten und zieht sie zurück. Um ihr Raum zu geben, tritt er weiter in die Mitte des Zimmers. Sie dreht sich herum, sieht zu ihm hinauf. Ihre Atmung ist schnell und schwer.

»Andere Frauen finden das mit Sicherheit wahnsinnig romantisch, aber für mich ist das der reinste Stress. Mein Herz schlägt wie verrückt. Also bitte, keine waghalsigen Stunts mehr heute, in Ordnung?« Sie legt eine Hand auf ihre Brust, um sich zu beruhigen. Die andere stemmt sie in die Hüfte, um ihren Worten Nachdruck zu verleihen.

Elias scheint aber nur mäßig beeindruckt zu sein. Er trägt wieder dieses Lächeln im Gesicht, das sie als reine Überheblichkeit wertet. »Mhm. Lass uns etwas anderes versuchen.«

Ohne ihr eine Chance zu geben, zu reagieren, packt er sie um die Taille und zieht sie eng zu sich heran. Julie sieht ihn verwundert an, weil sie bemerkt, dass er trotz ihrer Unsicherheit bereits erregt ist. Sie rührt sich nicht, als er den Kopf senkt und ihr den ersten Kuss gibt. Sanft, abwartend legt er seine Lippen auf ihre. Sie erwidert den Kuss, öffnet leicht den Mund.

Ein wenig forscher werdend, saugt er an ihrer Unterlippe, knabbert und küsst ihren Hals. Dabei drückt er kräftig gegen ihren Hinterkopf, krallt sich in ihren Haaren fest und packt ihren Hintern.

Der plötzliche Umschwung auf diese leicht schmerzhafte Leidenschaft kommt für Julie zwar überraschend, aber nicht ungelegen. Ihr wird warm, doch ihr Wunsch, den Körper des ihr fremden Mannes zu erkunden, bleibt unerfüllt.

»Zieh dich aus!« Elias hält den Kopf nur einige Zentimeter von ihrem entfernt. Der Blick in seinen Augen verrät Verlangen und Lust. Er lässt von ihr ab, streift sein maßgeschneidertes Jackett über seine breiten Schultern, hängt es über den wuchtigen Schreibtischstuhl und öffnet die Manschettenknöpfe seines Hemdes.

Julie greift nach den schmalen Trägern ihres eng anliegenden dunkelgrünen Kleides und schiebt sie hinunter. Sie rafft den samtigen Stoff um ihre Hüfte, wackelt dabei hin und her, um sich in dem Kleidungsstück Platz zu schaffen.

Elias ist offensichtlich ungeduldig, wirft sein Hemd ebenfalls auf den Stuhl, ist mit einem Satz bei Julie und zerrt das Kleid nach oben über ihren Kopf. »Weiter!«

Der Befehlston löst in ihr einen leichten Widerwillen aus, aber das Kribbeln in ihren Schenkeln hält sie bei Laune. Sie öffnet den BH-Verschluss zwischen ihren Brüsten, lässt den schwarzen Spitzen-BH hinter sich auf den Boden fallen, schiebt ihr passendes Tangahöschen über die Hüftknochen, als Elias plötzlich nackt hinter ihr steht, ihren Rücken nach unten drückt, während er seinen steifen Penis an ihre Pobacke presst.

Julie lässt das Höschen nach unten gleiten, stützt sich auf dem Boden ab, um nacheinander die Füße zu heben und das Stück Stoff zur Seite zu schieben. Die Bewegungen verstärken Elias' Erregung. Er stöhnt, lehnt sich nach vorn über sie, lässt seine Hände zu ihren Brüsten wandern und greift fest zu.

Um sich besser an ihr reiben zu können, richtet er sich auf, lässt ihr ein wenig Spielraum, sodass sie mit ihrem Oberkörper in die Waagerechte kommt. Seine Hüfte löst er einige Zentimeter, holt Schwung und rammt seinen Schwanz mit einem kräftigen Stoß zwischen ihre Beine. Er zieht ihn durch ihre feuchten Schamlippen ein Stück zurück. Mit kleinen Vor- und Rückwärtsbewegungen verteilt er Julies Saft auf seinem Schaft und in ihrem Intimbereich.

Eine Hand lässt er auf ihren Hintern knallen, woraufhin ihr ein spitzer Schrei entfährt. Ihr Oberkörper strebt nach oben, sie kommt aber nicht weit.

»Na, na, na, Mädchen«, grummelt Elias. »Wir spielen hier nach meinen Regeln. Du – bleibst – schön – da – unten.« Die Wörter untermalt er jeweils mit einem kräftigen Stoß zwischen ihre Beine. »Ich will mir deinen Arsch noch genauer ansehen und ihn richtig schön durchkneten. Außerdem deine Titten und deine Möse erfühlen und erst später einen Blick darauf werfen. Also, bleib unten, Juliana, oder ich zeige dir, wer hier das Sagen hat!«

Diese rabiate Art, die er an den Tag legt, löst einiges in Julie aus. Ihr Körper reagiert deutlich darauf, ihr Lustzentrum verlangt nach mehr. Zugegebenermaßen ist es eine neue Form der Lust, intensiv und kaum greifbar. Andererseits entnervt sie sein ruppiges Verhalten. Er scheint Sex als Ventil für seine unterschwellige Gereiztheit zu nutzen. Sie fragt sich, wohin dieser Mann sie führen wird. Welche Leidenschaft er in ihr wecken kann.

Sie versucht, sich auf die Situation einzulassen und zu genießen, doch Elias hat schon wieder andere Pläne. Er zwingt sie, in der gebeugten Haltung einige Schritte in Richtung des Bettes zu laufen.

»Halte dich an dem Bettpfosten fest und schließ die Augen. Das wird dir gefallen!«

Er scheint sich seiner Sache sicher. Sein Tonfall ist freudig und Angst einflößend zugleich. Obwohl es ihr lieber wäre, zu wissen, was er plant, gehorcht Julie. Sie schließt die Augen, wartet geduldig, was passieren wird.

Als sie etwas Kaltes an ihren Handgelenken spürt, die Augen öffnet, um nachzusehen, hört sie das Klicken der sich schließenden Handschellen. Er hat gleichzeitig beide Schellen geschlossen und so um den Pfosten herumgelegt, dass Julie nicht in der Lage ist, sich selbstständig zu befreien. *Fesselspiele also.*

»Damit schockst du mich aber nicht, falls das dein Wunsch war. Falls du mir noch mehr Lust bereiten wolltest – das hat geklappt.« Sie lächelt ihn neckisch an. In seinen Augen lodert Verlangen.

Ohne ein weiteres Wort holt er aus und gibt ihr erneut einen festen Klaps auf ihren Allerwertesten. Julie jault, lacht aber gleichzeitig auf. Weil es ihm offensichtlich nach mehr verlangt, trommelt Elias abwechselnd mit beiden Händen auf ihrem Po herum und klatscht im Takt seinen Schwanz auf ihren Rücken. Er beugt sich zu ihr herunter und versenkt seine Zähne im Fleisch ihrer sicherlich geröteten Pobacke.

»Aua!« Der Schmerz ist für sie anregender, als gedacht, sie lacht über seine wilde Art und über ihre Empfindungen. Schüttelt sogar etwas verzweifelt den Kopf.

»Juliana, heute wirst du einiges erleben. Du wirst dich danach fühlen wie ein angeschossenes Rehkitz und trotzdem glücklich sein.«

Das Flüstern in ihrem Ohr, die Hände auf ihrem Körper, die sie ohne Unterlass kneten, begrapschen und massieren, die Wehrlosigkeit, die ihr bevorsteht – all das raubt ihr den Atem. Ihre Nerven sind bis auf das Äußerste gereizt. Angespannt erwartet Julie den nächsten Schlag auf ihren Po, oder eine ähnlich schmerzhafte Berührung von ihm.

»Nimm ihn in den Mund, na los.«

Mit einer Hand hält er seinen üppigen Schwanz vor ihr Gesicht, mit der anderen zwirbelt er eine ihrer Brustwarzen. Sie zuckt leicht zusammen, kommt aber dennoch seinem Wunsch nach und öffnet den Mund.

»Wehe, du beißt zu!«

Nachdem sie den Kopf geschüttelt hat, schiebt er ihr seinen Penis in den Mund, lässt sie ein paar Mal daran lutschen und lecken, zieht ihn dann aber mit einem Seufzen aus ihr hinaus.

»Gut. Sehr gut. Dann wollen wir doch mal schauen, wie weit du bist. Ich will dein heißes Loch richtig schön vollspritzen. Willst du das nicht auch?« Elias erwartet offenbar eine Antwort von ihr, denn obwohl er schon wieder hinter ihr steht und seine Hand angelegt hat, ihr zwischen die Beine zu fassen, hält er inne und wartet darauf, dass sie reagiert. »Antworte mir! Sag mir, dass du meinen Samen ganz tief in dir spüren willst.« Mittlerweile klingt seine Stimme derb und triebgesteuert.

Zögerlich, fast beschämt, antwortet Julie ihm mit einem leisen »Ja … das will ich.«

»O Himmel«, ruft er und lacht ein dreckiges Lachen, »das musst du noch besser machen. Die nächste Gelegenheit kommt bald. Lass deine versaute Ader raus, sei wild und frei und geil. Aber jetzt …« Er packt mit beiden Händen ihre Hüfte und schmeißt sie auf das Bett. »Jetzt schaue ich mir deine Möse an. Ich will wissen, wie feucht ich dich machen kann und natürlich, wie du schmeckst, du kleines geiles Luder.«

Die Handschellen haben sich verdreht und schneiden Julie in die Haut, deswegen schiebt sie sich mit ihren Füßen auf dem Laken ein Stück nach oben in Richtung des Kopfteils. Elias nimmt Notiz davon, lässt sie aber kommentarlos gewähren.

Er steht neben dem hohen Bett, streicht über ihre Brustwarzen, kneift ordentlich hinein und hält ihre Brüste so fest, dass Julie ihren Kopf zurückwirft und leise wimmert. Elias leckt über ihre steifen Nippel, knabbert an ihnen und saugt, als würde er ihre Milch trinken. Er steigt auf das Bett und kniet sich zwischen ihre Beine. Seine Knie platziert er an ihrem Hintern, beugt sich nach vorn und nimmt eine Brust in den Mund.

Etwas kitzelt an ihrer Scham. Sie hebt den Kopf, um nachzusehen, und sieht, wie der unheimlich große und lange Schwanz ihres Liebhabers an ihre Klitoris stößt. Der Anblick überwältigt sie. Sie legt den Kopf wieder ab, schließt die Augen und lässt sich von diesem griechischen Gott verwöhnen.

Seine Zunge bewegt sich über ihren gesamten Körper, er saugt an der Haut ihres Bauches, beißt in die weiche Unterseite ihres Oberarmes, gibt ihr einen forschen Zungenkuss, bei dem seine Latte auf ihrem Bauch pendelt.

Elias richtet sich auf und rutscht ein Stück von ihr weg. Er lässt ein zufriedenes Grummeln hören, als er mit den Fingern ihre Schamlippen auseinanderzieht. Der Glanz betört ihn anscheinend. »O ja, das ist nach meinem Geschmack. Du bist so schön feucht, da muss ich nicht mehr tätig werden.« Sein Kopf taucht plötzlich ab, Sekundenbruchteile später stöhnt Julie laut auf, als er seine Zunge einmal von unten nach oben durch ihre Spalte zieht. *Er weiß, was er tut.*

»Vorzüglich, Mädchen. Du schmeckst besser als jede Crêpes Suzette. Da muss ich gleich noch eine Kostprobe nehmen …«

Julie weiß nicht, wie ihr geschieht. Seine Zungenfertigkeit bringt ihren Atem ins Stocken. Die Worte sorgen dafür, dass sie gedanklich bei ihm, hier in diesem Raum bleibt.

Sie braucht mehr und er gibt ihr mehr. Er schleckt sie geduldig aus, knabbert sanft, saugt an ihrer Klitoris und rubbelt mit seinen Fingern wie ein DJ über seine Scratch-Platten.

In ihrem Körper tauchen Empfindungen auf, die sie bisher nicht kannte. Die Haut über ihrer Oberlippe prickelt wie verrückt. Vom Gesicht zieht sich das Prickeln in ihre Brüste und in die Arme. Julie versucht, sie anzuheben, aber beide sind taub und schwerfällig. Sie gehorchen ihr nicht. In ihrer Magengegend scheint sich alles zusammenzuziehen, sie drückt die Wirbelsäule in die Matratze, krümmt sich ein wenig, um sich Elias' Mund entgegenzurecken. Sie hat das Gefühl, von diesem Grad der Erregung nie wieder herunterzukommen, niemals zum Orgasmus zu gelangen, denn mittlerweile leidet ihr gesamter Körper unter dieser seltsamen, prickelnden Taubheit.

Elias schleckt über ihre geschwollenen und tropfend-feuchten Lippen. Irgendwoher zaubert er ein Kondom, das er sich geschickt überstreift. Er zögert nicht, als er seinen Kolben an ihre Scham ansetzt, die bedeckte Eichel einige Male durch sein nasses Kunstwerk zieht und ihn dann mit einem gewissen Druck in ihr Loch schiebt. Julie ist nicht weit genug für seine Ausmaße, so zieht er ihn wieder hinaus und schiebt ihn beim nächsten Mal etwas weiter in sie hinein. Nach den folgenden zwei, recht vorsichtigen, Versuchen, steckt er zum größten Teil in ihr.

Julie hat ihre Lider halb geschlossen, nimmt aber wahr, wie Elias ihre Gesichtszüge mit Argusaugen beobachtet. Ihren offenen Mund, die halb geschlossenen Augen, die Fältchen, die sich bilden, je tiefer er in sie eindringt und je näher er ihrem Muttermund kommt. Nach einer Weile gewöhnt sie sich an seine Penetration. Sein Schwanz gleitet problemlos durch ihre Feuchte. Er stößt ihn immer tiefer in sie.

»Du dreckiges Mädchen, wie kannst du nur so feucht sein? Allein die Vorstellung, dass der Saft aus dir spritzt, hat mich fasziniert, aber es jetzt zu sehen und leibhaftig zu erfahren, wie du überquillst vor Lust, das bringt mich in ganz neue Sphären.«

Julie öffnet für einen kurzen Augenblick ihre Lider ganz und schenkt ihm ein Lächeln. Sofort darauf konzentriert sie sich wieder auf ihn in ihr, denn dieser Mann bringt sie ebenfalls in neue Sphären. Er stößt mal fester und mal leichter an. Das Gefühl dieser Penetration liegt auf dem schmalen Grat zwischen Lust und Schmerz.

Sie atmet unkontrolliert, zumeist mit einem Stöhnen aus, und kurzatmig wieder ein. Sie fühlt sich ausgefüllt wie nie zuvor, fürchtet sich aber trotzdem vor dem Schmerz. In der Sekunde in der Julie dieser Gedanke durch den Kopf jagt, stöhnt Elias auf.

»Mädchen, sag mir, dass ich dich ficken soll. Sag es mir, na komm.«

»Ich will, dass du mich fickst.« Es ist ein Flüstern, sicher zu leise für ihn.

»Lauter, Mädchen! Ich will es laut und deutlich von dir hören.« Sein Befehlston lässt ihr keinen Zweifel daran.

»Fick mich!« Es kostet sie einige Überwindung, die Wörter laut auszusprechen, in diesem hell erleuchteten Zimmer, mit einem Mann, den sie erst ein paar Stunden zuvor kennengelernt hat und sie immerzu *Mädchen* nennt. Dazu ist sie wehrlos an das Bett gefesselt.

»Sehr gut, in dieser Lautstärke kann ich dich verstehen, Mädchen. Findest du, dass ich dich gut durchnehme, oder willst du mehr?«

Dieses Mal antwortet sie gleich laut genug. »Ich will mehr. Fick mich mehr!«

»Ahh. Ja, das mache ich, Juliana, ich ficke dich noch mehr, ich vögel dir den Verstand aus dem Leib, ich besame dich mit dem besten Sperma, das du jemals bekommen wirst. Bereite dich auf einen wilden Ritt vor. Du wirst meinen dicken Schwanz zu spüren bekommen, wirst ihn tiefer in dich aufnehmen, als irgendeinen anderen.«

Das Aussprechen dieser versauten Sachen bewirkt einen überwältigenden Rausch. Sie nimmt die Wörter auf, sieht Bilder in ihrem Kopf und spürt ihn gleichzeitig in ihr. Sie fiebert dem Moment entgegen, in dem er in ihr abspritzt und sie das Pulsieren seines Schwanzes spürt.

Doch von einer Sekunde auf die nächste sind alle Gedanken und Bilder aus Julie verschwunden. »Nein! Lass das, das ist falsch. Hör auf!« Sie flippt fast aus. »Hör sofort auf!«

Elias' Schwanz ist aus ihr hinausgeflutscht. Mit dem nächsten Stoß ist er nicht wieder in ihre Vagina geglitten, sondern in ihren Anus. Anscheinend haben ihre Entspannung und die überall verteilten Körpersäfte den Weg für das Monster frei gemacht.

Bewegungsunfähig, da ihre Hände am Bett gefesselt sind und er sie mit seinem Gewicht in der Position fixiert, windet sie sich nach Kräften hin und her. Sie strampelt mit ihren Beinen, um ihn abzuhalten, sie in den Arsch zu ficken. Er grinst sie frech an.

»Oh, hups, gefällt dir das etwa nicht, Mädchen? Stell dich doch nicht so an.«

»Nein, hör auf damit!« Ihre Stimme klingt schrill. »Du weißt ganz genau, dass ich das nicht will. Zieh ihn raus!«

»Ist ja gut, schrei nicht so.« Elias lässt seinen Penis aus ihrer Rosette hinausrutschen. »Dann wasche ich ihn jetzt mal lieber.«

»Das würde ich dir raten«, fährt sie ihn barsch an, als er sich von der Matratze erhebt. »Und mach mich endlich los.« Sie bewegt ihre Hände in den Handschellen, was ein metallenes Klirren verursacht.

Der Unwille steht deutlich in seinem Gesicht geschrieben, trotzdem kommt er ihrem Wunsch nach Freiheit nach und öffnet die Fesseln.

Er verschwindet im Bad und kehrt Sekunden später zu ihr zurück ans Bett. »Dann werden wir jetzt etwas anderes probieren. Ich setze mich auf den Sessel und du reitest meinen Schwanz, bis du nicht mehr kannst.«

Julie ist unschlüssig. Die unfassbare Lust, die sie erwartet und der Gedanke daran, selbst zu bestimmen, wie tief er in ihr steckt, locken sie. Aber er hat soeben eine Grenze übertreten.

Elias scheint in ihrem Gesicht zu erkennen, dass sie mit sich ringt. »Ich schwöre, es kommt nicht mehr vor, Juliana!« Zur Bestätigung seiner Worte hebt er den rechten Arm und zeigt die typische Zwei-Finger-Schwur-Geste.

Julie kommt nicht umhin, es als Farce zu betrachten, lässt ihn einen Moment so stehen und schüttelt anschließend den Kopf. »Nein, du wusstest genau, dass Analsex für mich nicht infrage kommt. Du hast mich angebunden und wehrlos zappeln lassen. Geht's noch?«

»Es war doch ein Versehen, er ist einfach reingeflutscht. Mach doch keinen Aufstand deswegen.«

»Hast du etwa nicht gemerkt, dass ich mich körperlich wehre? Abgesehen von meinen verbalen Versuchen, dich aufzuhalten?«

»Ich dachte, nach ein paar Stößen wirst du dich schon daran gewöhnen und es genießen.« Elias zuckt desinteressiert mit den Schultern.

»Ist das dein Ernst? Ich fühle mich, als hättest du mich vergewaltigt und du willst mir sagen, wie schön das sein kann? Wozu habe ich im Vorfeld meine Grenzen beschrieben, wenn sie für dich total irrelevant sind? Was soll das?«

»Du dramatisierst die ganze Situation. Es ist doch nur Sex. Und ich bezahle dafür, nicht für unnütze Diskussionen über Befindlichkeiten. Also, machen wir jetzt weiter?« Er wirkt zunehmend genervt, schaut auf die digitale Uhr, die neben dem Bett steht.

»Nein.« Julie ist wütend über sein arrogantes Verhalten, läuft an ihm vorbei zu ihrer Kleidung, zieht sich fix an, klaubt ihre Tasche vom Schreibtisch und die schwarzen High Heels vom Boden. Sie eilt in Richtung Ausgang, den nackten Mann mitten im Raum keines Blickes würdigend.

»So wirst du aber nicht bezahlt, Mädchen. Überleg dir das gut!«

Sie dreht sich nicht um, hält nur den Arm hoch und zeigt ihm über die Schulter den Mittelfinger. Vielleicht hätte sie sich überreden lassen, die Sache zu Ende zu bringen, wenn er nur ein wenig Einsicht gezeigt und eine ernsthafte Entschuldigung ausgesprochen hätte. Doch mit diesem anmaßenden Wesen will sie nicht länger diskutieren. In der nächsten Sekunde ist sie aus der Tür, barfuß im Hotelflur auf dem weichen Teppich und rennt zu den Aufzügen.

5. Kapitel

Vor fünf Jahren
(28)

Es klingelt in der Leitung. Julie marschiert aufgewühlt durch ihr Wohnzimmer. »Bitte, nimm ab!« Ihr Ton ist flehend, das Thema zu wichtig, als die Funkstille aufrechtzuerhalten. Sie muss ihn sprechen; mit ihm besprechen, was zu tun ist.

»Hi.« Alex klingt überrascht.

»Hey, wie geht's dir?«

»Gut, danke. Ich dachte nicht, dass ich überhaupt noch mal etwas von dir hören würde.« Alex atmet tief ein. »Es tut mir leid wegen des Spruchs. Du weißt ja wie ich bin. Zu ehrlich und ein bisschen zu gemein.«

»Du hättest es auch verdient, noch länger mit Schweigen gestraft zu werden.« Sie macht eine bewusste Pause, reibt sich mit der freien Hand über die Schläfen. »Ich muss etwas mit dir besprechen. Es ist wirklich wichtig. Hast du gerade Zeit? Oder soll ich lieber später anrufen?«

»Nein, kein Problem. Ich gehe kurz nach draußen auf den Hof. Was gibt es?« Er klingt irritiert.

»Es ist etwas passiert, was mich schwer beschäftigt. Ich muss es jetzt einfach jemandem erzählen, der mich nicht verurteilt, schaffst du das? Dir deine gehässigen und verletzenden Kommentare zu sparen und nur konstruktiv an das Problem zu gehen?«

»Ich gebe mein Bestes. Es tut mir wirklich leid, dass ich dich verletzt habe, Julie!«

»Ist schon okay, aber jetzt hör zu.« Sie holt einmal tief Luft und platzt mit der Bombe heraus. »Mein Chef hat eine Escort-Agentur auf mich angesetzt, was an sich schon schlimm genug ist, aber dann hat der Mann, den ich Schluss endlich getroffen habe, mich quasi vergewaltigt – na ja, nicht wirklich, aber ich habe mich so gefühlt – und jetzt frage ich mich, ob ich irgendetwas tun soll, oder alles einfach hinnehmen? Kann man eine Person anzeigen, weil sie eine Puffmutti auf mich angesetzt hat? Und was macht man mit einem Typen, der sich nicht an Absprachen hält, deine Grenzen übertritt und dir dann noch an den Kopf wirft, dass du für halbe Leistungen nicht bezahlt wirst.« Bei *halbe Leistungen* malt sie Anführungszeichen in die Luft, registriert, dass Alex nicht imstande ist, die Geste zu sehen, und knallt voller Selbstironie die Handfläche an ihre Stirn. »O Mann, ich bin so ein Depp. Was soll ich nur tun, Alex?«

Am anderen Ende der Leitung bleibt es still, bis er sich leise räuspert. »Ehm, bitte was? Kannst du noch einmal ganz in Ruhe von Anfang an beginnen?«

Sie ist hibbelig, läuft aufgeregt durch ihre Wohnung. »Konzentrier dich, Alex. Escort-Service, Puffmutti, mein Chef, mein Date. Was soll ich tun?«

»Julie, was machst du gerade? Du läufst durch dein Wohnzimmer, oder?«

»Ja, wieso?«

»Setz dich endlich hin und atme mal durch! Vorher spreche ich nicht mit dir.«

»Ist ja gut.« Sie lässt sich auf das Sofa plumpsen. »So, ich sitze. Und ich atme. Auftrag ausgeführt. Was ist also dein Rat für mich?«

»Schalte bitte noch einen Gang runter. Mir fehlen einige Informationen, um einen qualifizierten Rat abzugeben. Ich kann mich irgendwie nur noch an das Wort *Vergewaltigung* erinnern. Julie, das klingt wirklich ernst.« Er macht eine kurze Denkpause. »Geht es dir gut?«

Mit dieser Frage hatte sie nicht gerechnet, ist nicht darauf vorbereitet. Ihre Kehle schnürt sich zu und ihr Mund ist ausgetrocknet. Tränen schießen ihr in die Augen und aus ihrer Kehle kommt nichts als Schluchzen.

Nimm dir eine Woche Urlaub und komm nach Zürich. Das war sein erster Rat. Lass deinen Chef Chef sein, die Puffmutti ihre Agentur führen und diesen Penner von Mann bleiben, wo der Pfeffer wächst. Komm her und erzähle mir ausführlich, was passiert ist. Dann überlegen wir gemeinsam, wie zu reagieren ist. Sein zweiter Rat war, einmal alles aufzuschreiben, falls sie eine Art Bericht oder Zusammenfassung brauchen würde.

Jetzt sitzt sie im Zug, kurz vor Zürich und fragt sich, was dieser spontane Urlaub bezweckt. Ich sollte mich zu Hause meinen Problemen stellen.

Julie zieht ihr Smartphone aus der Tasche ihrer Lederjacke. Eine Nachricht von Alex.

»Ich bin um 10 nach da, ruf mich einfach an, falls du schneller bist!«

»Mach ich. Bis gleich.«

———

»Hey Lisa, bin jetzt gleich in Zürich. What am I doing?«

Sie tippt die Nachrichten schnell in das Display, öffnet anschließend die Notiz-App, um über die Liste der Gedanken zu lesen, die sie im Verlauf des gestrigen Tages aufgeschrieben hat. Für einen ausführlichen Bericht hatte sie noch keine Nerven.

Thema Chef:
- er spinnt, dieser feige Schweinehund!!!
- Kündigung? (ALTERNATIVER JOB?)
- Gespräch mit anderen Geschäftsführern oder neutraler Person?
- Brief schreiben? (Öffentlich? Schwarzes Brett?)
- Anzeige? (Mit welcher Begründung?)

Thema Claudia:
- Anzeige? (Mit welcher Begründung?)
- klärendes Gespräch? (ICH BIN SO WÜTEND!)
- mitteilen, was Elias getan hat (ARSCHLOCH! Ha, wie wunderbar doppeldeutig …)
- Anspruch auf Bezahlung? (Will ich das überhaupt?)

Thema Elias:
- Anzeige? (Ich denke, ich erkenne hier ein Muster – keine Chance.)
- Er ist so arrogant und ignorant, egal was ich ihm zu sagen hätte, es würde ihn nicht interessieren. Da hilft nur eins:
- Kastration!!!

Kastration – das würde ihr gefallen. Dieses Prachtexemplar ausgestellt im ,*Museum für angewandte Rechtsprechung im Fall von Vergewaltigung*'. Kurz lässt sie ihre Gedanken schweifen und überlegt, ob ein solches Museum sinnvoll sei, damit in der frühen Jugend schon Abschreckung betrieben wird.

Sie seufzt. Nein, dieses Museum wird es vermutlich nie geben und manchen Menschen wird nie bewusst sein, wie katastrophal sie das Leben einer anderen Person beeinflussen.

Julie gesteht sich ein, dass sie glimpflich davongekommen ist. Im Grunde hätte er alles mit ihr machen können. Sie war gefesselt, außerdem nicht halb so kräftig wie er. Um sämtliche sich aufdrängenden düsteren Gedanken zu vertreiben, nimmt sie einen Schluck aus ihrer Wasserflasche. Er hat sie nicht vergewaltigt, aber Angst ausgelöst.

Ihr Handy klingelt. Sie schnappt nach Luft. Claudia ruft sie an. Gestern hatte sie bereits mehrere Male versucht, Julie zu erreichen. Sie schließt die Augen, überlegt, ob sie an diesem öffentlichen Ort mit ihr sprechen möchte. Irgendwann muss sie sich der Frau stellen. Heute? Ihre Hände zittern, das Blut rauscht ihr in den Ohren. Warum nicht. Sie nimmt den Anruf an. »Hallo Claudia.«

»Julie, na endlich! Wie geht es dir? Was ist passiert?« Sie ist sichtlich besorgt. Damit hatte Julie nicht gerechnet.

»Mir geht es ganz okay. Ich brauchte einen Tag zum Beruhigen und Nachdenken. Hast du mit Elias gesprochen?«

»Nur kurz. Er schickte mir gestern Morgen eine Nachricht, dass er sein Geld zurückverlangt. Als ich ihn fragte, was passiert sei, meinte er, dass ich dich fragen solle. Hat er dir wehgetan? Was war denn los und warum hast du mich nicht gleich angerufen?«

»Er hat eine Grenze überschritten, mit voller Absicht und war nicht in der Lage, sich dafür zu entschuldigen. Ich möchte das V-Wort nicht aussprechen, aber ich habe mich so gefühlt.«

»Wie bitte? Du willst mir sagen, du hast dich vergewaltigt gefühlt?« Entsetzen spricht aus Claudia. »Herrje, ich habe einen großen Fehler begangen! Julie, es tut mir leid! Ich dachte, Elias sei ein guter Einstieg für dich. Bisher gab es nie Beschwerden. Ich kümmere mich darum, mach dir keine Sorgen. Eins verstehe ich aber nicht, warum hast du mich nicht sofort angerufen?«

»Ich war mir einfach nicht sicher, ob das zu einem normalen Ablauf gehört und du vielleicht wollen würdest, dass ich wieder zu ihm gehe.«

»Ach Julie, du armes Mädchen …«

»Bitte nenn mich nicht so, das hat er den ganzen Abend getan.«

Nach einer Weile beenden sie das Gespräch. Claudia versicherte Julie noch mehrfach, dass sie normalerweise nur respektable Menschen vermittelt und sie Julie niemals gezwungen hätte, seine Spielchen mitzumachen. Eher hätte sie ihr Security-Unternehmen angerufen und Julie heil dort rausgeholt. Trotzdem fühlt sich Julie nicht wirklich besser. Sie erklärte Claudia, dass diese Art des Treffens nichts für sie sei und sie nicht mehr vermittelt werden möchte. Verständnisvoll akzeptierte diese ihren Rückzug, sei aber immer erreichbar, falls Julie es sich anders überlege.

»Das wird nicht passieren«, murmelt sie leise vor sich hin, als der Zug langsam in den Bahnhof von Zürich einfährt. Sie hebt ihre Tasche vom Nebensitz hoch, schiebt den Henkel über ihre Schulter und steht auf. Unter dem Sitz zieht sie den großen Koffer hervor, stellt ihn mit Schwung auf seine vier Rollen und begibt sich in Richtung des Ausgangs.

Die Türen des Zuges gleiten auf, nachdem er zum Stillstand gekommen ist. Sie hievt den Koffer auf den Bahnsteig. Vor ihr steht Alex. Erleichterung macht sich breit. Sie fällt ihm in die Arme. Doch keine Fehlentscheidung, herzukommen.

»Hey, schön, dich zu sehen, Julie.« Er drückt sie fest, gibt ihr einen Kuss auf die Wange, fasst sie an den Schultern und entfernt sich ein bisschen von ihr, um ihr Gesicht zu sehen. Sie strahlt.

»Können wir erst mal etwas essen gehen? Ich verhungere gleich.« Sie lacht verlegen, fühlt sich aber herrlich entspannt.

»Na klar! Gib mir deinen Koffer, den nehme ich. Worauf hast du Lust? Italienisch, asiatisch, spanisch, Burger? Irgendeine Präferenz?«

»Pizza!« Wieder lacht sie ihn an.

Er grinst zurück. »Dein Wunsch ist mir Befehl. Zumindest heute.« Die letzten Worte untermalt er mit einem Zwinkern in ihre Richtung.

»Schon klar, deine neueste Flamme hätte sicher etwas dagegen, wenn du mir jeden Wunsch von den Lippen ablesen würdest.«

Alex verzieht den Mund in eine Grimasse. »Das würde ihr missfallen, das stimmt, aber ich bin mir nicht sicher, ob einer von uns in Flammen steht. Irgendwie ist das alles ziemlich unspektakulär mit uns.«

»Oh, oh, was höre ich da? Steht etwa eine Trennung ins Haus? Nicht, dass das etwas Neues wäre …« Julie stichelt ihn genauso gern wie er sie.

»Jaja, mach du nur deine Witze. Wir sprechen uns wieder, wenn du das nächste Mal gelangweilt bist. Der Tag wird kommen.«

»Tatsächlich würde ich das in diesem Moment sogar begrüßen, mich mit einer Person mal gemeinsam so richtig zu langweilen. Keine neuen Abenteuer. Keine verrückten Ideen oder neue Praktiken. Einfach mal etwas Altbewährtes genießen. Überleg dir das mit der Trennung noch mal. Vielleicht ist sie die Richtige für dich …«

»Ach komm, jetzt hör aber auf.« Alex schüttelt ermattet den Kopf. Er lenkt Julie zu einer Pizzeria in der Nähe des Bahnhofs, lässt ihr den Vortritt und wuchtet den Koffer die drei Stufen in das Lokal hinauf. »Wie lange wolltest du noch mal bleiben? Der wiegt doch sicher fünfzig Kilo, oder?«

»Alex, leidest du unter Muskelschwund? Ich habe den Koffer ohne fremde Hilfe drei Stockwerke runtergetragen und dir fallen drei Stufen schon schwer? Was bist du nur für ein Weichei.«

»Und warum bist du heute so unfassbar frech? Mir den Mund verbieten, aber selbst mit Sprüchen um dich werfen? So läuft das nicht!«

Julie dreht sich blitzschnell um die eigene Achse, um ihm die Zunge rauszustrecken. Er erwidert die Geste etwas auffälliger und erntet gleich den kritischen Blick des Kellners, der sich ihnen genähert hat.

»Einen Tisch für zwei? Folgen Sie mir bitte.«

Sie quetschen sich mit Koffer durch die engen Tischreihen des kleinen Restaurants bis in die letzte Ecke, in der sich ihnen der Wirt vorstellt und die Speisekarten auf den Tisch legt.

»Kuschlig«, kommentiert Julie, mit einem Blick in den ansonsten leeren Raum. Sie lehnt sich zu Alex hinüber. »Ob er uns vor anderen Gästen verstecken möchte?«, flüstert sie ihm zu.

Sie ziehen die Jacken aus, rücken die Stühle an den anderen Tischen zur Seite, um an ihrem Tisch Platz zu nehmen.

»Normalerweise komme ich hier nicht mit Koffern diesen Ausmaßes her. Wenn er jetzt deinetwegen immer auf meine Pizza spuckt, glaube mir, dann wird meine Rache bitter schmecken.«

»Was willst du tun – mir Bitter Lemon in meinen Cuba Libre schütten?«

»Gute Idee, aber sicherlich fällt mir etwas Drastischeres ein. Zum Beispiel deine Besteckschublade durcheinanderzubringen, oder dafür zu sorgen, dass sich eine deiner Freundinnen unsterblich in mich verliebt.«

Julie schüttelt sich vor Lachen. »Meine Besteckschublade? Das wäre zwar ärgerlich, aber nicht bitter. Und meine

Freundinnen sind alle viel zu klug, als dass sie dir verfallen würden.«

»Na, da wäre ich mir nicht so sicher. Man sagt doch, dass du der Durchschnitt der fünf Menschen bist, die dir am nächsten sind. Also nicht besonders straßenschlau, wenn du mich fragst.«

»Wow, der war fies.«

Alex feiert sich für seinen Spruch. »Ja, aber geil, gib es zu.«

Sie verdreht die Augen, ein Lächeln schleicht sich dennoch in ihr Gesicht. »Mag sein.«

Er gibt Ruhe und nimmt die Karte in die Hand. »Ich denke, ich nehme heute einen Salat.«

»Wie bitte? Du hast dich wirklich zu einer kleinen Mimose entwickelt. Salat? Salat? Komm schon, das kann doch nicht dein Ernst sein.«

»Ein Mann kann auch mal Salat essen. Sich gesund zu ernähren, ist ja wohl nicht verboten. Und ob ich in deinem Ansehen noch weiter sinken kann, weiß ich nicht, also lass mich Salat essen!«

Sie sieht ihn unverwandt an und grinst in sich hinein, bis sie weiterhin belustigt die Karte studiert. Julie bestellt eine Pizza, Alex seinen Salat und zwei Weißweine.

Das Klirren der Gläser beim Anstoßen klingt dumpf, sie sehen sich in die Augen und prosten sich zu. Eine gewisse Intimität hat sie schon immer verbunden. Vermutlich ist das der Grund, warum sie sich ohne Schwierigkeiten über ihre Probleme austauschen können. »Wie heißt deine Freundin denn eigentlich?«

»Ann-Sophie. Sie wohnt drüben bei München und arbeitet als Exportmanagerin bei einem Pharmakonzern. Der Sex ist gut, aber sonst harmonieren wir nicht wirklich.«

»Was meinst du? Ihr habt keine Gesprächsthemen?«

»Ja, genau. Sie spricht nicht mit mir über den Job, Freunde kenne ich noch kaum und Familie sowieso nicht. Mit ihrem Bruder hat sie wohl ein sehr gutes Verhältnis und bespricht alles Wichtige mit ihm. Ich bin da irgendwie außen vor, was mich normalerweise nicht stören würde, aber in diesem Fall fehlt mir die Basis.«

»Wie habt ihr euch denn kennengelernt und mit welchem Ziel?«

»Tinder.«

Julie lächelt. »Du führst also im Grunde eine Affäre mit ihr, hättest aber gern mehr?«

»Keine Ahnung. Wie gesagt, wir haben keine Basis.«

»Das war bisher auch nicht vonnöten, oder? Du wolltest Sex, sie genauso und ihr habt bekommen, was ihr wolltet.«

»Mhm. Stimmt schon.«

»Was bist du wieder gesprächig …« Julie lacht in sich hinein und schüttelt ihre Schultern dabei ein bisschen.

»Euch Frauen kann *Mann* es aber auch nicht recht machen.«

»Du hast mit mir einen Spion auf der weiblichen Seite, der dir bei der Entschlüsselung der Botschaften helfen kann. Nutz das doch. Uhh … Benutz mich …« Julie zieht die Augenbrauen ein paar Mal hoch und gibt die Verführerin.

Sein Augenrollen wird von einem tiefen Seufzen begleitet. »Gestern Abend hat sie zum Beispiel gesagt, dass sie mir heute viel Spaß wünscht mit dir, aber sie dich nicht kennenlernen möchte. Was für ein Quatsch ist das denn?«

»Um das halbwegs richtig zu bewerten, fehlen mir noch einige Informationen. Zum einen, was hast du ihr über mich erzählt? Zum anderen, habt ihr überhaupt über die Exklusivität eurer Affäre gesprochen – also glaubt sie vielleicht, dass wir miteinander schlafen? Und zu guter Letzt, warum besprichst du das nicht direkt mit ihr?«

»Du nervst.«

Jetzt bricht ein lautes Lachen aus ihr hinaus.

Er hat seinen Kopf auf die Hände gestützt und reibt mit den Fingern über die Augen. »Hör auf zu lachen, der Kellner guckt schon wieder böse hier rüber.«

»Ist ja gut, aber du bist einfach zu witzig. Nein, eigentlich alle Männer. Wieso schafft ihr es nicht, solche Fragen direkt mit eurer Herzensdame zu besprechen? Ich bin doch auch nur eine Frau und könnte mich mit dir über die gleichen Themen streiten.«

»Wir haben immerhin eine langjährige Freundschaft vorzuweisen; du kennst mich, weißt, wie ich ticke. Das alles fehlt ihr und ich wäre gern vorbereitet, bevor ich das Gespräch mit ihr suche.«

»Na dann, lass uns dich mal vorbereiten.«

»Nein, nein, nein. Du bist aus einem anderen Grund hierhergekommen, darum kümmern wir uns zuerst.«

Julie zieht eine Grimasse, beendet die Gesichtsakrobatik aber sofort, als sie den Kellner mit ihrem Essen herannahen sieht. »Von der Pizza gerettet.«

Sie schafft es, den ganzen Abend das Thema zu umschiffen und Alex' Fragen wieder und wieder auszuweichen, bis sie in seiner Wohnung auf dem Sofa sitzen und eine Flasche Rotwein öffnen.

»Also Julie, reden wir jetzt endlich über deine Situation?« Er schielt zu ihr herüber, während er Wein in eines der Gläser schenkt.

»Wenn es sein muss. Leg los.«

»Was hast du dir nur gedacht?«

Seine Frage steht zwischen ihnen im Raum. Julie starrt auf die Wand gegenüber, nicht wissend, was darauf zu antworten wäre. »Du fragst mich, warum ich mich habe vermitteln lassen? Ist das nicht offensichtlich?«

»Nein, das erschließt sich mir wirklich nicht.«

Er reicht ihr eines der Weingläser, nimmt sich das andere und lehnt sich zurück.

»Ich mag Sex. Dieser Weg schien mir unverfänglich zu sein. Nach deinem Kommentar, dass Männer unter meine Räder geraten würden, dachte ich, ich verändere mal meine Verhaltensweisen, um ein anderes Ergebnis zu erzielen. Ergibt das keinen Sinn?«

»Doch, du willst aus deinen Fehlern lernen. Aber Escort? Gäbe es nicht einen leichteren Weg?«

»Welchen denn? Die Männer, die mich interessieren, sind älter als ich und meistens vergeben. Damit ich niemanden in die Ehe grätsche, versuche ich, bei dem Typ Mann meines Interesses zu bleiben, aber die Voraussetzungen zu verändern.« Sie zuckt mit den Schultern. »Was sollte ich sonst tun?«

»Einfach abwarten, bis dir einer über den Weg läuft, der nicht vergeben ist.«

»Das erscheint mir zwar sinnvoll, aber unmöglich.«

»Wieso? Ich verstehe nicht, was dich daran hindert?«

»Ich finde, einmal im Jahr sollte ich Sex haben dürfen. Meinst du nicht auch?«

»Viel öfter, wenn du mich fragst. Ich bin ehrlich gesagt schockiert, dass du nur so selten zum Zug kommst.«

»Ich würde niemals jedem Mann hinterhersteigen, ob verheiratet oder nicht. Es gibt mal einen, der mir gefällt, wir liegen auf einer Wellenlänge, flirten, führen anregende Gespräche, verbringen eine schöne Zeit miteinander und landen vielleicht im Bett.«

»Du willst sagen, dass du generell nicht mehr hinterfragt hast, ob sie vergeben sind, weil es für dich keinen Unterschied macht?«

»Ja, so könnte man das sagen. Natürlich wäre es mir deutlich lieber, der Mann wäre ungebunden, würde sich nicht mit einem schlechten Gewissen plagen müssen und ich hätte die Chance auf eine Beziehung, aber darauf zu warten, ist für mich keine Option mehr. Ich möchte nur ab und zu Nähe zu einer Person spüren.«

»Das verstehe ich, Julie, ganz im Ernst. Es erklärt auch, wieso du dachtest, mit dieser Escort-Nummer einen vertretbaren Weg zu wählen.« Für einen Moment bleibt er still. Sie sehen in ihre Gläser, drehen die Stiele zwischen den Fingern. »Es erklärt außerdem, wieso du mit drei meiner Freunde geschlafen hast, du kleines Flittchen.« Er gibt ihr einen Knuff in die Seite und lächelt sie an. Ihre Schultern vibrieren leicht von dem Kichern, dass sie in sich unterdrückt. »Darf ich dir ehrlich meine Meinung sagen?«

Sie nickt.

»Du bist meine beste Freundin, bitte nimm es mir nicht übel, aber dein moralischer Kompass zeigt dir nicht den richtigen Weg an. Er muss mal wieder eingenordet werden.«

»Du auch? Das mit dem ‚moralischen Kompass‘ habe ich schon mal gehört. Dann hilf mir dabei, ich habe keinen Schimmer, was ich tun soll.«

»Schraube deine Erwartungshaltung runter. Triff dich mit Männern, die dir nicht sofort ins Auge springen und vor allem, ziehe klare Grenzen. Für dich selbst und die vergebenen Männer.«

Sie sehen sich für einen Moment lang an. Offenbar weiß keiner, was zu sagen ist. Julie seufzt, lässt den Kopf hängen.

»Was ist mit deinem Chef und der Puffmutti?«

Julie stellt das Weinglas auf dem Couchtisch ab, rutscht etwas näher an Alex heran und legt ihren Kopf in seinen Schoss. Behutsam krault er ihren Kopf. Diese unbekümmerte Nähe lässt sie durchatmen. »Bevor wir das Thema vertiefen, erzähl mir doch kurz wie es Mitch, Tommy und Sebastian geht. Sind sie noch glücklich vergeben? Keine Trennungen?«

»Nein, alle glücklich mit ihren Frauen. Aber Eskimo-Brüder im Herzen.«

»Was heißt das denn?«

»Na, dass sie alle mit der gleichen Frau geschlafen haben. Das ist der Running Gag, wenn wir ohne weibliche Begleitungen unterwegs sind.«

»O nein, was habe ich nur angerichtet?« Sie vergräbt ihr Gesicht in den Händen.

»Glaube mir, die Jungs finden das witzig. Sie sprechen gern über dich. Du scheinst sie zu faszinieren.«

»Okay, genug gehört. Claudia, die Escort-Lady hat mich vorhin im Zug angerufen. Scheinbar ist sie auf meiner Seite, was auch immer das bedeuten mag.«

In der Nacht träumt Julie von vergangenen Liebschaften. Von Mitch, der sie, jedes Mal, wenn sie sich trafen, von hinten umarmte, und sofort ihre Brüste in seinen Händen hielt. Von Tommy, der unheimlich schüchtern wirkte, im Bett aber die heißesten Tricks auf das Laken brachte. Von Sebastian, der beinahe seine Freundin für Julie verlassen hätte und bitter enttäuscht war, als sie die Affäre beendete.

Sie wacht überhitzt auf, sieht noch die Gesichter der Männer vor sich und tastet unter der Decke über ihren Körper. Ihre Brustwarzen sind schmerzhaft erregt. Sie lässt die Hand weiter hinunter über ihren nackten Bauch gleiten und gelangt zu dem Höschen. Kaum öffnet sie die Beine ein wenig, spürt sie schon den feuchten Stoff an ihrer Vagina reiben. Mit einem Finger schiebt sie die Textilie zur Seite und spielt mit ihrem Saft um die Klitoris herum. Sie denkt an die Zungen und Penisse dieser Männer, wie sie sie verwöhnt haben, wie sie sich in ihr anfühlten und wie sie kamen. Ein leises Stöhnen dringt aus ihrer Kehle. Sie wünscht sich, einer von ihnen wäre hier, um ihr zu geben, was sie jetzt braucht. Einen Schwanz zwischen ihren Beinen, der sie ausfüllt, der sie um den Verstand bringt, der sie erlöst von dieser Hitze. Mittlerweile nutzt sie auch die zweite Hand an ihrer empfindlichsten Stelle. Sie atmet schwer, während sie ihre Finger über die geschwollenen Lippen reibt, sie weit auseinanderzieht, ihr Loch umkreist, einen Finger hineintaucht, ihn aber sogleich wieder hinauszieht. Sie legt ihre gesamte Handfläche auf die frei gelegte, offene Spalte. Dass sie so feucht ist, macht sie genauso an wie jeden Mann. Sie rubbelt gleichzeitig über Klitoris und ihr Loch. Als sie es nicht mehr zurückhalten kann, lässt sie den Orgasmus über sich hereinbrechen.

*

Wie ein Schuljunge steht Alex vor der Tür, gefesselt von dem Anblick, den er durch das Schlüsselloch erhascht. Er war aufgewacht, hatte sich in der Küche etwas zu trinken geholt und die Tür hinter sich ein wenig zu enthusiastisch geschlossen. Sie knallte ins Schloss, er zuckte zusammen. Leise fluchend und die knarzenden Dielen umgehend schlich er sich durch den Flur. Um zu überprüfen, ob Julie von dem Geräusch geweckt worden war, lauschte er für einen Moment an ihrer Tür. Er wollte gerade klopfen, da er dachte, sie gehört zu haben, als er sich doch entschied, störungsfrei nachzusehen – durch das Schlüsselloch.

Es lässt sich nur erahnen, was unter ihrer Decke geschieht, aber wie sie sich windet und so schwer wie sie atmet, versetzt sie ihn unmittelbar in Erregung. In seinem Schritt zuckt sein kleiner Freund. Zu Leben erwacht und eingeschnürt in der engen Shorts, muss Alex ihn in eine angenehmere Position rücken. Kaum berührt er den prallen Schwanz, muss er die Luft anhalten. Er hatte Julie schon in Unterwäsche gesehen. Die Erinnerung drängt sich in sein

Bewusstsein. Als Gentleman hatte er sich natürlich sofort umgedreht, gesehen hatte er sie trotzdem.

Jetzt gerade fühlt er sich überhaupt nicht wie ein Gentleman. Er sammelt sich, blickt ein letztes Mal durch das Schlüsselloch, um sich die Szene einzuprägen. Ausgerechnet in der Sekunde rutscht die Decke von Julies Brüsten, sodass er den perfekten Blick auf ihre Nippel hat. Er hält es nicht länger aus. Mit diesem Bild vor Augen schleicht er sich zurück in sein Zimmer. Kaum hat er die Tür hinter sich zugeschoben, streift er die Boxershorts ab und macht seiner Erektion Platz. In Gedanken kehrt er zurück zu der stöhnenden Julie in seinem Gästezimmer. Niemals hätte er gedacht, sie dabei zu beobachten, wie sie sich selbst anfasst. Am liebsten würde er zu ihr gehen und sich an ihren Körper schmiegen. Von Nahem beobachten, wie sie sich streichelt und fingert. Er legt sich auf sein Bett und gibt dem Drang nach. Sicher würden seine Eier sonst demnächst platzen, er muss die Latte und das Ziehen in seinen Leisten loswerden. Sonst ist auch nicht mehr an Schlaf zu denken. Oder sein Körper beschließt, im Schlaf zu ihr zu wandeln, um den Druck mit ihr gemeinsam abzubauen. Egal wie, das gäbe ein riesiges Chaos.

*

Zwei Tage später sitzen Julie und Alex mit seinem Kumpel Dennis in einem urigen Weinkeller und sprechen über Gott und die Welt. Dennis ist einer dieser trendigen Männer, die immer gestylt sind und auf jeden Fall, zu jeder Zeit, eine Frau an ihrer Seite wissen.

»Wo bleibt denn nun deine Sandra, Dennis?«

Alex und Julie sind gespannt. Alex hatte ihr erzählt, dass er sie heute zum ersten Mal trifft, aber vermutet, dass sie der gleiche Typ Frau ist wie ihre Vorgängerinnen.

»Tja, da fragst du den Falschen. Sie wollte eigentlich vor einer halben Stunde hier sein. Sie nimmt es mit Uhrzeiten aber nicht so genau. Frau halt.«

»Pah, diese Unterstellungen!« Julie mischt sich ein. »Nicht jede Frau ist unpünktlich, oder braucht Stunden, um sich aufzubrezeln.«

»Du aber schon.«

Grinsend duckt sich Alex unter Julies Fäusten hinweg. Sie knufft ihn ein paar Mal in die Seite. »Aua! Hey, jetzt reicht's!« Er packt sich ihre Hände, drückt sie nach unten in ihren Schoß und zieht sie mit dem anderen Arm zu sich in eine feste Umarmung. Er gibt ihr einen Kuss auf die Stirn und grinst sie an. »Wieder gut?«

Sie zeigt ihre Zähne und knurrt. »Nur wenn du mich loslässt.«

»Das kannst du haben, du kleine Kratzbürste.« Er hebt die Hände, als würde er sich ergeben, in seinen Augen blitzt trotzdem der Ausdruck von rotznäsiger Frechheit auf. Sicherlich wartet er nur auf die nächste Gelegenheit für eine Stichelei in ihre Richtung.

Julie löst sich von ihm, verpasst ihm einen leichten Boxhieb in die Magengegend und rutscht ein kleines Stück weg.

Dennis beobachtet das Spiel zwischen ihnen belustigt. »Ihr seid ja schnucklig. Wie lang geht das schon zwischen euch?«

Sie tauschen amüsierte Blicke, steigen sofort darauf ein. Alex greift nach ihrer Hand, streichelt sie einen Moment, während sie sich in die Augen sehen. Julie antwortet, den Augenkontakt haltend. »Ich schätze, schon seit ungefähr zwölf Jahren, oder was meinst du, Hasi?« Sie grinst ihn an.

»Ach, das reicht nicht, wohl eher fünfzehn Jahre.«

Dennis macht große Augen. »Ihr verarscht mich doch?«

Sie prusten los, schütteln sich vor Lachen. Die Szene überspitzend, werfen sie sich Luftküsse zu, Julie legt ihren Kopf auf Alex' Schulter und er streichelt ihren Arm. Als sie genug Show betrieben haben, lösen sie sich voneinander. »Wir kennen uns seit ungefähr fünfzehn Jahren, aber wir sind nur Freunde. Gute Freunde.«

»Manchmal sind wir auch keine Freunde, wenn ich mal wieder zu ehrlich zu dir war«, ergänzt Alex ihre Erklärung mit einem Grinsen.

»Allerdings. Manchmal bist du einfach ein Arsch. Ich frage mich, wie andere Frauen in deinem Umfeld damit umgehen. Verkraften sie das?«

»Nein, kann ich nicht behaupten.« Ein allgemeines Lachen entbrennt am Tisch.

»Da ist sie ja! Nur fünfundvierzig Minuten zu spät.« Belustigt begrüßt Dennis seine rassige Freundin mit einem Kuss. »Alex, Julie, das ist Sandra.«

»Wir müssen jetzt erst mal einen Schnaps trinken, ihr glaubt nicht, was mir gerade passiert ist!« Schon hat Sandra die Hand gehoben, um einen Kellner herbeizuwinken. Sie bestellt vier Appenzeller, währenddessen Dennis ihr ein leeres Glas mit Wein füllt. Die Kurzen stehen innerhalb weniger Minuten auf dem Tisch und Sandra lässt keinen Zweifel daran, dass sie sofort mit ihr trinken müssen. »Prost.«

Die vier kippen die Schnäpse in einem Zug hinunter und stellen die Gläser auf den Tisch. Alle verzerren ihre Gesichter, weil sich der Brand seinen Weg in ihre Mägen bahnt.

»Also, das war so ...«

Julie hat nach kürzester Zeit abgeschaltet und wirft Alex immer wieder verstohlene Blicke zu, weil sie die Berichterstattung dieser kleinen, etwas hohlen Brasilianerin nicht erträgt. Er nickt ihr leicht zu, bleibt gedanklich aber offensichtlich bei der Geschichte und stellt sogar Zwischenfragen. So entgeht Sandra völlig, dass sich Julie irgendwann erhebt und den Tisch verlässt, um alibimäßig in Richtung Toilette zu verschwinden.

Auf dem Rückweg kommt ihr Alex entgegen. »Ich wollte schon einen Suchtrupp losschicken. Noch mehr Zeit hättest du dir wohl nicht lassen können, hm?«

Er ist schon wieder ein bisschen bissig. Sie grinst ihn an. »Wie kannst du dieser Hohlbratze nur zuhören? Mir hat nach drei Sätzen schon das Ohr geblutet.«

»Das ist Training und ein starker Wille. Du bist eindeutig die Mimose von uns beiden. Jetzt stell dich nicht so an und setz dich wieder an den Tisch. Ich komme gleich nach.«

Julie lässt den Kopf hängen. »Na gut, aber beeil dich!« Sie läuft zurück zu dem Tisch und schiebt sich auf ihren Platz auf der Bierzeltgarnitur. Die Geschichte scheint glücklicherweise zu einem Ende gekommen zu sein. »Dennis, was machst du denn eigentlich beruflich?«

»Ach, der Dennis wird bald ein Star! Das kannst du mir echt glauben! Wirklich! Ich habe den schon im Internet gesehen und jetzt machen wir ihn richtig berühmt, so mit Videos und so, du weißt schon.«

Dennis lächelt Sandra von der Seite an und scheint einen gewissen Stolz für diese Frau zu empfinden. *Wo die Liebe hinfällt*, denkt sich Julie und sieht erfreut auf, als Alex neben ihr auftaucht. »Dennis wird berühmt, hat mir Sandra gerade erzählt. Wusstest du das, Alex?« Sie verkneift sich den sarkastischen Unterton, so gut sie kann.

»Ich dachte eigentlich, er wäre auf dem besten Wege Richter zu werden? Hast du mir etwa deine zweite Karriere verheimlicht?«

»Ich habe ein paar Videos für einen Blog gedreht und über Rechtsfragen gesprochen. Plötzlich wurden die Videos ein paar Tausend Mal angeklickt, daraus will ich etwas machen. Ein zweites Standbein schadet doch nicht.«

»Und meine Freundinnen werden richtig neidisch auf mich sein, dass ich mit dir zusammen bin.«

Sie gucken sich verliebt an, küssen sich erst zart und schließlich immer intensiver mit viel sichtbarer Zunge. Ihre Augen sind aber geschlossenen, sodass Julie sich zu einer symbolischen Geste hinreißen lässt. Sie ist so genervt von dieser Frau, dass sie sich an Alex gewandt einen Kopfschuss verpasst. Er lacht lautlos über ihre Geste.

Als Julie und er bemerken, dass sich die beiden voneinander lösen, zieht Alex schnell die Schusshand unterhalb der Tischkante, damit das verliebte Paar keinen Wind von ihrem Amüsement bekommt.

Alex legt Julies Finger bestimmend auf seinen Oberschenkel und hält sie fest. Genervt versucht sie zuerst, ihren Arm zu befreien, gibt aber bald auf, da sie nicht genug Kraft hat. Mit ihrem Blick gibt sie ihm zu verstehen, dass der Kampf nicht vorbei ist.

In der Zwischenzeit redet Sandra über allerhand uninteressante Themen. Dennis klebt förmlich an ihren Lippen, Julie und Alex hingegen werfen dann und wann »aha's« und »mhm's« in die Unterhaltung ein, um nicht komplett ignorant zu wirken.

Alex nutzt den Moment, in dem Sandra eine Atempause einlegt. »Wo hast du Sandra eigentlich kennengelernt, Dennis?«

»Ach, das war total süß«, sagt Sandra und wieder kommt Dennis nicht dazu, selbst zu antworten. »Ich habe sein Profil bei Tinder gesehen, habe ihn dann bei Instagram gesucht und ihn angeschrieben.«

Julie platzt innerlich der Kragen, beherrscht sich aber Alex zuliebe. »Was ist daran süß? Den Teil habe ich nicht so ganz verstanden.«

»Na ja, weil er so ein süßes Profil hatte. Er hat sein Bücherregal fotografiert. Ich kannte nichts davon, also habe ich ihn gefragt, ob er mit mir nicht mal ein schönes Buch lesen will. Also eins, das schön aussieht und eine tolle Geschichte hat. Nicht diese hässlichen Bücher aus seinem Regal. Ich würde ihm das auch vorlesen. Dann kann er sich entspannen und sich in mich verlieben.«

»Hat geklappt.« Dennis nimmt sie in den Arm und drückt ihr einen Kuss auf die Wange.

Julie zieht fassungslos die Stirn in Falten. Alex streichelt ihre Hand, um sie zu beruhigen. Ohne die Worte laut auszusprechen, formt er die Lippen zu einem »ruhig Blut!«, damit sie nicht gleich über Sandra herfällt.

Erneut lässt sie den Kopf hängen und gibt auf. In dieser Sekunde gesteht sie sich ein, dass ihr Alex' Berührungen gefallen.

Drei Tage später

»Jonas hat eben dein verloren geglaubtes Ladekabel gefunden. Millie hatte es in ihrem Korb vergraben ... :) Der Hund ist eine diebische Elster! Wir schicken es dir zu, oder kommst du in der nächsten Zeit noch mal nach Spanien? Wie ist der Urlaub bei Alex?«

»Mir geht es viel besser, mein Kopf ist wieder frei und Alex gibt sich Mühe, nicht zu aufsässig zu sein. Haha! :) Millie ist so witzig - das nächste Mal suchen wir direkt bei ihr. Schickt es mir lieber zu, da ich mit dem neuen Projekt richtig eingespannt bin, dass es erst zu Weihnachten wieder Urlaub für mich gibt. Aber zwischen den Jahren komme ich gerne rum!«

Julie liegt mit Jeans und Shirt bekleidet auf dem Gästebett in Alex' Wohnung. Er war arbeiten, sie hat sich den Tag mit Lesen und Spazierengehen vertrieben. Entfernt hört sie das Aufschließen der Wohnungstür, bleibt aber liegen und tippt weiter auf ihrem Smartphone herum.

»Hallo, bin wieder zu Hause«, ruft er aus dem Flur.

»Ich habe nicht gekocht, aber zur Wiedergutmachung liege ich nackt auf dem Bett«, entgegnet sie laut genug.

»Das ist eine fette Lüge.« Er steht in ihrem Türrahmen, schmunzelnd.

»Hey, ich hätte nackt sein können. So gut sind wir auch wieder nicht befreundet, dass du dir das einfach ansehen darfst.« Sie schmeißt ein Kissen nach ihm.

»Aber du bist nicht nackt, also zick hier nicht rum!« Er hat das Kissen gefangen, bringt es ihr zum Bett zurück und lässt sich neben ihr auf die Matratze fallen. »Das ist ja viel bequemer als mein Bett. Ich glaube, ich schlafe heute Nacht hier bei dir.«

»Hast du etwa Streit mit Annabelle? Ne, wie heißt sie noch mal?«

»Ann-Sophie. Nein, kein Streit, aber sie hat rausgefunden, dass du bei mir wohnst. Das gefällt ihr gar nicht.«

»Du hast ihr nicht gesagt, dass ich bei dir übernachte? Ihr zwei seid komisch. Eigentlich führt ihr nur eine Affäre, aber du willst mehr an ihrem Leben teilnehmen und sie ist – schon wieder – eifersüchtig auf mich. Redet doch mal miteinander über eure Vorstellungen von Affäre oder vielmehr Beziehung. Dafür hört es sich für mich nämlich an.«

»Nein, nein. Ich bin Single. Glaub mir, das wüsste ich doch, wenn ich in einer Beziehung stecke.«

»Mhm.«

»Ich kann es dir ganz einfach beweisen.«

»Na, da bin ich gespannt. Wie das?«

»Wir könnten jetzt Sex haben, ohne schlechtes Gewissen und Reue.«

»Das ist der Beweis dafür, dass du keine Beziehung führst? Das ist ganz schön dürftig Mister. Und glaube du mir, du bist nicht Single genug, um mit irgendeiner dahergelaufenen Frau Sex zu haben. Dafür machst du dir viel zu viele Gedanken über Anna-Dingsda.«

»Du bist unmöglich! Alles, was du hörst, ist, dass ich über die Frau nachdenke, die Ann-Sophie heißt, von der ich mich eigentlich trennen möchte. Aber was ich wirklich denke, ist, wie schön es sich anfühlt, deine Hand zu nehmen, sie zu streicheln, dich zu umarmen und mit dir über alles sprechen zu können. Warum hörst du das nicht?«

Julie dreht ihren Kopf zu ihm herum, weil er in der Tat wieder ihre Hand genommen hat und sie liebkost. »Hör auf mit dem Quatsch. Erstens hast du nie etwas in diese Richtung gesagt und zweitens bist du definitiv kein Single. Was ist denn los mit dir?«

Sie stützt sich auf den Unterarm, versucht, die Hand von ihm wegzuziehen, aber er lässt sie nicht.

»Julie, ich mag dich. Das versuche ich, dir zu sagen. Es fühlt sich alles so einfach und vertraut an. Nein, es fühlt sich unfassbar schön an, dich zu berühren und ich würde das gern noch viel intensiver, dauerhafter betreiben.«

Sie runzelt die Stirn. »Von unserem Herumschäkern wurde bei dir im Hirn anscheinend etwas verdreht.« Sie zeigt ihm demonstrativ einen Vogel.

»Ja, irgendwie schon. Mit keiner anderen Frau ist es so witzig und gleichzeitig aufregend zu flirten.« Er grinst sie an.

»Jetzt rede doch keinen Unsinn, Alex.« Sie versucht erneut, sich aus seinem Griff zu lösen. »Lass los, du durchgeknallter Heini. Was auch immer du glaubst, in mir zu sehen, da steht noch eine Frau an deiner Seite, die vorher über den Stand der Dinge aufgeklärt werden sollte. Also lass mich jetzt los!« Die letzten Worte äußert sie mit

Bestimmtheit. »Alex!« Sie kämpfen ein wenig miteinander, er zieht sie an sich heran, sie sträubt sich mit aller Kraft. Weil sie zu wild herumzappelt, fängt er an, sie zu kitzeln. »Ah, nein. Hör auf.« Ihr Widerstand bröckelt, sie kichert mehr, als sich zu wehren.

Alex nutzt die Chance und zieht sie komplett auf sich drauf, umarmt sie kräftig.

»Das ist nicht richtig. Bitte lass mich los. Wir sind doch Freunde.«

»Wir sind mehr als Freunde, denn wenn wir uns berühren kribbelt es überall in mir. Willst du etwa behaupten, dass du das Knistern nicht spürst?«

»Das mag sein, aber das ist doch nun schon Jahre lang so. Kein Grund, etwas zu ändern.«

»Ich finde schon. Wir sind uns näher als je zuvor. Du weißt alles über mich und ich über dich. Das sollten wir ausbauen.«

»Das ist doch die Definition von Freundschaft, oder nicht? Über alles sprechen zu können? Unsere Freundschaft ist mir wichtig und ich will nicht, dass sie wegen eines kleinen Experimentes kaputtgeht. Mal abgesehen davon, dass du wissen solltest, wie schlecht ich mich fühle, wegen deines *Maybe-Babys*.«

Er lässt locker, sie drückt sich auf seiner Brust ein Stück nach oben. Sie mustern sich. Alex scheint innerlich einen Kampf auszutragen, Julie wartet ab.

»Das verstehe ich, aber ich habe sehr starke Gefühle für dich, Julie.«

»Wie stellst du dir das vor? Du lebst in Zürich und ich in Frankfurt. Eine Fernbeziehung? Das ist doch Quatsch!«

Ein paar seiner Finger liegen auf ihrem nackten Rücken. Er streichelt sie sanft, schiebt ihr T-Shirt etwas weiter zur Seite, um seine gesamte Hand über ihre Haut gleiten zu lassen.

Sie lässt den Kopf hängen, zieht die Luft durch die Zähne scharf ein und atmet mit einem Seufzen aus. »Ja, ich mag das. Ja, ich mag dich. Aber was, wenn es nicht funktioniert?«

Alex lächelt. Dass sie zugegeben hat, die Zeit mit ihm und seine Streicheleinheiten zu genießen, bereitet ihm scheinbar große Freude. Er zieht ihren Kopf behutsam zu sich heran, reckt sich ihr entgegen und küsst sie. Küsst sie vorsichtig, liebevoll und genauso, wie sie es sich immer vorgestellt hat. Ihre Bedenken schiebt sie beiseite, erwidert voller Hingabe seine Zärtlichkeit. In ihrem Herzen spürt sie ein warmes Prickeln, das sich bis in ihre Zehenspitzen ausbreitet. Fühlt sich das nach Liebe an?